ひとことが

椎崎夕

幻冬舎ルチル文庫

CONTENTS ✦目次✦ その、ひとことが

✦カバーデザイン＝chiaki-k（コガモデザイン）
✦ブックデザイン＝まるか工房

イラスト・榊　空也✦

その、ひとことが

0

洗面所の広い鏡に映る自分の目が真っ赤だということに、ワイシャツの襟にネクタイを差し込んだあとで気がついた。

「う、わ」

思わず声をこぼして、深見映《ふかみえい》は無造作に目元を撫《な》でた。

泣きはらしたとまではいかないまでも、もろに泣いていましたという様相だ。少しはごまかせるかと眼鏡《めがね》をかけてみたものの、夜道はともかく明かりの点《とも》った駅構内や電車内ではまず周囲に気取《けど》られるに違いない。

小さく息を吐きネクタイを結ぼうとして、ワイシャツの上ふたつ分のボタンが外れているのに気がついた。隙間《すきま》から覗《のぞ》く肌に浮いた赤い痕《あと》を怪訝《けげん》に思ったのも数秒で、その正体を悟って何とも言えない気分になる。

頭を振ってボタンを嵌《は》め、ネクタイを結ぶ。指先で形を整えていると、ふいに横合いからノックの音がした。

「無事？　溺《おぼ》れてないかな……って、あれ？　何で服着てるの」

鏡の左手に映っていた扉が、返事を待つことなく開く。ひょいと覗いた顔は予想通りで、だからこそぎくりとした。

「――帰ります。もう、用は終わりましたから」

「どうやって？　終電ならもう終わってるよ。そもそも、きみがここに来た時点で二十三時を回ってたしね」

　さらりと告げられた内容に瞬《またた》いて、映は今日の経緯を思い返す。

　休日だったこの土曜日は十九時から始まるパーティーの幹事を任されていたため、昼前には諸々の準備に入った。何事もなくパーティーを終えたあとは二次会に顔を出した。三次会を辞退した後でここに来たのだから、確かにそのくらいの時刻だったはずだ。

「……タクシーを使います。フロントに頼めばすむことなので」

「無理だと思うけど。そもそもひとりでフロントまで行ける？」

　苦笑混じりに声音に揶揄《やゆ》する響きを感じて、映はようやく振り返る。この数時間を一緒に過ごした男と鏡越しでなくまともに目が合うなり、気まずさではすまない複雑な気分に顔を背けてしまった。

　ベッドの上でさんざんに映を泣かせてくれたのは、他でもないこの男だ。それでも、わざわざ泣き腫《は》らした顔を見せたくはない。

「ベッドからここに来るだけでもかなりの時間がかかってたし、歩き方もおかしかった。今も洗面台に寄りかかってるところを見ると、そうやって立ってるのもきついんじゃないか？」

笑いを含んだ声とともに近づいてきた気配が、真後ろで止まる。顔を上げた先、鏡の中からこちらを見つめる男とまたしても視線がぶつかって、今度は逸《そ》らすことができなくなった。その隙に、背後から伸びてきた腕に柔らかく抱き込まれてしまう。

振り払ったところで、おそらく無駄だ。直感して、映は短く息を吐く。

鏡の中に映る男は、映よりいくらか年上だろう。やや色素の薄い髪をさっぱりとカットし、前髪を斜めに流している。切れ長の目元と通った鼻筋、やや薄めの唇は形よく、絶妙のバランスで配された容貌は男前というより美形の部類だ。

(言えないんだったら、せめて我慢せず泣け。……ずっとこうしててやるから)

数時間前にこの男が口にした台詞《せりふ》が、耳の奥でよみがえる。

声はそのまま、わざと作った口調に情けなくも惑わされたあげく、ホテルの客室の広いベッドの上で長い腕に抱かれて泣き喚《わめ》くという醜態を晒《さら》したのだ。

……数時間前に出会ったばかりの、名前も知らないこの男の目の前で。

思い返すだけで、得体の知れない感覚が背すじを走った。

「大丈夫です。どうにでもなります」

「原因を作ったのは俺なんだし、このまま帰すのはナシかな。――ああそうだ、メールが来てたよ。きみが大好きなニシミネ先輩さんから」

鏡の中の見惚《みと》れそうなほど華やかな笑みが、ふいに冷たいものへと変わる。含んだような物言いよりも薄めの唇から出た名前にぎくりとして、映は差し出された携帯電話を引ったくった。

周囲のほとんどがスマートフォンに切り替えた今でも、映が使っているのは昔ながらの折り畳み式携帯電話だ。開いた画面には新着メールありの表示が出ていたが、差出人名までは表記されていない。

まさかと思いいちらりと目を向けると、察したらしい男は器用に眉だけを上げてみせた。

「着信した時、たまたま傍《そば》にいただけだよ。西、の文字が見えたから、たぶんそうじゃないかと思ってね」

「……そう、ですか」

アドレス帳に登録している「西」がつく人物はひとりだけだ。納得して、映は折り畳んだ携帯電話を手の中に握り込む。

「メールを見なくていいの？　どう言い訳したのかは知らないけど、本来ならきみもニシミネ先輩さんと一緒にいるはずだったんだろう？」

「いえ。急ぎませんので」

平淡に答えた映に鏡越しに笑んでみせた男が、目線の高さを合わせるように身を屈《かが》めてくる。頰《ほお》を寄せ、長い指で映の眦《まなじり》を撫でながら揶揄《からか》うように言った。

「何だったら代わりに返信してあげようか？　今のきみの顔写真を添付すれば、ニシミネ先輩さんも飛んでくると思うよ」

「不要ですし、あり得ません」

考える前に、切り口上で言い返していた。もう馴染《なじ》んだはずの無表情が意図せず歪《ゆが》むのを鏡で目にして、そんな自分にあり得ないと困惑する。

「まだ泣き足りない？　だったらもう少し泣かせてあげようか」

穏やかな声とともに今度は頬を撫でられて、反射的にその手を振り払う。苦笑混じりに離れていったその手に今度は眼鏡を抜かれて、映は目線をきつくした。

「返してもらえませんか。……僕は、もう帰りますので」

「度は入ってないんだからコレは必要ないよね」

返った声に、内心で絶句する。この眼鏡が伊達《だて》なのを知っているのは、高校時代の部活仲間でもごく一部だけのはずなのだ。

無意識に身動《みじろ》いだ映を、抱き込む腕の力が強くなる。続く声はさらに低い。

「まだ帰したくないなあ。ニシミネ先輩さんとは関係なく、もっと泣かせたくなってきた」

「冗談でしょう」

素っ気《け》なく返して腕を押すなり、ずんと頭が重くなった。鏡に目をやれば、男が映の頭に顎《あご》を乗せてじっとこちらを見ている。

「ニシミネ先輩さんに、バラしてもいいんだ？」

「その話は、もう終わったはずです」

明確な脅しに、映は目元を険しくして男を見返す。

「俺は終わったとは言ってない。夜はまだ長いしね？」

「そ、……」

「最初に言った通り、無理強《じ》いはしないよ。帰るにしろ残るにしろ、決めるのはきみだ。で、どうする？」

結局は脅迫だろうと思ったが、口には出さなかった。そうしたところで無駄なのは、この数時間で思い知らされている。

奥歯を噛《か》んだ映をどう思ってか、鏡の中の男が柔らかく笑う。頬に触れていた指が滑るように動いて、映の顎を捉《とら》えた。頬までくるまれる形で顔の向きを変えさせられ、数秒の間合いのあとで呼吸を奪われて、映は小さく息を飲む。

最初は触れるだけだったキスに、唇の輪郭を辿《たど》られる。歯列を割って深く絡《から》んできた体温に、知らず眉根を寄せていた。

「……ン、――っ」

喉《のど》の奥から、掠《かす》れたような声がこぼれる。あっという間に搦《から》め捕られた舌先を撫でられ、捏《こ》ねるように吸いつかれて、数時間前に初めて知ったぞわりとするような感覚に襲われた。

どうしてと、そんな思考が脳裏を掠めた。

パーティーを終えたら、すぐに帰るつもりだった。二次会に強制参加となった時も、それさえすめばすぐに電車に乗ろうと決めていた。

なのに、どうして今、自分はシティホテルのバスルームで名前も知らない男にキスされているのか。逃げようにも逃げられない状況に、追い込まれることになったのだろうか。

長く続くキスに、呼吸が詰まって喉が鳴る。顎の付け根を擽《くすぐ》った指が、息苦しさに緩く振った首を摑《つか》む。わざとのように唇の位置をずらされ、半開きになっていた歯列を舌先で割られて、少しだけ息をつくことができた。

「ちょっ……」

やっとのことで口にした制止は、半分も音にならなかった。再び落ちてきたキスに呼吸を詰まらせながら、映は今日起きたことを——そのきっかけとなった一か月半前の出来事を、思い出していた。

1

「学生時代の知り合い向けに、結婚報告パーティーをしようと思ってさ」

一か月半前、久しぶりに再会した高校大学を通して部活の先輩だった西峯義彦《にしみねよしひこ》からそう切り出された時、映はとても厭《いや》な予感に襲われた。

ちなみに場所は某シティホテル最上階の、結婚式及び披露宴が行われるフロアにある新郎控え室だ。その部屋の主であり映を招待した当人でもある西峯は、挙式直後らしい紋付き袴《はかま》姿で見慣れた人懐《ひとなつ》こい笑みを浮かべた。

「で、是非とも映に幹事を頼もうかと」

「……念のために確認しますけど、どうして僕ですか。他にいくらでも適任がいらっしゃると思いますが」

西峯の結婚披露宴開始まで、残りあと三十分ほどだ。その状況で切り出してきた意図は察しがついたが、だからといってすんなり受けられるはずもない。

個人的理由により、映は今日を区切りに西峯とは距離を置くつもりだったのだ。今も、こんなふうに一対一で顔を合わせるつもりはなかった。

――昨夜、西峯から「披露宴開始前に控え室までよろしく」というメールが届くまでは。

「そうでもしないとおまえに会えないっていうか、幹事にでもしないとおまえ欠席しそうじゃん。ここ最近誘っても誘っても断られるばっかりだし、これでも結構気にしてんだぞ？」

拗《す》ねたふうに言う西峯は天然の癖毛で、本日もいつものごとくあちこち好き勝手な方向に跳ねている。結婚式だと張り切ってカットしたのが三日前だそうだが、結果的に整髪剤を駆使してもおとなしくセットできなかったという。

「そう仰《おっしゃ》られても、仕事の都合なので」

「知ってる。だから、この際幹事にして巻き込もうと思って」

「西峯先輩……相変わらず言うことに脈絡がないですね」

「映こそ、毎度ながら遠慮がないよな。俺、これでもおまえの先輩よ？」

言葉面は不満げでも、西峯は満面笑顔だ。当然、声音も笑っている。

髪の毛の癖には本人の性分が反映すると、どこかで聞いたことがある。事実かどうかは判然としないが西峯に限ってはその通りで、破天荒を明朗活発でコーティングしたような人なのだ。そのくせ、映が相手となると愚痴《ぐち》から腹黒い企みから平気でぼろぼろとこぼす。

引き替え、映は表情はもちろん感情の起伏も薄い。口数が少ないせいか「人形みたい」と言われ、「何を考えているかわからない」という理由で敬遠されがちでもある。在学中は、部活内でも西峯とは対極だと言われていた。

「マジな話、そういう仕切りは映が一番うまいだろ。実を言うと状況がややこしくなってるんで、助けてほしいんだよ」

困った顔をした西峯が言うに、結婚報告パーティーの言い出しっぺは部活の同期たちなのだそうだ。それも、まったく接点がないはずの高校時代メンバーと大学時代メンバーが異口同音に「祝ってやるから嫁を見せろ」と訴えてきたらしい。

「今日、全員招待できればよかったんだけど、人数の関係で無理だったんだよ。別の機会を作るってことで話を進めてたら、この際まとめてやればいいって言ってきたやつがいてさ」

ちなみに部活はバスケットボールだ。エースだった西峯はそちらの名門大学に進学し、引き続き部活に明け暮れた。高校時代のライバルの幾人かとチームメイトになり、かつて高校で一緒だったメンバーの数人とは別チームとして対戦もした。要するに、それぞれのメンバーの一部は面識があったわけだ。

参加者全員が社会人だからと、ひとまず土曜日に開催することだけは決めた。そこまではよかったが、協力してよろしくと丸投げするには双方の距離感が微妙すぎて、どうしたものかと悩んでいたのだそうだ。

「その点、映なら高校も大学も俺と一緒だし、ほとんどのメンバーと面識あるだろ？　他の幹事連中への話は通してあるし、雑用でも使いっぱでも文句は言わないって言質《げんち》も取ってある」

「……はあ」

「でもって超個人的なんだけど、その時におまえとゆっくり話したいんだよなあ……どうしても駄目か？」

首を傾《かし》げて見上げてくる西峯の様子に散歩をねだる子犬を連想して、何とも言えない気分になった。

人間、誰しも弱みはある。それに似て、勝てない相手も存在する。腕力や思考力とは関係なく、どうあっても押し負けてしまう相手——映にとっての西峯はまさにそれだ。結果、距離を置くという目論見《もくろみ》はどこへやらで、パーティーの幹事を引き受ける羽目になった。

ちなみに承諾したとたん、満面の笑みになった西峯に頭を撫でられた。もとい、それなりにセットしていた髪をぐしゃぐしゃに乱された。

「先輩、それもうやめませんか。僕も今年二十五になるわけですし」

「親愛の情だから諦《あきら》めろ。俺とおまえの仲だし、いくつになろうが関係ねえって」

速やかに距離を取って苦情を言った映に、西峯はけらけらと笑う。それでも映のぼさぼさ頭には責任を感じたようで、わざわざ美容師を呼んで直すよう頼んでくれた。

披露宴が無事終了したあとで引き合わされた高校大学での面々は、狙《ねら》ったように映の同期と後輩のみだ。レギュラーだった高校の時は何かと突っ走る西峯のブレーキ役を、基本的に控えだった大学時代はマネージャーを兼務していた映を知る幹事たちはとても協力的で、打ち合わせも諸々の手配も予想以上にすんなり進んだ。

仕事の合間に情報を集めて連絡を取り合い、複数の会場候補を見繕《みつくろ》う。交通の便を配慮して会場を決め、余興は心当たりをピックアップしてメールで依頼した。受諾の返信があれば電話で細かい打ち合わせをし、必要な準備を整えていく。細かい上に煩雑な作業も多かったが、無事に当日を迎えることができた。

ダイニングバーを借り切っての結婚報告パーティーは、なかなかの盛況だった。スーツにネクタイと白いロングワンピース姿で登場した西峯夫妻に参加者全員が立ち上がって拍手を送ったのを眺めて、これでお役御免だと心底ほっとした。

計算違いだったのは、パーティー終了直後に主賓及び幹事メンバーに拉致《らち》されたことだ。問答無用に連れ込まれたバーで、映は二次会がセッティングされていたのを知った。

「下手《へた》に次があるって言ったら逃げられそうだったからさ」

「……だからといって幹事を欺きますか」

「サプライズだって。パーティーの手配頑張ってくれた映の慰労会も兼ねてるから」

「ものは言いようですよね」

「そうとも言う」

悪びれもせず白い歯を見せて笑った西峯に、映は呆《あき》れてため息をつく。

「主賓がこんな隅で座っててもいいとは思えないんですが」

「いいって。もうただの飲み会になってるし、ちょっとこいつ休ませたいんだよ」

へらりと笑ってグラスを呷《あお》る西峯が映と一緒に座っているのは、二次会用の予約席の片隅だ。視界の端では酒豪で知られる面々が、文字通り浴びるように飲み食いしている。

西峯に「こいつ」と示された女性、つまり西峯の妻はワンピースにラベンダーのカーディガンを羽織った姿で彼の隣に座り、目の前で交わされる会話をにこやかな笑みで聞いていた。

勤務先で知り合ったという彼女は、西峯と同い年の落ち着いた雰囲気の美人だ。破天荒な中身を男臭い端整さに滲《にじ》ませた西峯と並ぶと、対になったように似合う。西峯側の要望とはいえ無骨な男まみれの状況に耐えられるのかと危惧《きぐ》していたが、幸いにして杞憂《きゆう》だったらしい。興味深そうに聞き入るばかりで不満の欠片《かけら》も見せないあたり、できた女性なのだろう。

三十分ほど話してから、映は強引に西峯たちをフロアへと向かわせた。精神的疲労感に手元のグラスの中身を一気に呷ってから、中の氷がほぼ溶けていたのに気づく。薄く間の抜けた水割りの後味に顔を顰《しか》めながら、今夜は好みの酒を買って帰ろうと決めた。どうせ週末で予定もなし、自宅で潰《つぶ》れる分には誰を憚《はばか》る必要もない。

「幹事ご苦労さん。——深見、だったよな？」

不意にかかった聞き覚えのない声にゆるりと顔を向けて、映はわずかに目を細める。

西峯と親しいＯＢとは以前から面識があるし、先々月の結婚披露宴でも一緒になった。けれど、テーブルの向こうに立つ相手は一次会のパーティーで初めて見た顔だ。

「……失礼ですが？」

「俺も同じ高校だったんだよ。おまえが入学した年に卒業した」

「そうなんですか」と丁重に答えながら、つまり西峯と親しいわけではなさそうだと推測する。高校時代の横繋《つな》がりで連絡を回したと聞いているから、おそらく気が向いたか時間があって参加したといったところなのだろう。

問題は、どうして映に声をかけてきたのか、だ。

「ずいぶん立派な集まりだったな。おまえが功労者なんだろ？」

「同期と後輩がよく手伝ってくれたおかげです」

「は？　けど、まとめ役は深見だって」

「周囲が動いてくれなければ役立たずでしたよ。むしろ、ずいぶん楽をさせてもらいました」

淡々と返した映を、相手は面白がるように眺めた。テーブルに手をつき、身を乗り出してくる。

「なあ、それはそうとおまえ、本当に男？」

「……女性に見えるようなら、眼科の受診をおすすめしますが？」

まともに会話する気が完全に失《う》せて、映は素っ気なく即答する。と、相手はさらに唇の端を吊り上げた。

「必要ないだろ。おまえが脱いで見せりゃすむことだ」

「辞退します。趣味の合う相手を探してください」

「だから見つけて誘ってんだろ。なあ、おまえ女はいるのか？」

露骨な物言いに眉を顰《ひそ》めた映を見下ろす相手の、妙に嬉《うれ》しそうな顔つきに面倒なことになりそうだと心底うんざりする。その時、幸いなことに救世主が現れた。

「遠藤《えんどう》先輩、あっち呼ばれてますよー？　高田《たかだ》先輩が、例の賭《か》けがどうとかって」

「お、高田が？　まじか」

「まじです。早く行かないと締め出されるかもー」

軽い口調で言ったのは、幹事のひとりであり高校時代の同級生でもある品野《しなの》だ。グラスをふたつ手にした肘《ひじ》で、とある方向を示している。よほど惹《ひ》かれるものがあったのか、遠藤と呼ばれた人物は映を振り返ることなくそちらへ突っ走って行った。

「――で、どうしたわけ。何でまた、よりにもよって遠藤さんに絡まれてんだよ」

遠藤の姿が人に紛れるまで見届けてから、品野は改めて映の隣に腰を下ろした。

「好きで絡まれたわけじゃない。それよりあの先輩、知ってるのか？」

「大学で一緒だった。幽霊部員なのに、たまーに出て来ると必ず騒動を起こす要注意人物」

「何だそれ」

うっすら納得できる説明に、映はテーブルに頬杖をつく。その前に持参のグラスの一方を置いて、品野は呆れ顔になった。

「おまえこそ、何であんな有名な人知らない……って、深見は大学別だったな」

がりがりと頭を掻《か》いた友人の説明によると、かなり好奇心旺盛な人なのだそうだ。おまけに無駄に粘り強く、自分の興味が尽きるまで対象を追い回すという。

「興味を持たれたら終わりっていうか、災難級って話なんだよな」

「何でそんな人にまで連絡した？　西峯先輩と親しかったわけでもないんだろうに」

「どっかから話が漏れたんだろ。西峯さんの奥さんの顔が見たくて来たけど、一目見ただけで満足したってよ」

「……それは僥倖《ぎょうこう》だったな」

何しろ西峯は新妻にベタ惚《ぼ》れだ。高校時代の一時期に先輩だっただけの相手にその妻を追い回されたりしたら、間違いなくキレて報復に走る。その時、事態の収拾をつけるのは西峯本人ではなく、映を始めとした幹事の面々だ。

しみじみつぶやいた映を見下ろして、品野は気の毒そうな顔になった。

「だからって、おまえに興味持たれたんじゃ本末転倒って言わねえ？」

「顔が珍しかったんだろ。たぶんすぐ飽きるよ。……本当に男かって訊《き》いてきただけだし」

「あー、おまえの顔って美人だけど性別ないもんな」

「……品野」

表情はそのままに、目元に険を含ませると、背凭《せもた》れに身を預けていた友人は見る間に挙動不審になった。何でも、無表情の映がコレをやるとホラー映画張りに怖いのだそうだ。

「あー、そういや遠藤先輩が言ってた話。おまえそろそろ彼女作る気ないの？」

「必要性を感じない」

すっとぼけた顔の品野が振ってきた話題に冷ややかに返してやる。と、品野はおもむろに頬杖をつき、じいっと映を見つめてきた。

「勿体《もったい》ねえなあ。おまえだったら相手に不自由しないだろうに」

「むしろ避けられてる方だと思うが。おまえや西峯先輩の方がずっと好かれてただろう」

西峯が率いるバスケ部は、高校大学と女性からの人気が高かった。レギュラーメンバーが手紙を貰《もら》ったり呼び出しを受けたりするのも日常茶飯事だったが、映はほぼ一貫して遠巻きにされていたのだ。

「それ、気後れしてたんだよ。おまえ口数少ないし部活の時以外では無表情だしで、どう話しかけていいかわからなかったらしいぞ。頑張って告白してくれた子も軒並み断っただろうが。大学ん時も似たようなもんだったって、西峯先輩も呆れてたしな」

「その気もないのに承諾してどうする」

いったい何の情報交換をしているのかと少々呆れる。それが顔に出ていたのか、品野は拗ねたように唇を尖《とが》らせた。身長百八十越えの大男がやると、つくづく不気味だ。

「そろそろ気が変わってもいいんじゃねえか？　西峯先輩の結婚式すげえよかったし、さっきから見てても微笑《ほほえ》ましいってか当てられるしさ。奥さんの友達紹介してもらおうって、あっちで盛り上がってんぞ」

「……泥沼の離婚劇を目の前で見たんでね。恋愛も結婚もろくでもないとしか思えない」

「――――へ？」

ぽかんとした声を聞いたあとで、余計なことを言ったと気がついた。ふだん細い目を倍以上に見開いている品野に、いつにない早口に言う。

「うちの親がそうだっただけで、世間一般がそうだとは言わないし思ってもいない。西峯先輩たちは確かにお似合いだしな」

「え、その、ええと……うん。いやごめん無神経だった、そんなこと言わせる気は」

「わかっている。こっちこそ悪かった。忘れてくれ」

あえていつも通りの口調で言った映に、途方に暮れた顔で品野が頷《うなず》く。それを見ながら、自覚していた以上に神経がささくれだっていることに気がついた。

高校時代からのつきあいになる品野は、映が身内との縁に薄いと知っている。だからこそ、こんなふうにたびたび恋人を作れと口にする。

余計なお世話だと思わないではないが、気持ちそのものはありがたいと感じている。それだから、この手の会話の時はいつも「結婚にも恋愛にも興味はない」で通したし、理由についてもあえて言及するつもりはなかったのだ。

「ところでおまえ、二次会幹事だろう。そんなところに座っててていいのか」

意図的に、映は話題をすっ飛ばす。つきあいの長さは伊達ではなく、品野は待っていたとばかりに乗ってくれた。

「えー、それ深見が言う？　ってーか、深見こそ何でこんなとこで隠居してんだよ。西峯さんがずっとこっちを気にしてんの、わかってるだろ」

「先輩とはさっき話した。今回は招待客を優先するのが当たり前だ」

卒業以来、西峯と再会する機会に恵まれなかった面々もいるはずだ。勤務先がそこそこ近く、たびたび食事や飲みに誘われていた映など後回しでいいに決まっている。

「そうは言ってもおまえ、ここ最近西峯先輩の誘い断り倒してたんだろ？　いい加減、あの人に気に入られてるってーか、懐かれてんの自覚したら？」

「その言い方はやめろ。相手は先輩だぞ」

平淡に指摘すると、品野はけらけらと笑って手を振った。

「やめろも何も、懐いてるって言い出したのは西峯先輩本人じゃん」

「……何？」

「年明け早々に何人かで飲んだ時、おまえの話になったんだよな。そん時、こんなに懐いてるのに深見がつれないって愚痴られた」

「――――」

やや離れたフロアの中ほどで大笑いしている西峯に目を向けて、映は複雑な気分になる。

無口無表情がデフォルトだったせいか、映は小学生の頃からどことなく浮いていた。中学から高校に上がった時もそれに変わりはなく、入学式から三日も過ぎる頃にはクラスを含む学年内で「マネキン」だとか「人形」などと呼ばれるようになっていた。

その映が、周囲に馴染むきっかけになったのが部活だ。見学期間初日に一回りするつもりで出向いた体育館で、いきなり飛んできたバスケットボールがもろに顔にぶつかった。周囲が奇妙にしんとした中、慌てたように駆け寄ってくるなり映の顔を覗き込んで「おい大丈夫か、どっか怪我《けが》してないか⁉」と声をかけてきたのが西峯だった。

彼以外の面々が引いていた様子からすると、映は定番の無表情だったのだろう。その映を部室まで連れて行った西峯は、手当をしながら「おまえ凄《すご》いなあ」と感嘆した。

（顔面にアレ受けても平然としていられるとは大した度胸だ）

論点はそこなのかと呆れたものの、どうせ今限りだと訂正しなかった。そうしたら翌日、校舎内で西峯から声をかけられたのだ。

（なあ、今日も見学に来るよな？　特等席で見せてやるから声かけろよ。待ってるからな？）

はずみで頷いてしまったため、義理を果たすつもりで放課後に体育館へ行った。気づいた西峯に部員たちの中に連れて行かれ、「こいつ新人な」と宣言されてしまったのだ。

（度胸あるし可愛《かわい》いぞー。しごいてやるからな？）

笑顔で屈託なく頭を撫で回してきた西峯は、あとになって映が新入生の間で浮いた存在だと知ってもいっさい態度を変えなかった。

（人それぞれってーか、深見は深見だからそれでいいんじゃねえ？　真面目《まじめ》にやるべきことをやってんなら、外野なんか放っときゃいいんだよ。心配すんな、俺が許す）

重たかった気持ちが、日の光を浴びて溶けていくような気がした。西峯が映を下の名で呼び捨てるようになった頃にはバスケ部にも溶け込めていたし、その中にいたクラスメイトの品野とは友人にもなった。結果、春の大型連休が終わる頃には、映のことを表だって「人形」

と呼ぶ者はいなくなっていた。

——懐いているのも、助けられているのも映の方だ。西峯が声をかけてくれるから、屈託のない笑顔を向けてくれるからそう捉えられているだけで、映の方がずっと甘えているし救われてもいる。

自分にはない、太陽の光のようなまっすぐさに憧《あこが》れた。その西峯が映を見てくれていると知っていたから、卑屈にならず自分は自分だと思えるようになった。

西峯と一緒にいるのがこの上なく楽しくて、躊躇《ためら》いのない信頼が嬉しかった。それを、今になってずしりと重く感じている。

潮時、ということだ。いずれ決着をつけなければならなかったことでもある。自嘲《じちょう》気味にそう考えながら、映はゆるりと席を立つ。

「おーい、帰るなよ？　二次会終わりまで深見の身柄を確保しとけって先輩方から要請出てるんだからな。あと、おまえもう少し食っとけ。一次会でもろくに腹に入れてないだろが」

「……指名手配犯か、欠食児童の扱いだな」

「指名手配は主賓の希望、欠食児童扱いはまともに食わないおまえの自業自得。ってことで諦めな。で、どこ行くの」

「所用だ。すぐ戻るよ」

「お供しようか？」

「……いいからこれでも見張っててくれ」

さすがに辟易《へきえき》して、スーツの上着を置いたまま席を離れた。背後から聞こえた「了解」との声に手だけを上げて見せて、映は出入り口とは別方向にあるレストルームへ向かう。

二次会場になるここはそこそこ名の知れたバーで、貸し切りではなく広いホールの一角を予約席として押さえたのだそうだ。一般客の席は近いが予約席エリアの奥であれば少々羽目を外しても大丈夫だと、これは大学での先輩からいい笑顔で聞かされていた。

二次会そのものは、あと小一時間ほどで終わるはずだ。それぞれ就職し妻帯者も増えてきたことから、今後ここまでの人数が集まることはまずないだろう。少人数での飲みはあっても西峯の参加率は落ちるだろうし、誘われても仕事を理由に断れば角も立たないはずだ。

安堵《あんど》したような失《な》くしものをしたような、何とも複雑な気分を抱えて映は表示に従い通路に入った。突き当たりにあったレストルームで用をすませ、再びフロアへと引き返す。

レストルームからフロアへの通路は長い。人ふたりが余裕ですれ違える幅があるが、さほど混《こ》んではおらず順番を待つ列も見当たらない。連れを待っているらしき長身の男性がひとり、数メートル先で壁に凭れているだけだ。

先ほど一気飲みした酒が回ってきたのか、頭の芯《しん》がふわふわする。うっかり転んだら目も当てられないと気を引き締めた時、横合いから感心したような声がした。

「深見映くん？　なかなか健気《けなげ》だね。一次会の幹事を引き受けた上に二次会まで出るとは思わなかったよ」

考える前に、足を止めていた。振り返った先、壁に凭れたままこちらを見据えていた男と目が合って、映は呼吸を詰める。

年齢は、西峯と同じくらいだろうか。成人男性の平均身長プラス二ミリの映を余裕で見下ろす彼は、大柄な品野と同じくらい背が高い。やや落とし気味になった照明の下でも見て取れる顔は華やかに整っていて、見るからに優しげな笑みを浮かべていた。

今回のパーティーには、先ほどの遠藤のように面識のない者も参加している。そして無表情さが目につくのか、映は見知らぬ相手から認識されていることが多い。

「……どこかでお会いしましたか？」

けれど、この男性は知らない。一次会でも見た覚えがない。どこかで見かけていたとして、安易に忘れられるとは思えない。

「いや、初対面。それにしても大したもんだねえ。まさか、ずっと片思いしてた相手の結婚報告パーティーの幹事をああもきちんとやってのけるとは思わなかったよ」

「――――！」

「ニシミネ先輩さん、だっけ。高校からの先輩で、大学も深見くんの方が追いかけて行ったんだよね」

否定するタイミングを完全に逃したと、にこやかな笑みを向けられたあとで気がついた。

映が西峯への恋愛感情を自覚したのは、大学に入学して間もない頃だ。おそらく以前から気持ちはあったのだろうけれど、恋愛事に興味がない映はそれを親しい先輩への好意だとしか捉えていなかった。それだけに、ひょんなことから自覚したそれが恋愛感情だと認めるまでには一年近くの時間が必要だった。

同性同士が云々《うんぬん》よりも、自分が誰かにそういった感情を抱《いだ》いたことが信じられなかったのだ。とはいえ、当時の西峯には可愛らしい彼女がいて、映のその気持ちがまず報われないのは目に見えていた。

本音を言えば、ほっとした。これまで通り弟分でいようと決めて、映はその気持ちを深い奥底に封印した。

だからといって、気持ちは簡単には消えない。西峯が卒業し自らが就職したあとにも誘われて顔を合わせるたび、映は諦めたつもりの感情を思い知らされた。

一年前、西峯からの婚約報告を受けて平然と祝いを口にしながら、内心ではまるで祝福できずにいる自分にうんざりしたのだ。今度こそ、この気持ちを終わらせるべきだと思った。

表情が薄いとはいえ、まったく出ないわけではない。西峯や品野のように親しい相手は、時に困惑するほど的確に映の反応を見切ってしまうことがある。今まで通りのつきあいを続けていれば、いつか誰かが西峯への映の気持ちに気づくに違いない。そうなるよりはと、以降は西峯からの誘いをできるだけ断ってきた。

結婚式の招待状を受け取った時も、出席するかどうか悩んだのだ。招待主が西峯だからこそ出席すべきだと判断し、それを機に今度こそ西峯と距離を置こうと決めた。

……誰にも気づかれることのないよう、細心の注意をしてきた。少なくとも現時点では、親友と呼べる立場にいる品野ですら「西峯が映を構っている」と認識している。

それなのに、どうして。

「――目的は何ですか。僕に何の用があるんです？」

静かに発した声は、威嚇《いかく》しているように低くなった。

怖いほどの無表情になっているだろう映を見つめたまま、男は凭れていた壁から背を離す。楽しそうに頬を緩める様子を目にして、背すじがざっと粟立《あわだ》った。

「失恋確定で辛《つら》いだろうから、慰めてあげようかと思ってね」

「無用ですのでお気遣いなく」

「そう言わず、今夜一晩つきあってみる気はない？　ちゃんと優しくできると思うよ」

一歩引こうとした時には遅く、肩を引かれて今の今まで彼が凭れていた壁に押しつけられていた。内緒話でもするように身を屈めた男に近くで覗き込まれて、映は全身を緊張させる。

「……僕も、あなたも男では？」

「ニシミネ先輩さんも男だよね」

即答した相手は、じっと映の顔を見つめたままだ。

人形じみたと言われる顔の映に妙な興味を抱く男がいることは、大学に上がってから知った。西峯の在学中にあった誘いは比較的おとなしく映が断りを入れることで退いてくれたが、彼が卒業するなり頻度が増え言い方も露骨で過激なものが混じった。あまりにひどい時は察知した部活仲間が間に入ってくれたし、そうしているうちに映自身も少しずつ対処に慣れて、今は自力で撃退できるようになっている。

「もちろん二次会が終わってからでいいよ。二駅先の駅前のシティホテルとかどうかな？」

問題は——気がかりなのは、初対面のはずの男がどうしてそこまで映のことを知っているか、だ。

「……断ると言ったら、どうします？」

「速攻で振られるかあ。まあ、それならそれで考えがあるけどね」

「考え、とは？」

「一番手っとり早いのは、ニシミネ先輩さんに深見くんの気持ちをバラすことかな」

「————」

予想していただけに、さほどの衝撃はなかった。とはいえすんなり頷けるわけもなく、映はあえて問い返す。

「どうやって、でしょうか。先輩とはお知り合いですか？」

「顔を合わせず知らせるのって案外簡単だよ。ニシミネ先輩さんの会社に名指しの電話を入れてもいいし、会社サイト経由でメールを送ってもいい。勤務先と顔がわかれば自宅を突き止めるのも簡単だしね。……何だったら、一度試してみる？」

華やかな笑みを浮かべた男が低い声で口にしたのは、西峯の勤務先と部署名だ。あり得ないことに、映はきつく眉根を寄せる。

電話やメールで何を吹き込まれたところで、西峯は鵜呑《うの》みにはすまい。けれど、だからといって知られても構わないとは言えない。西峯に「知られた」時点で、映はきっとまともに彼の顔を見られなくなる。

距離を置くと言っても、二度と会わないつもりはないのだ。数か月か半年か経《た》って気持ちが落ち着いた時ならこれまで通りのつきあいに戻れるだろうと――戻ると、決めていた。

「……それは、とても困るんですが」

「だよねえ。俺も困るんだよね」

飄々《ひょうひょう》とした声に、今日限りで今度こそ深く手の届かない場所に埋めてしまうはずだった気持ちを無遠慮に摑み出されたような気がした。

ぐっと息を飲んで、映は胸の中のざわめきを抑え込む。敢えて平淡に言った。

「二次会には、最後まで参加しなければならないので」

男が、にこりと笑みを浮かべる。映のこめかみを指先で撫でて、満足そうに最寄り駅名ともうひとつの駅名、そしてとあるホテル名を口にした。

「二駅で着くから中央改札口から中央口を出て、すぐ右手に見えるはずだ。――チェックインしたら部屋番号を知らせるってことで、連絡先を教えてもらっていいかな」

「僕の名前でチェックインしてください。フロントで確認します」

「案外、ガードが固いんだな。まあいい、向こうで待ってるからね」

面白そうに笑った男は、それ以上追及することなく背を向けた。

離れていく長身を見送りながら、携帯のナンバーやアドレスは知られていないようだと察しをつける。加えればあの問答の間、知り合いが通りかからなかったのは本当に僥倖だ。

男の目的が何であれ、厄介事《やっかいごと》は早めに片付けておくべきだ。過去に恋人がいたことがなく、そういった経験もない自分が見知らぬ男を楽しませることができるはずもなし、だったら行為に至る前につまらないと放り出される可能性が高い。そのまま行為に至ったとしても、男の身だ。それこそ、野良犬に嚙まれたとでも思って忘れればすむ。

さっくりと気分を切り替えて、映は賑《にぎ》やかなフロアへと引き返した。

品野が気を回したらしく、戻ったテーブルには複数の軽食メニューが並んでいた。映の顔を見るなり「おまえのノルマな」と宣言され、うんざりしながら「酒も頼む」と口にする。

「飲むのか。さっきまで控えてなかったか?」

「気が変わった」

もう少しアルコールを入れておかないと、このあとを乗り切れない気がしたのだ。幸いにして酒癖は悪くなく、少々過ごしたところで物言いが大雑把《おおざっぱ》になる程度だ。潰れる寸前まで飲んだとしても記憶を失うこともない。

「映も次、行くだろ？」

新たに運ばれてきた酒と料理を片づけてまもなく、二次会はお開きとなった。会場を出るなり顔を赤くした西峯に絡みつかれて、映は苦笑する。酔うとスキンシップが増える西峯は、上機嫌らしく満面の笑みだ。

「遠慮しておきます。奥さんもお疲れでしょうし、西峯先輩も帰られた方がいいのでは？」

「奥さんは帰すけど俺は飲むぞー。もちろん映も一緒になっ」

子どものおねだりよろしく、後ろから抱きつかれた。振り返って、映は意図的に声のトーンと落とす。

「申し訳ないんですが、ちょっと体調が悪いので……」

「へ、そうなのか。って、幹事やって忙しかったからだよな⁉　ごめんな、助かったありがとうっ。さすが映だ、いい集まりだったたっ」

とたんに表情を変えた西峯に、ぐいぐいと左右に揺すぶられた。

「ちょ、体調悪い人に何やってるの！」

「あー……西峯先輩、さすがの深見も引いてるっぽいからそのへんで……」

泡を食った西峯の妻が割って入り、品野がそれに加勢する形で、映は三次会へと向かう面面から離脱した。

「映ぃ、また飲みに行こうなあ」

最後の最後まで笑っていた西峯が品野たちに連行されていくのを見送って、映は最寄り駅へと足を向ける。

指定されたシティホテルまでは、電車に揺られて数分で着く。まだ新しい白い外壁は何度となく目にしていたけれど、中に入るのはこれが初めてだ。

フロントで「深見」と名乗ると、すぐに部屋番号を告げられる。どうやら、連れが遅れてくると伝えてあったらしい。

周到なことだと感心したあとで、つまりそういうことに手慣れているのだと察しがついた。エレベーター内で「12」のボタンを押し、壁に凭れて目を閉じながら、つい先ほど抱きついてきた西峯の体温を思い出して息苦しくなる。

じきに開いたエレベーターの扉から廊下に出ると、頭を振って思考を振り飛ばす。教わったナンバーのドアをノックすると、待っていたようにドアは開かれた。

ドアの向こうに立っていた男の、きれいな顔が驚いている。怪訝に首を傾げたとたん、肘を取られて客室内へと引き込まれた。

ドア横の壁に、背中ごと押しつけられる。吐息が触れる距離から見下ろしてくる男の表情はやはり驚いたままで、食い入るように映に視線を当てていた。瞬いた視界のすみで、内開きのドアが音を立てて閉じるのが見える。

「――……本当に、来るとは思わなかった」

ややあって耳に届いた低い声の、掠れた響きと内容とに映は眉を上げる。

「脅して要求したのはそちらでは？」

「確かにそうなんだけどね」

苦笑した男が、何かを確かめるように映の頰に触れてくる。長い指をこめかみに移したかと思うと、なぞるように左の眦に触れてきた。身構えた映を見つめ、仕方がないとでも言いたげな笑みで唐突に言う。

「少しくらい、泣いてみればいいのに」

「は？」

「失恋したんだろ。少しくらい、泣き喚いてもおかしくないと思うけど？」

「……遠慮しておきます。無駄なことはしない主義ですので」

即答した映の眦から顎へと指を移して、男は少し呆れたように笑う。顎を掬《すく》ったのとは別の指で、ゆるりと唇のラインを撫でてきた。

「キスしていいかな？」

声を発する気になれず、沈黙することで返事に変えた。腕の中から逃げない映に答えを悟ったらしく、ふっと気配が寄ってくるのがわかる。

初めて触れた他人の唇は、予想以上に柔らかくかさついていた。何度か角度を変え、ようやく離れたかと思うと吐息のような囁《ささや》きを落としてくる。

「少しでいいから、口開けて？」

「……………」

言われるがままに応じると、唇の合わせを嘗《な》めた体温にするりと歯列を割って入られる。生々しい感触に跳ねた肩を捉えられ、無意識に逃げかけた首の後ろを摑まれた。知らず眉を顰めながら、映は逆らうことなく続くキスを受け入れる。

口の中で、何かをかき回すような音がする。誘うように動く体温に舌先を搦め捕られたかと思うと、やんわりと歯を立てられる。初めての行為に戸惑いと違和感を覚えて、知らず身体が強《こわ》ばった。

「結構冷静だね。……慣れているようには見えないけど」

「あいにくと、初心者ですので」

「それでここまで来たんだ？　こうなるのがわかってて？」

覗き込む距離で言う男の、唇がやけに目につく。コレが触れていたのかと妙に冷静に考えながら、映はおもむろに眼鏡を外した。

「先ほども言いましたが、脅して要求されましたから」

初めてだったから知らなかったが、キスするには眼鏡が邪魔だ。角度により鼻や目周辺に食い込んで痛い上、歪むかもしれないという物理的な問題もある。そうなる前にと丁寧《ていねい》に折り畳み、上着の内ポケットに入れておいた。

「来ると決めたのは僕なので、結果の責任を押しつけるつもりはありません。だからといって、逐一返答を要求されても困ります」

「ふうん。……そういう言い方をすると、落ち着いてるように見えるよね」

苦笑混じりの声とともに、するりと上着の肩を落とされた。気づいた映が動くより先に、男の手が傍のクローゼットに伸びる。慣れた手つきで映の上着をハンガーにかけると、数歩離れた距離から思いついたように言う。

「おいで。こっちだよ」

「――――」

無言で二歩近づくと、当然のように肘を掴まれた。一拍後には映は男の腕に捉えられ、促されるままに歩き出している。

客室の中央で目につくのは、ふたつ並んだ大きめのベッドだ。どうやら、この状況でダブルの部屋を取るほど恥知らずではなかったらしい。

ベッドの上に座らされたかと思うと、またしても呼吸を奪われた。達観半分、好奇心半分で受け入れているうち、ネクタイが襟から抜かれる。シーツの上に転がされて、上から男がのしかかってきた。

食い込むように深く唇の奥を探られて、息苦しさに喉が鳴る。背けようとした顎を引き戻されて、上唇を齧《かじ》られた。

「……もしかして、キスも初心者？」

「それは、今必要な情報ですか」

正直に返事をするのが癪《しゃく》で、平然とした顔を作って言い返す。と、苦笑した男はわざとのように映の顔の左側に顔を埋《うず》めてきた。そのまま耳朶《みみたぶ》を舐《ねぶ》られて、知らない感覚に背すじがぞくりとする。

「……っ」

こぼれかけた声を、辛うじて噛み潰す。それでも、喉の奥から音のような声が出るのは殺し切れなかった。それを聞きつけてか、湿った体温が映の耳朶を歯を立てながら小さく笑う。耳朶へのキスはそのままにカッターシャツの襟を探られ、おそらくボタンを外されている。引っ張られた襟元から、布越しでなく直接の体温が入り込んできた。

こんなふうに誰かに触れられるのは初めてで、知らず顔が歪んでくる。肌が粟立《あわだ》っていくのを、見るまでもなく確信した。

「——どうして告白しなかったの？」

「な、に言っ……」

「ニシミネ先輩さん、きみとはつきあいが長くて親しいよね。おおらかで人望もあるようだし、思い切って告白してみてもよかったんじゃないかな」

予想外の言葉に、どうしようもなく顔が歪んだ。吐息が触れるほど近い男の顔を睨《にら》むように見据えて、映は言う。

「あなたには、関係のないことでは？」

「関係ない、ねえ。あのさ、バーで見た時から今もそうなんだけど、きみ、ずっと泣きそうな顔してるよね。もしかして自覚なし？」

「――勝手に決められても迷惑なんですが」

本気で映が泣きそうだったなら、少なくとも品野は黙っていない。あの友人は西峯と同程度に映の感情を見抜いてしまうし、気がかりを見逃すほど薄情でもないはずだ。

言い返した映を近い距離で見下ろして、男は鼻で笑った。

「なるほど。いつもそうやって顔を作って誤魔化《ごまか》してるわけだ」

「誤魔化すって、どういう――」

「ずっとニシミネ先輩さんを見てたくせに」

柔らかい声音で切りつけるように言われて、映は小さく息を吸い込む。

「まだ好きなんだよね？　どうしても諦めきれない、忘れられない。好きで好きで、どうしようもない」

「何、言っ……」

「それなら本人にそう言えばよかったのに。欲しいくせに無理していらないフリをしてるから、パーティーの幹事なんか押しつけられて都合よく使われるんだよ。……まあ、告白したところで無駄だったろうけどね」

「――っ、余計な世話だ！　あんたにそんなこと言われる筋合いはない！」

とうとう声を荒げた映を見下ろして、男は皮肉っぽく笑う。

「お似合いの夫婦だったよね。美男美女で想い合っているのが、遠目でもよくわかった。あれなら二世もすぐじゃないかな」

数時間前に目にした、西峯とその妻の仲睦《むつ》まじい様子が脳裏によみがえる。これまでうまく宥《なだ》めて抑え込んでいたはずの気持ちが――諦めかけていたはずの感情が、箍《たが》が外れたように吹き出してきた。

無表情で偽装しているだけで、何も感じていないわけではない。西峯への気持ちを自覚して以来、近くにいた時間の長さの分だけ、映の中には分厚く積もったものがあった。

……婚約を知って会う機会を減らしたのは、西峯の顔を見ただけで苦しくなるからだ。披露宴で新郎新婦の晴れ姿を目にした一か月半前に、「本当に終わり」だと思い知らされ切りつけられるような思いを味わった。今日の報告パーティーの準備中にも、西峯たちの仲睦まじさを目にするたびにこんなにも好きだったのかと思い知らされた。

男女を問わず、映は西峯以外の相手にそうした意味での好意を抱いたことがない。今後誰かを好きになるとは思えないし、そんな感情は自分には必要ないと考えてもいる。

……最初で最後の恋だったからこそ、あの結婚披露宴を機会に距離を置きたかった。それが一か月半も長く引きずったあげく、ここでこんな男に絡まれている。

逃げ道は、ない。わかっていたはずのその事実が、一気に頭から消し飛んだ。

「だ、から何なんだ！　いい加減にしろ、そんな話がしたいなら」

言いざまに抗《あらが》った両の手首をまとめて摑まれ、シーツに押しつけられる。満足そうに笑んだ男が顔を寄せてくるのを知って露骨に横を向くと、耳元で吐息混じりの声がした。

「いい傾向だ。ちゃんと顔に出てる」

「……っ、え――」

語尾に重なるように、唐突に明かりが落ちる。ぎょっと身動いだその頰を不意打ちで撫でられたかと思うと、低い声が耳を打った。

「――映」

びくりと全身が固まった。闇の中で映はのしかかってくる相手へと目を凝らす。

身内との縁が薄い映を、下の名で呼び捨てる人はひとりだけだ。映の事情も状況も知らず、頭を撫でて「可愛い」と言い放った高校の時の西峯。入部二日目には当然のようにそう呼ばれて、呆気《あっけ》に取られながら少しも厭だとは思わなかった。

……西峯が、ここにいるはずがない。三次会で、あの部活メンバーたちと陽気に飲んでいるはずだ。なのに、その声も口調も言葉遣いまでもが、その人のもののように聞こえた。

「気づかなくて悪かった。今からでもいいから言いたいことは全部言え。遠慮すんな」

「……っ――」

穏やかな口調も、映の頭を撫でる仕草も西峯そのものだ。そう思う自分に戸惑って、だからこそ胸の奥が詰まった。

「言えないんだったら、せめて我慢せず泣け。……ずっとこうしててやるから」

声とともに、ふわりと抱き込まれる。その声と体温を知って、ぐらりと何かが崩れていく。

無意識に伸びた手が、上になった肩を掴む。その時になって両手が自由になっていたのを知った。

頭のどこかで、「違う」と声がする。これは西峯ではないと、冷静に指摘している。

なのに、気持ちのどこかがその事実を拒絶した。わかりきったことに目を塞《ふさ》いで、西峯の声と口調で告げられた西峯ではない相手の言葉へと縋《すが》りついていく。

映、ともう一度声が呼ぶ。たった二音のその声が、映の中で辛うじて保っていた部分を突き崩した。

「……、――」

声が、うまく言葉にならなかった。いったん崩れた感情は深く底から舞い上がるようで、いつの間にか映は目の前の肩にしがみついている。

名前を呼ぶ声とともに顎を取られ、呼吸を奪われる。先ほどまでは嫌悪しかなかったはずの接触に、けれど今は自分から応えていた。頬を擽った指が首へ、喉へと落ちて剝《む》き出しになった胸元に触れてくるのも、振り払おうとは思わなかった。

「ん、……ぁ――」

本当に相手が西峯だったら、絶対こんなところは見せられないだろうに。

頭のすみにぽつんと浮かんだその思考は、指を追いかけるように辿っていくキスに吸い取られるように消えていった。

2

深い泥の底に、沈んでいるような気がした。

「……――?」

瞼《まぶた》を開くなり目に入った白い天井に、真っ先に覚えたのは違和感だ。自宅ではなくホテルの類《たぐい》だと気づいて顔を向けた先、サイドテーブルに表示された時刻は午前十時五十分を回っていた。

瞬間的に、「チェックアウトは」と思った。即座に飛び起きたはずが妙に身体《からだ》が軋《きし》んで、視界が斜めに落ちるような錯覚に襲われる。

「いきなり動かない方がいいんじゃないかな」

すぐ近くで聞こえた吐息混じりの低い声音にぎょっとしたあとで、誰かの腕に支えられているのに気がついた。辛うじて顔を上げるなりすぐ傍から見下ろしてくる人物と目が合って、とたんに昨夜の経緯を思い出す。

——真夜中にバスを使ったあと、タクシーで帰ると主張したのをいなされてベッドに連れ戻された。言葉通り初回とは別の意味で追いつめられ、必死で懇願した覚えがある。そのたび優しく頰を撫でられそこかしこに柔らかいキスをされて、安堵したと思えばまたギリギリまで追いやられた。気が遠くなるほどの繰り返しの果てに、映は意識を落としてしまったらしい。

……醜態としか言いようがない。救いは今日が日曜日で、会社が休みだということか。

短く息を吐いて、映はどうにか身を立て直す。寄りかかっていた相手から距離を置こうとしたけれど、身体のそこかしこに残る軋みがそれを許さなかった。背中から肩に回って映の身を支えている腕も、離れていく気配がない。

「もう少し休んだ方がいい。ごめん、つい夢中になって加減を忘れた」

「平気です。それより放してもらえませんか」

過ぎたことを悔やんだところで無意味だ。背に回る腕を押しのけて、映はどうにか自力で座り直す。ぐらぐらと傾く視界に顔を顰めていると、心得たような腕に再度引き寄せられた。

「この状態でそれは無理かな。責任は取るつもりだしね」

「責任……?」

胡乱《うろん》に振り返った先で、背後にいた男と目が合う。きれいな笑みを浮かべた彼に眦を撫でられて、そこが熱を持っているのを知った。

「まだ腫れてるね。往来を歩くのはもう少しあとにした方がいい」

「――フロントでタクシーを呼びます。チェックアウトは十一時ですよね?」

「二十時まで滞在ってことで、フロントには連絡してあるからゆっくりしていいよ」

「……は?」

告げられた内容が、すぐには理解できなかった。眉根を寄せた映の目尻から頰を指先で辿って、男は平然と言う。

「夕飯のあと、きみの家まで送って行こう。その頃には目の腫れも引いてるだろうし、身体も楽になってるはずだ」

「……遠慮します。自宅で休めばすむことですし」

「そうかな。ここにいた方がきみにとっても都合がいいと思うけど」

「どういう意味です?」

思わせぶりな言い方にうんざりして視線に険を込めた映に、男は落ち着いた口調で言う。

「今のきみをひとりにする気はなくてね。どうしても帰ると言うなら送るけど、夜まではきみの部屋にいさせてもらうよ」

「……冗談でしょう」

声音が尖ったのが、自分でもわかった。そんな映を、男は面白そうに眺めてくる。

「本気だけど。そもそもきみはどうやってフロントまで行くのかな。ひとりで歩けるとでも？」

「ホテル内は壁伝いでどうにかします。ならなければ車いすを持ってきてもらえばいいでしょう。こういう場所には備えてあるはずです」

「で、タクシーを降りたあとはどうするの。九階まではエレベーターでいいとして、車からそこまではどうする？　エレベーターを降りてもそこそこ歩くよね？　あと、食事はどうするつもりなのかな。一人住まいで自炊もしないのに？」

立て続けの指摘に、どうしてそこまで知っているのかと心底ぞっとした。それを辛うじて押し潰して、映は言葉を繋ぐ。

「どうにかします。食事なら、一日抜いたところでどうということもありませんし」

「身体に悪いこと平気で言うなあ……で、何を着て帰るつもり？」

「それはもちろん、スーツで」

即答しかけて、男の声音に含みがあったことに気づく。反射的に見下ろした自身の服装は、明るいベージュの浴衣《ゆかた》に似たもの――おそらく、ホテルに備え付けの寝間着だ。

「スーツとワイシャツはクリーニングに出したよ。夕方六時には届けてくれるって」

「――――」

絶句したまま何度か息を吐いて、そのあとでようやくとんでもないことに思い至る。

自分で、この寝間着を着た覚えがないのだ。おまけに、布に触れる肌はどこもすっきりとさらさらしている。

夜中にシャワーを浴びた覚えは、ある。けれど、その後映は目の前の男の手で再びベッドに沈められた。ワイシャツもネクタイも剝《は》がされ、いいように煽《あお》られて意識を失った――。

「風呂はすませてるから気にしなくていいよ。もう一度浴びたいなら手伝うけど、先に食事をしないとね」

笑みを含んだ声とともに頬を撫でられて、映は泣き顔を見られたなど些少《さしょう》なことだったのだと思い知る。考えてみれば今いるベッドは未使用だったはずの窓際の方で、つまり事後の後始末から風呂まで赤ん坊レベルで世話になったわけだ。いっそそのまま放置して欲しかった気もするが、それはそれで盛大にいたたまれない思いをしたに違いない。

「――……すみません。ご迷惑をおかけしました」

「いえいえ。可愛い恋人の世話は迷惑のうちじゃないしね」

「は?」

 あり得ない言葉を聞いた気がして、映は顔を上げる。

「今、何か言いましたか」

「うん。こんなに可愛い恋人の世話ならむしろ大歓迎っていうか、本当に楽しいよね」

「……一応、確認しますが。恋人、というのは」

「きみのことだけど？」

華やかな笑みで即答されて、またしても言葉を失った。ここで黙るのはまずいと本能で悟って、映は言葉を絞り出す。

「いつからの話ですか。僕に覚えはありませんが？」

「そうかもしれないねえ。了承貰ったの、ベッドの中にいる時だったし。ああ、でも昨夜のバーで声をかけた時につきあってくれるって言ったよね？」

「それは昨夜だけの話では？」

「俺、そんなこと言ったっけ」

きれいな笑みで断言されて、全身がざわりとした。巻き戻した記憶の中で男の言葉の正しさを認識して、無意識に喉が締まる。腰に回った腕が思いのほか強いことを、再認識した。

「無理強いする気はないから大丈夫だよ。ただ、断られたらショックでところ構わずメールや電話をするかもしれないね。いい写真も撮れたことだし？」

言葉とともに差し出されたスマートフォンの画面を目にして、呼吸が止まるかと思った。

間違えようのない、自分の顔だ。目元を赤くし瞼を落として、見るからに泣き寝入りという風情の――。

「これ……」

「あんまり可愛かったから、ついね」

穏やかで悪びれない物言いに、ぞわりと全身に寒気がした。

……西峯に送ると、仄《ほの》めかしている。だったら、写真がこれ一枚だとは思わない方がいい。

むしろ、もっとろくでもない場面を撮られている可能性が高い。

断れる、状況ではないのだ。今の映に逃げ場はない。物理的にも、……精神的にも。

「……僕は、あなたの名前も知らないんですが？」

「名前、ねえ。ヒロトと呼んでもらおうかな」

「恋人に、フルネームも教えないわけですか。それなら何の仕事を？」

平淡に問い返した映を楽しそうに見下ろして、男――ヒロトは笑う。

「ひとまず黙秘かな」

「……恋人なら、知っていて当然では？」

「それよりきみの興味を引いておくのが先決だよね」

柔らかい笑みとともに、全身がぐらりと傾く。「え」と思った時には斜め後ろにあったはずの男の顔が角度を変えた真横にあって、互いの位置を変えられたのを認識した。

近すぎる距離から覗き込まれて、映は胡乱に顔を顰める。息を吐いて、事務的に訊いた。

「興味、というのは」

「まだ無理かな。まあいいや、それよりキスしていい？」

「は？」

いきなりの台詞に瞬いた時にはもう、ヒロトの顔が目の前に来ていた。

避ける間もなく唇に齧りついた体温が、ほんの数秒で離れていく。今さらに口元を押さえて、映は目元を険しくした。

「いきなり、何を」

「恋人だったらこのくらい当然だよね？」

「――――」

露骨に揚げ足を取られて、渋面で黙るしかなくなった。どのみち拒否権はないのだと思い知って、映は無言で顔を背ける。

「まずは何か食べようか。ルームサービスになるけど、どれにする？」

甘い笑みとともに差し出されたメニュー表を眺めてみたものの、食欲はまるでない。選ぶ気になれず漫然と眺めていると、数分と経たずメニュー表を取り上げられた。

「適当にオーダーしておくから、きみは横になっているといい。届いたら起こすから寝ていいよ」

「……はあ」

この状況で反抗したところで、自分の首を絞めるのがオチだ。ベッドの上で毛布を首まで引き上げながら、映はヒロトを盗み見る。メニューを手にした男は、ちょうど受話器を手に取ったところだ。

「ルームサービスを頼みたいんですが――」

（恋人だったらこのくらい当然だよね？）

ヒロトのあの台詞を、鵜呑みにする気は映にはない。何しろ昨夜から、この男は映からの問いに一度もまともな返事をしていない。

そもそもあの容姿でこの物腰なら、男女を問わず恋人や遊び相手に不自由するはずがない。そんな男が、人形やマネキン扱いされるような人間を相手にするとは思えない。

何より、そういう意味で映が好きだったと言うなら――その上であれだけの情報を集めたにしては、映自身がまったくヒロトを知らないのが不自然すぎる。

「ええ、はい。じゃあよろしく頼みます」

低めの声のあとで、受話器を置く音が聞こえてくる。足音はなかったが、室内を人が歩く気配は伝わってきた。

「――寝たかな。ぐっすり？」

狸《たぬき》寝入りを続行しながら、今になって苦く思う。どうしてこの男と西峯とを混同してしまったのか。

声だけ聞けば、確かにそっくりだ。けれど、見た目はまるで違う。同じように、話し方や抑揚は少しも似ていない。意図的に真似《まね》をしたのだとしても——映自身が混乱しきっていたにせよ、ああもあからさまなやり方にまんまと乗ってしまった事実が忌々《いまいま》しい。

みっともないではすまない、もはや恥以上の弱みのレベルだ。心底自己嫌悪しながら、映はきつく瞼を閉じた。

拍子抜けしたというのか、肩透かしに遭《あ》った気分だった。

ルームサービスでの食事を終えてから夕食までの間のほとんどを、映はベッドの上でうたた寝をして過ごした。

どうやら、自分で思っていた以上に疲労が溜《た》まっていたらしい。考えてみれば通常勤務だった週日の夜のみならず、土日祝日はほぼ一日中パーティーの手配や準備に追われていた。そこに昨夜のアレが決定打になったに違いない。

ちなみにその間のヒロトはと言えば、室内で静かに過ごしていたようだ。目を覚ました時は大抵タブレット端末を操作していたから、それで何かやっていたのだろう。

意外にも、ヒロトはまったくと言っていいほど映に余計なちょっかいをかけて来なかった。そのくせ映が目を覚ました時には当然のように近付いてきて、水分だの食事だの室温だのと細かく世話を焼くのだ。何しろ、知らない間に加湿器まで稼働させていた。

ヒロトが外出して買ってきた弁当で夕食をすませて、いよいよ客室を出る。休んだおかげで自力で歩けるようになった映は、フロントに立ち寄ることなく地下駐車場に停めたヒロトの車の助手席に乗せられた。

「フロントでチェックアウトしてくる。そのあと家まで送っていくからここで待ってて」

「……了解です」

無駄だと知り、なおかつ打開策もない状況で抵抗するほどの反骨心は、映にはない。素っ気ない口調でそれと悟ったのか、ヒロトは「すぐ戻る」と言い置いて車から離れていった。

ダッシュボードを探ってやろうかと、一瞬考えたがやめておいた。

陸運局で車のナンバーを問い合わせれば、持ち主の名前はすぐに割れるのだ。ナンバーは記憶した今、わざわざ泥棒めいた真似をする必要はない。

じきに戻ってきたヒロトは、助手席で待つ映を見て頬を緩めた。わかりやすい反応に微妙な思いを抱きながら、映はあえて沈黙を守る。動きだした車の窓から外を流れる夜景を眺めて三十分ほど過ぎた頃に、自分の判断の正しさを再認識することになった。

「はい、到着。ここで間違いなかったよね」

「ありがとう、ございました」

路肩に寄せて停まった車中で答えながら、映は「嘘《うそ》だろう」という台詞を辛うじて飲み込んでいた。

就職と同時に移り住んだ賃貸マンションは、古い住宅街の奥にある。細く入り組んだ路地の多くが一方通行になるため、宅配業者ですら迷って電話してくることがあるような場所だ。映自身、入居後半年ほどはたびたび迷って交番や近くの商店で道を訊《たず》ねた覚えがある。なのに、ヒロトは迷うことなく辿り着いた。カーナビゲーションも使わず最短コースを取った上、車通りの多い道路の路肩ではなくマンション横の私道に入って車を停めた。

はったりでなく、本当に住所を把握されているわけだ。

ぞっとするものを抱えながら、映はシートベルトを外しにかかる。と、横から金具ごとその手を掴まれた。

「先に連絡先を交換しておこうか」

「……それ、どうしても必要ですか」

言ったあとで、自分がいつになく及び腰になっているのを実感した。そんな映を運転席から眺めて、ヒロトは悲しそうに顔を歪める。

「厭ならいいよ。会いたい時は会社に電話する。きみに繋がらない時は会社のサイト宛にメールすればいいかな。返信がない時は忙しいんだろうから、ここで待ち伏せるか部屋の前で待っていようか。それとも、その前に確実な伝《つて》を使って連絡した方がいい？」

「――――」

「昨夜でわかってくれたと思ってたんだけど。俺、諦めはとんでもなく悪いよ」

絶句した映を、ヒロトはきれいな笑みで見つめてきた。先ほどまでの悲しげな表情とは相容れない鋭い視線は確かに昨夜映を脅した男のもので、改めて逆らうだけ無駄だと思い知らされる。

「……仕事中は、電話もメールも応対できませんが」

「こっちも条件は同じだよ。気にしなくていい」

逃げられない、のだ。ぐっと息を飲み込んで、映は連絡先の交換に応じる。返ってきた携帯電話の住所録に「ヒロト」の文字を確認し、ふと思いついて顔を上げた。

「僕の自宅も勤務先も、交友関係や好みまで知っているのに、どうして連絡先を知らないんです？」

「遺憾なことにそこまで万能じゃなくてね」

飄々とした返事は、ホテルでフルネームを問いただした時と同じだ。追及しても無駄だと察して、映は今度こそシートベルトを外す。助手席のドアに手をかけたところで、いきなり肩を引き戻された。

「え、……ちょ――」

語尾を封じたキスに、上唇を齧られる。無意識に逃げかけた肩をシートに押しつけられたかと思うと、二度、三度と唇を啄《ついば》まれた。

「今週末にデートしようか。遊園地か博物館ならどっちがいい？」

「……子ども、じゃあるまいし」

「たまには童心に返るのも悪くないんじゃないかな」

近すぎる距離から苦笑混じりに言われて、映はあえて唇を引き結ぶ。その様子に軽く笑ったかと思うと、ヒロトはするりと映の頬を撫でた。

「じゃあ、今日はこれで。また明日ね。——ああそうだ、これ明日の朝食だから」

そう言って、意外にも呆気なくヒロトは去っていった。十数メートル先の通りに合流した車は、建物に遮られてすぐに見えなくなる。それでも、しばらくその場から動けなかった。

「何なんだ、いったい」

額を押さえたあとで、右手に下げた包みの存在を思い出す。

明日の朝食と言っていたが、世の恋人同士というのはここまで世話をするものだろうか。部活関連で、女の子から差し入れされるのも多くが食べ物だった。映はいっさい受け取らなかったが、大食漢の品野やフリーの時の西峯などは喜んで食べていたはずだ。

——この場合、一応は「恋人から」だから受け取って食べるべき、なのか?

辿りついた結論に今ひとつ納得できず、だからといってそのあたりに置いていくわけにもいかない。仕方なく包みを下げてエントランスに入り、九階にある自宅へ戻った。

着替えをすませて開いた包みの中身は、どこかの店で買ったらしきサンドイッチとレトルトのコーンスープだ。サンドイッチのプラスチックケースの、店舗のシール横には手書き文字の書かれた付箋《ふせん》が張り付いている。曰《いわ》く、「明日の朝、残さず食べること」。

本気で、あの男の意図が見えなくなった。

映を脅しているのは明らかなのに、行動の一部がそれに伴わないのだ。

帰れない状況にしておいて、映をゆっくり休ませた。自宅まで送り脅迫まじりに連絡先を交換しながら、こうして朝食の手配をする。部屋に上げろとは口にせず、そうしたい素振りも見せなかった。

ルームサービスやクリーニングを含めたホテル代も、この「朝食」の代金もいっさい請求してこなかったのだ。

ストーカーと呼ぶには、どこかが違う。だったら何のために、どういう目的で近づいてきたのか。答えの欠片も摑めないまま、映はただため息をついた。

3

そのメールに気がついたのは、翌月曜日の昼休みに同僚と連れだって入った定食屋でオーダーをすませたあとだった。

受信メール画面に表示された「ヒロト」の三文字に、知らず眉根が寄る。見なかったフリで携帯電話を畳んだものの、どうにもまずい気がして開き直した。厭々ながらメールを一読し、何とも言えない気分になる。

仕事上がりに連絡してほしい、という内容だったのだ。具体的に何の用なのかはいっさい記されていない。

やはり見なかったことにしようと、携帯電話を無造作に折り畳む。と、真向かいから興味津々な声がした。

「何、どうした？　もしかして迷惑メール？　よりにもよって深見に？」

「……間違ってはいないな」

「たかだか迷惑メールで深見が厭そうな顔するのかー。すげえ珍しいもの見た」

妙にしみじみと映を眺める同僚は名前を伊東《いとう》と言い、入社時からの同期だ。ころころ変わる表情と歯に衣《きぬ》着せぬ物言いで、社内でも知られている。

「厭そうな顔、してたか？」

「深見がそこまで顔歪めてんの、初めて見た。っていうかおまえ、その顔もっとふだん見せればいいんだよ。ちゃんと血も涙もありますってアピールになるだろうにさあ」

「アピールの必要性を感じないな」

立て板に水とばかりに続きかけた声をさっくり断ち切った、そのタイミングでオーダーしていたランチが届く。

むくれたはずの伊東が、とたんに満面の笑みになる。嬉々《きき》として箸《はし》を割る様子を横目に携帯電話をスーツの内ポケットに押し込みながら、昨夜に届いた西峯からのメールを思い出した。

……ホテルに泊まった深夜に届いた西峯からのメールは映の体調を気遣う内容だったが、それと知ったのは自宅マンションに帰宅したあとだ。気にはなっていたものの、何となくヒロトの前では西峯のメールを開けなかった。

映がまめにメールするたちではないのを知っている西峯だが、丸一日近い空白はさすがに気になったらしい。二通目のメールには、「やっぱり具合悪いのか。寝込んでるなら看病に行くぞ?」という何とも西峯らしい内容が記されていた。

すぐさまお礼と謝罪のメールを送った。数分後に届いた返信には「無事でよかったー。けど何かあったら遠慮なく言って来いよ」とあって、つい頬が緩んだのだ。

そんなことを考えた反動でか、ヒロトからのメールのことをきれいに忘れていた。思い出したのは、小一時間ほどの残業を終えて帰り支度をしている時だ。

メタリックブラックの携帯電話を眺めて、どうしたものかと悩む。まったくもって会いたくはないが、下手に無視して窮地に陥るのも避けたい。

「あ、深見いた。なあ、一緒に夕飯どう?」

「……彼女はどうした。今日は約束があるんじゃないのか」

横合いからかかった声は、今現在同じプロジェクトチームにいる伊東のものだ。珍しく神妙な声音に目を向けると、見るからに悄然《しょうぜん》としている。

「それなあ……ちょっといろいろと」

「愚痴なら聞くが、それ以上は期待するなよ」

「してない。それより、深見に浮いた話がない理由が気になるんだけどー？」

むっと唇を尖らせて言う伊東を追って廊下に出ながら、携帯電話をスーツの胸ポケットに押し込む。ヒロトからの指定は「仕事が終わったら」だから、返信は帰宅後でも構うまい。

「だいたいさあ、深見だってそれなりにモテるだろ？　なのに浮いた噂《うわさ》が全然ないって何。もしかして、学生の時の彼女と遠恋してたりする？」

肩を並べて乗り込んだエレベーター内で一階のボタンを押しながら、伊東が言う。どこかで聞いたようなと思案して、先週末のパーティーの二次会で品野にも似たようなことを言われたのを思い出した。

「いや？　単に恋愛事に興味がないだけ」

「何それおまえ本当に男？……ってか、本気で興味なさそうに見えるのが怖いんだけど」

「よくわかってるじゃないか」

「いやそれもったいないから！　おまえだったらよりどりみどりだからっ」

「それはない。遠巻きに見られるのがせいぜいだしな」

エレベーターを降りながらするりと答えた映に、伊東は呆れ顔を向けてきた。

「いやそれおまえが滅多に笑わないからじゃん？　表情なさすぎて何考えてるかわからんとか、そのへん改善すれば絶対」

「必要性を感じない」

「ふーかーみぃ」

時折思うことだが、伊東の映への態度や気遣いは品野とよく似ている。なので思うことも大抵同じだ。気持ちはありがたいが、そんなことを言われても困る。

「で、どこに行くんだ。店は決めてるのか？」

「あー、うん。ゆっくり飲みたいんで、いつもの居酒屋――」

伊東と肩を並べて、ビルの正面玄関を出る。その直後、映は足を止めてしまっていた。

映の勤務先が入ったビルは大通りに面しており、最寄り駅からも徒歩数分という恵まれた立地にある。繁華街にも近いため、遅い時刻であっても人通りはそれなりに多い。車一台が楽に走れるほどの幅の歩道は、ガードレールで車道とは区切られている。

そのガードレールに凭れるようにして、見覚えのある長身が立っていた。まっすぐに向けられた目と視線がぶつかって、瞬間的に「まずい」と悟る。

「ん？　深見どうかした？」

突っ立ったまま動かなくなった映に気づいた伊東が、三歩先から振り返る。映の視線を追ってガードレール前に立つヒロトを見、再び映に視線を戻した。

「何、知り合い？」

「……そんなところ。悪いけど、夕飯は」

「了解。んじゃまた明日な」

何を思ってか、伊東はあっさり退いてくれた。ひらひらと手を振って歩き出した最寄り駅への方角から、うっすら見覚えのある顔が複数こちらを眺めているのを知ってうんざりする。見られているのは映ではなく、ヒロトの方だ。

息を吐いて、映はヒロトの前に立った。

「すみません。お待たせしましたか？」

「少しだけね。……お疲れさま」

にっこり笑ったヒロトが、先に立って歩き出す。それを、とても複雑な気分で追いかけた。

通りすがった会社員二人組がぎょっとしたように視線を逸らしたところからすると、どうやら映は定番の無表情になっていたらしい。それでもまったく動じる素振りを見せないヒロトに、今さらながらに感心した。

ビルから歩いて三分のパーキングに、ヒロトの車があった。この状況で外で話すことはないだろうと、映は促されるまま助手席に乗り込む。

「メール、とっくに見てたよね？」

第一声の直球での問いに、ごまかしは通じないと観念した。

「帰ってから連絡しようと思ってたんです。昨日も会ったばかりですしね」

「なるほど。一方通行って結構きついなあ。俺は毎日会いたいし、むしろ一緒に住みたいと思ってるくらいなのに」

臆面のない物言いに、どう返事をしたものか迷う。全身の疲労がずっしり増した気がして、それでも自分から口を開いた。

「――いつから、会社の前に？」

「終業時刻ちょっと前かな。あそこだったら間違いなく捕まると踏んだんだよね。昼に返信がなかった時点で、たぶんマンションに帰ってから返信してくるんじゃないかと思って」

「そう、ですか」

残業のため、映が社を出たのは定時の一時間後だ。その間、ヒロトはずっとあそこにいたことになる。

「さっき一緒にいた同僚くんと、何か約束があったんだよね？　ごめん、悪いことをしたな」

言葉とともに、運転席にいた長身が頭を下げてくる。予想外の素直さに目を瞠《みは》った映は、何とも言えない気分になった。

人との約束は先着順、というのが映の個人的なルールだ。そこから考えると今回優先なのはヒロトになる。

「こちらこそ、すぐにメールしなくてすみません。……それで、今日は何か用でも？」

「うん、夕飯でも一緒にどうかと思って」

「夕飯、ですか」

昨日も一緒だったろうにと、考えたのが伝わったらしい。ハンドルに肘をついて、ヒロトは軽く笑う。

「基本的に、食生活が適当なんだよね？」

「……初対面の時から思ってたんですけど、そういう情報ってどっから集めるんです？」

「秘密。で、何か食べたいものはある？」

即答に、映は質問を放棄する。

「特にはないですが、あっさりしたものがいいですね」

「了解。じゃあ和食にしようか」

言って、ヒロトはすぐに車を出した。やはりナビゲーションシステムを使うことなく、すいすいと車を進めていく。到着した先は、どうやら和風創作料理の店らしい。

駐車場に車を置き、敷地内を歩いて店内に入る。案内された小上がりの座敷で向かい合って座り、開いたメニューを差し出されたあとで気がついた。

「車でよかったんですか？　酒、とか」

「今日はいいかな。夕飯デートが目的だし、目の前に目当ての人がいるから」

「……そうですか」

メニューと映とを見比べるヒロトは、奇妙に楽しそうだ。オーダーをすませたあと、何かあるのかと振り返ってみた映だったが、床の間を模した空間に菖蒲《しょうぶ》の花の掛け軸があるだけで、首を捻《ひね》ってしまう。

経緯を思えば、不思議なくらいに穏やかな夕食だった。ヒロトに合わせて映もアルコールを断ったせいかもしれないが、時折ぽつぽつと会話する以外はゆったり箸を使っている。少なくとも、常時賑やかな伊東と一緒ではありえない空気だ。

……どうしてこの男は、ここまで映に構うのだろう。

ふっと浮かんだ疑問は、これまでとは少し方向性が違った。

相手に不自由しない人だとは、最初から知っていたことだ。こうしている時のヒロトは紳士そのもので、別の形で知り合っていればそれなりの友人になれたように思う。

そんな男が何のために——何を思って、脅してまで映といようとするのか。

直球で訊いたところで、はぐらかされて終わりだ。結果を知ってまで行動する気になれず、食事を終えたあとは促されるまま再び助手席に乗り込んだ。

映のマンションまでは、またしてもの最短距離だ。シートベルトを外す前にキスされるのも昨日と同じで、つくづく不可解に思えてきた。

「今週末のデートだけど、どこか行きたい場所はあるかな?」

「……遊園地か、博物館では?」

もともとが一方的な約束であって、今の映に拒否権はない。きょとんと問い返した映を見て、ヒロトは苦笑した。

「初めてのデートだから遠慮しなくていいよ。我《わ》が儘《まま》は、むしろ大歓迎だから」

「……はあ」

「まだ時間はあるから考えてみて。あとこれ、明日の朝食。ちゃんと食べるようにね」

昨日と同じくまた包みを押しつけて、ヒロトの車は去っていった。その場に突っ立って見送りながら、映はひとり思案する。――結局、あの男は何がしたいのか。

職場の前で待ち伏せて夕食に連れて行ったあげく、自宅まで送って明日の朝食を押しつける。どれだけひねくれて解釈しても、脅迫した側がされた側にやることではない。

立場が逆で、ヒロトが映にそうさせたならまだ納得がいくのだが。

何度めかのため息をついて、映は自宅マンションのエントランスへと向かった。


インスタント味噌汁の味は、どことなく軋んだドアに似ている気がする。

自分でもよくわからない感想を抱きつつ、映はマグカップの中の味噌汁を飲み干した。癖のように両手を合わせてから、すっかりカラになった目の前の折り詰めを見下ろす。

料理というものをしない映の食生活は、外食か弁当類を買って帰るかだ。一人住まいとなった大学から続くこともあって、コンビニ弁当はもちろん近隣のスーパーの弁当にチェーン及び個人の弁当屋から、インスタントにカップ麺のひととおりはおよそ網羅している。

伊東などは「それ飽きるだろ」と真面目な顔で言うが、その段階はとうに過ぎている。自分で作る気がない以上、飽きたと口にするのも無意味だ。むしろ、買い物に出ればすむのだからありがたい環境だと言える。

――というのが先週までの映の持論だった、のだが。

「これが美味《おい》しい、っていうのがな……」

胃袋は満足しているのに気分は微妙というありえない状況に辟易しながら、映は弁当殻を畳んでゴミ箱に放り込む。マグカップを洗って伏せたところで、メールの着信音が鳴った。

いったん振り返ったものの、まずはタオルで手を拭いた。ローテーブルの上にあった携帯電話を手に取り、操作する。表示した受信メールを一読して、つい眉を上げていた。

差出人は、ちょうど一週間前の土曜日に知り合ってしまった謎《なぞ》の男――ヒロトだ。メール内容には、マンションの下に着いたので降りてきてほしいとあった。

本日土曜日は、ヒロト曰く「デート」の約束があるのだ。

「まだ九時過ぎなのに、早くないか?」

呟《つぶや》きながらも手早く身支度を整えて、エレベーターに乗り込んだ。マンションの通用口を出てすぐに、私道の路肩に寄せて停まったシルバーの車が目に入る。

「おはよう。朝食はもうすませた？」

「ええ」

声をかけてきたヒロトに短く返事をし、人目を引く前に助手席に乗り込む。シートベルトを締めている間に車を出したヒロトは、通りに合流しながら残念そうに言った。

「だよねえ……しまった、先にメールすればよかったな」

「何の話ですか」

「せっかくだから一緒にモーニングでもどうかと思ったんだよ。美味《うま》いとこ知ってるから」

運転席の横顔が、残念そうな表情を作る。それを眺めて、正直呆れた。

「……弁当があるのに、ですか？」

「それだと冷たいだろ？　仕事ならともかく、休みの時にそれはないかと思ってね」

「インスタント味噌汁までつけて、そちらが寄越してきた弁当ですが」

「遅くなった時の保険だったんだよね。一週間振りだし、本当は昨夜から一緒にいたかった」

妙に悔しそうに言われて、映は何とも言えない気分になる。

ヒロトの待ち伏せは、月曜日だけに留《とど》まらなかったのだ。火曜日の昼に「仕事上がりに連絡して」とのメールを受信して、映は本気で目を疑った。すぐさま返信すると「夕飯でも一緒に」と返ってきたが、この時は伊東と前日の埋め合わせを約束していたため断った。

どういう反応が来るかと身構えていただけに、了解の返信に安堵した。ところがメールは

「帰宅前に連絡して」と続いていて、何の冗談だと呆れた。

忘れたフリをすることも考えたけれど、それはまずい気がして帰りの電車を待つ間にメールを送った。そうしたら、自宅マンションの前であの長身が待ちかまえていたのだ。

（お帰り。これ、明日の朝の分ね）

差し出された包みは前日と同じ大きさで、さすがに受け取るわけにはいかないと断った。

（昨日一昨日《おととい》は助かりましたが、そこまでしてもらう理由がありませんので）

映の断りに、ヒロトはきれいに笑って広い肩を竦《すく》めた。

（恋人の体調が気になるから差し入れるんだよ。理由はそれで十分じゃないかな）

（自炊しない上に不摂生っていうのは気になるし）

（口に合わないようなら遠慮なく残してくれていい。その代わり、正直な感想を聞かせてくれる？　まずいでも、味が濃いでも薄いでも）

怒濤《どとう》の勢いで言われて、反論できず固まった。そんな映を見下ろして、ヒロトは最後に片方の眉を上げてみせた。

（まあ、口に合わないってことはまずないと思うよ？　きみが致命的な味音痴だったら話は別だけど）

一方的過ぎる言い分と最後の挑発的な物言いに、むっとしたのだ。

（どうでしょうね。こちらにも好みというものがありますので）

（なるほど。受けて立とう）

売り言葉に買い言葉、というやつだ。伊東と飲んだアルコールの影響もあったのだろうが、ふだんなら流して終わるはずの挑発に、この時ばかりはまんまと乗ってしまった。

九階の自宅に辿りつく頃には頭が冷えていて、食べ物を押し付けられたことに困惑した。だったら受けて立つとばかりに翌朝包みを開いたのだが、——結果はヒロトが言った通りになった。

とんでもなく美味しかったのだ。おかげで完食し胃袋はとても満足したのに機嫌は斜めという、中途半端な気分を味わった。

複雑な気分で、それでも正直に礼と感想のメールを翌水曜日に通勤中のホームから送った。結果、その日の昼にも例のメールが届いたのだ。

前日と似たような攻防の末、見事に押し負けてビルから少し離れたコンビニエンスストアで合流した。そこで、今度は夕食と朝食の弁当を受け取ることになった。

（食事に行きたいところなんだけど、ちょっと今夜は無理でね）

そう言って苦笑したヒロトは、映の断りをあの笑顔で一蹴した。

（美味しかったって言ってたよね？　まあ、無理強いはしないけど。きみがいらないなら捨てるだけだし）

またこのパターンかと思いながら、受け取ってしまったのだ。その後はわざわざ車で自宅マンション前まで送られた。

翌日木曜は、朝の時点でメールで「弁当はもう十分」と断りを入れた。そうしたら、昼には「もう準備してるから持っていく」と返ってきた。終業後に最寄りのコンビニエンスストアの駐車場に停められた車中で、勝負の見えた攻防をすることになった。

(自分で食べたらいいじゃないですか)

(きみのために準備した弁当だからね。いらないなら捨てるのは自由だよ)

(……そんな真似ができるとでも?)

(無理だろうね。まあ、無理しなくてもいいよ。受け取ってくれるまで、きみの部屋の前で待たせてもらうだけだから)

にっこり笑うヒロトの様子に、「こいつは本気でやる」と確信した。根負けし受け取った包みを抱えて、映は「それなら」とばかりに切り出した。

(せめて代金くらいは払わせて欲しいんですが?)

(昨日も言ったよね。恋人の権利って)

(それはそれ、これはこれです。正直、僕が落ち着かないので)

本音を言えば、これ以上の借りは作りたくないのだ。相手がヒロトとなると、なおさらそうとしか考えられなかった。

映の様子に首を傾げていたヒロトは、ややあってふっと笑った。

（じゃあ折衷案で。お代代わりにキスしてもらおうかな）

（ふざけないでください。そんなもの、お礼になるわけないでしょう）

（場所は、そうだなあ……頬でいいよ）

作ったような笑みで抗議を受け流されて、自分が露骨な渋面になっているのを自覚した。

（頬は厭？　だったら唇だと嬉しいね）

（……あのですね）

（無理なら素直に受け取っておけば？　きみにとっては食い逃げでも、俺はそうは思ってないんだし）

そこまで言われては、素直に頷けなかった。

何のかんの文句を言っていても、弁当を受け取り美味しく食べたのは事実だ。食い逃げとまで言われて、そのままにしておく気になれなかった。

（——わかりました。まっすぐ前、向いててください）

（え）

目を瞠ったヒロトの顎から頬をがっと摑んで強引に前を向かせ、頬に顔を寄せてやった。眼鏡が邪魔かと思ったが唇を触れさせるだけなら特に問題もなく、一瞬で離れながら何となくしてやったりな気分になる。意味もなく「ざまあみろ」とばかりに目を向けた先で、ヒロトが自らの頬に手のひらを当てるのが見えた。

（う、わあ……）

一言つぶやいたきり固まったヒロトに、意外な思いがした。しげしげ眺めること数分でヒロトは映の視線に気づいたようで、口元を覆い視線まで伏せてしまった。

そのあとは、ほとんど会話もなく自宅まで送られた。妙に無口になったヒロトはどことなく弾んだ様子も見せていて、つくづくよくわからない男だと思った。

そして、昨日金曜日は——初めて、ヒロトの都合でいつもと違う状況になった。

終業前に届いていたメールで、最寄り駅南口で待っているとあったのだ。怪訝に思いながら駅まで行くと、珍しく拗ねた顔のヒロトが待ちかまえていた。

（ごめん。急な仕事で今日は送れそうにない）

言葉とともに夕食と朝食だという包みを押しつけられ、申し訳なさそうな顔で「明日の約束だけど」と切り出された。

（仕事の状況によるけど、もしかしたら迎えに行くのが昼前になるかもしれない）

（……忙しいなら、キャンセルでも——）

（いや、それはないから。昼までには迎えに行くから、他の予定は入れないようにね）

焦ったように念を押したヒロトと別れて、映は久しぶりに電車と徒歩で帰宅した。その時になって、自分がヒロトのことを何ひとつ——フルネームだけでなく住所や職業、それに正確な年齢も知らないことに気がついたのだ。

息を吐いて、映は思考を打ち切った。改めて、運転席でハンドルを握る男に目を向ける。

「……仕事の目処《めど》はついたんですか？」

「ついたというか、意地でつけたよ。やればできるもんだと実感した」

「そうですか」

問いには答えるが、仕事内容が窺《うかが》えるようなことはいっさい言わない。意識してやっているにしても、大したものだ。追及しても無駄だと切り替えて、映は先ほどから気になっていた問いを唇に乗せる。

「で？　今日はどこに行くんです」

「映画を観に行こうかと思ってね。休みの日とか、よくひとりで行くんだろう？」

どうして知っているのかとは、もう言わなかった。代わりに、運転席に目を向ける。

「遊園地か博物館がいいのでは？」

「そっちは今後に期待かな。恋人の趣味につきあうっていうのも恋愛の醍醐味だからね」

きれいな笑顔で言われて、拍子抜けした気分になった。

この一週間というもの、この男には何かと振り回されていたのだ。「デート」ともなれば間違いなく、こちらの意向無視で引き回されるだろうと思っていた。

「何を観るかは任せるよ。どうせならきみの好みを知りたいしね」

「……なるほど」

そういうことならと、少しばかり気が楽になった。

映画を観るのは確かに好きだが、興味のない内容に何時間もつき合わされるのは苦痛でしかない。好きなものを選べるなら、隣に誰がいても問題なく楽しめる。

ウインカーを出した車が、ゆっくりと右折する。乗り入れた駐車場を擁した遊興施設の、メインとなっているのが映画館だ。

今は、何の映画をやっていただろうか。先日インターネットで流し見た情報を思い起こして、映は頭の中で目星をつける。その時にはもう、運転席の男はただの同行者でしかなくなっていた。

基本的に、映画はひとりで観る主義だ。

学生の頃に友人たちと一緒に行った時の経験からすると、単独の方が気楽に楽しめる。観終わったあとの議論は趣味じゃない上、映が好む映画にはやや偏りがあるためだ。

最近流行《はや》りのCGを駆使した云々は、まったくもって興味がない。多少のアラがあったとしても、ミニチュアや特殊メイクを使った方が味があって好きなのだ。どこがミニチュアでどういう特殊メイクなのか、検証という名の粗探しをするのが面白いとも言う。

そういうわけで、本日の映画は虚構とわかっているからこそ楽しめるもの——ホラー・スプラッタ系のものを選んだ。

三時間半の上映が終わり、スタッフロールが流される。そこかしこで席を立つ気配がする中、映は上機嫌になっていた。今回の特殊メイクはとても真に迫っていて、どうやって作ったのかと好奇心を大いにかき立てられたのだ。

そういうわけで、隣の席にいた連れの存在を思い出したのは席を立ちかけた時だ。目に入った長身の男は、妙にぐったりとシートに凭れていた。

(ごめん、先に断っておく。寝不足なんで、もしかしたら居眠りするかも)

上映直前にそう申告されていたこともあって、最初は熟睡しているのかと思った。同時に、そこまで眠いなら会うのを午後にするかキャンセルでいいだろうにと呆れもした。

眠っているのではなく真っ青な顔で固まっているのだと気づいたのは、起こそうと肩に触れたあとだ。掠れ声の返事で事態を察して男に手を貸し、通路を抜けてチケット売場に面したロビーに出る。ひとまず男を隅のベンチに座らせて、目に付いた自動販売機へと向かった。

「苦手なら、最初に言ってほしかったんですが?」

買ってきた水のペットボトルを押しつけながら、そうなった原因を察してため息が出た。

タイトルを決めた時、ヒロトには「構わないか」と確認を取った。趣味嗜好は人それぞれだし、苦手なら無理につき合ってもらう必要はない。館内では別の映画もやっているのだから、そちらに行っても構わないとも言ったはずだ。

「いや、苦手ってわけじゃないんだ。流血はそこそこ平気なんだけど、怪我の場面というか傷口の映像がリアルすぎて」

受け取った水を口にしたヒロトが、ほっとしたように全身を緩ませる。ぽつぽつと返った内容に、映は知らず渋面になる。

「タイトルとポスターで内容は予想できたでしょう」

「残酷シーンはどうってことないんだよ。けど、傷口が露骨なのって観てて痛くならない？　その、自分が怪我した気分になるっていうか」

「なりませんね。映画なんだし、作り物なのははっきりしてますから」

「作り物に見えないから痛いんだよ……きみ、ああいうのは平気、なんだよね？」

珍しいものを見るように眺められて、映はあっさり頷く。

「どこまでリアルに作ってあるかを見極めるのが面白いんです。何しろ全部が人の手で作られてるんですからね」

極端な話、工作の延長でそこまでやったというのが醍醐味なのだ。真面目な顔で言い切ってやったら、ヒロトはまだ青白い顔に何とも厭そうな、呆れたような表情を浮かべた。

「……意外と趣味悪いんだね……」

「と言いますか、僕の趣味を知ってて何で肝心なところが抜けてるんです？」

「だよねえ。そこは確かに一番大事だ」

まだ気分が悪いのか、口元を押さえて黙ってしまった。さんざん振り回してくれた強気な男がここまで悄然とするのは初めてで、映はついほくそ笑んでしまう。

「リサーチ不足ですね。今後は気をつけた方がいいのでは？」

ぽそりと落としたつぶやきにヒロトが顔を顰めるのを知って、本格的に笑えてきた。——何もかも知られているようで不気味だったが、実はそうではなかったわけだ。

目の前で笑うのは憚られて、映は顔を隠すようにそっぽを向く。と、その袖《そで》をつんと引かれた。見れば、まだ青い顔のヒロトが妙に熱心にじいっと映を見つめている。

「今すぐ、ここでキスしてもいい？」

「却下します。ここがどこだか考えるべきでは？」

「えー」

即答すると、ヒロトは不満げな顔になった。再び顔を背けて、映は笑いを噛み殺す。

案外抜けているじゃないかと、思ったのだ。紳士なようで強引で、弱みなどないように見えていたが、それは一面に過ぎなかったらしい。

得体の知れない人物でしかなかった男が、急に生身になったような感覚だ。そう思うだけで、何やら肩から力が抜けた。

4

ヒロトが落ち着くのを待って映画館を出たあとは、彼がよく行くという生パスタの店で少し遅いランチを摂《と》った。

約一週間受け取ってきた弁当の味もそうだったが、どうやら映とヒロトは味覚が似ているようで初めて入った店の料理も口に合った。そのあとは適当に町中を歩き、久しぶりに買い物らしい買い物もした。

「そろそろ夕飯にしようか」

空が夕暮れから宵《よい》へと移った頃に提案されて、逆らうことなく車に乗った。窓の外を流れる風景を眺めながら、予想外に楽しい時間を過ごしたことを実感する。

現状がどうで、ヒロトがどんな存在なのか。それをすっかり忘れていたことに気づいたのは、宵に染まった町並みの変化に気づいたあとだ。ネオンサインも賑やかな繁華街にいたはずが、いつの間にか家々のものらしき明かりがあるだけの静かな住宅街に入っている。

幹線道路を外れた車が、一台でギリギリの狭い道に乗り入れる。周囲はどう見ても住宅街で、この先に店舗があるとは考えにくい。さすがに胡乱に思った時、道を外れた車が民家の庭先へと滑り込む。街灯の明かりに浮かぶ平屋の和風建築は、どう見ても個人宅だ。

「着いたよ。降りようか」

「夕飯に行くと、聞いたはずですが」

「そうだけど？　外食じゃなくて俺が作るからね」

当然のことのように言われて、思わず眉間に皺《しわ》が寄った。

「……じゃあ、ここは」

「俺の家だよ。大丈夫、見た目は古くても中はまともだから」

「待ってください。どうしてあなたの家に？」

「厭だったらきみの部屋に場所を変えようか。下準備はできてるから移動するのは簡単だよ。俺としては願ったりだしね」

例の笑顔で言われて、つい顔を顰めてしまった。そんな映のシートベルトに手をかけながら、ヒロトはくすくすと笑う。

「それは厭なんだよね？　やっぱりっていうか、警戒心強いよねえ。で、どっちにする？」

揶揄の響きで言われて、映は視線に険を込める。ヒロトはまったく動じず、むしろ楽しげに映の顔を覗き込んできた。

「外食すればいいことだと思いますが」

「却下かな。せっかく準備したのを無駄にする気はないよ。だったらきみの部屋に移動――」

「わかりました。お邪魔させていただきます」

結局こうなるわけかと、ため息が出た。

とはいえここがヒロトの自宅なら、表札その他でフルネームが押さえられるはずだ。無理に自分に言い聞かせながら車を降りて建物の玄関先へ向かった映だったが、そこに表札らしきものがないのを知って渋面になってしまった。

「……いい加減、きちんと名乗る気になりませんか」

仕事にかまけていたせいで、陸運局でのナンバー照会に行く時間が取れていないのだ。来週こそどこかで時間を取ろうと決意しながら、映は声を尖らせる。

施錠を外した玄関の引き戸を開けながら、ヒロトは見慣れたきれいな笑みを向けてきた。

「まだ早いかな。もう少し、きみの警戒が解けてからだね」

聞こえよがしのため息をついて、映は促されるまま玄関の中へと足を踏み入れる。明かりの点《とも》った廊下を目にして、瞬いた。

夜ということもあって和風建築としかわからなかったが、思っていた以上に古い建物だったようだ。やや手狭な玄関に昨今の基準では高すぎるだろう上がり框《かまち》、フローリングというより板張りの床。存在を主張する柱やその間にある壁のくすんだ抹茶色が過ぎた歳月を物語って、レトロで落ち着いた雰囲気を醸し出していた。

正直言って、意外だった。見るからに華やかなヒロトには、何となく真新しいデザイナーズマンションに住んでいるようなイメージがあったのだ。

「これ使って。……どうかした？」

「ここは、賃貸なんですか？」

「いや、俺の持ち家。とは言ってもじいさんの形見分けで貰ったんだけどね」

映の足元にスリッパを並べたヒロトが、さらりと言う。廊下に上がってすぐに通された左側の引き戸の奥の八畳ほどの和室はどうやら居間になるらしく、中央に置かれたローテーブルの脇《わき》に複数の座布団が重ねられていた。

「すぐ食事にするから、しばらく休んでて」

慣れた様子で座布団をすすめて、ヒロトは入ってきたのとは別の引き戸へと向かう。開いた隙間から、そこがキッチンなのが見て取れた。

かすかな音を立てて、引き戸が閉じる。ひとり残されたその場所に立ったまま、映は室内を見渡した。

古いけれどきちんと掃除が行き届いた、清潔な空間だ。木目のはっきりした天井から下がる明かりの形に、高校まで世話になっていた伯父の家を思い出す。すみにある小さな和簞笥《わだんす》や玄関先へと続く引き戸には、わざとつけたのだろう子どもの背比べらしき引っかき傷が複数残っていた。

けれど、それだけだ。かつて多くの人がいた気配を残しながら、今の室内はどこかがらんとしている。子どもはもちろん、老人が暮らす気配もなく――ヒロト以外の「誰か」がいるようにも思えない。

どうやら、ヒロトはここで一人住まいをしているらしい。

表札なしでは困るんじゃないかと呆れたあとで、ふっと違和感を覚える。首を傾げ思案を始めてすぐに、車内では聞き流していた言葉が耳の奥によみがえった。

(外食じゃなくて俺が作るんだよ)

「………は?」

自分の声を耳で拾った時にはもう、身体が動いていた。キッチンへと続く引き戸をそろりと引いて、映は隙間の向こうを覗いてみる。

調理台の前のヒロトは手慣れた仕草で、鍋の中身を皿に移していた。コンロの上では別の鍋が火にかけられ、湯気を上げている。見るからに使い込まれたキッチンは調理台も吊り戸棚も明らかにヒロトの身長に見合っていないが、壁面に吊り下げられた調理器具の位置は彼が手を伸ばせばちょうどよさそうな高さだ。

「あれ、何かあった?」

「いや……何か手伝いましょうか」

不意に振り返ったヒロトと目が合って、反射的にそう口走っていた。きょとんとしたヒロトが一瞬あとに表情を緩めるのを目にして、映は言葉を失う。

「気持ちだけで十分だから座ってて。もうすぐだから」

頷いて、そのまま引き戸を閉じた。ローテーブル前の座布団に腰を下ろし、着たままだった上着を脱いで簡単に畳む。脳裏によみがえったのは、先程のヒロトの顔だ。

よく笑う——というより、いつも笑っていた。いつも笑っている男だと思っていた。脅迫が前面に出ていたあの夜も、彼はずっといつも笑んでいたように覚えている。

けれど、先ほどの笑みは見慣れたそれとは違っていた。目にしただけで毒気を抜かれるような柔らかい表情だった。

気づいたことは、もうひとつある。ヒロトが一人住まいで料理をすると言うのなら、今週毎日のように届けられたあの弁当は、おそらく彼が作ったものだ。

ホテル帰りに渡されたものは別として、月曜以降に受け取ったのは明らかに買ったものではなかった。使い捨ての折り詰めに入れられていても、そのくらいは察しがつく。

そもそも買ったものであれば、あんなふうに感想を求める理由もない。おまけに水曜日以降の二日間は、明らかに映の好みの品が増えていた。それに——考えてみれば、男の「恋人」への弁当など家族に頼めるはずがない。

「ごめん、待たせたね。お茶は熱いのでいい？」

ため息をついた時、キッチンからヒロトが顔を出した。曖昧《あいまい》に頷いた映に笑ってみせたかと思うと、ローテーブルの上に料理の皿を並べていく。ごはんに味噌汁に煮魚にお浸しに煮物の小鉢という見事なまでの和定食を、ついまじまじと眺めてしまった。

「食べないと冷めるよ？」

声に目を上げると、箸を手にしたヒロトと視線がぶつかる。そのあとで、自分が食事を見たまま固まっていたのを知った。

「……弁当って、毎回あなたが作ってたんですね」

「そんなとこ。趣味というか、気分転換にちょうどよくてね」

「趣味ですか。本業ではなく？」

「本業はまったく別で、料理とは掠りもしないよ。調理師免許も持ってないしね。ああ、もしかして何か嫌いなものでもあった？」

「いえ、いただきます」

ここで「いらない」と言い出すのは失礼だと、映は箸を手に取った。口に入れた料理の味はあの弁当と同じで、今度こそ味覚で納得する。

「趣味でこれって、……凄いですね」

構えることなく、本音がこぼれた。

映が自炊しない理由は単純で、壊滅的に向いていないためだ。何しろ高校大学と七年続いた部活合宿中に、調理当番は最初の一度しか回ってこなかった。大学の合宿では初回から、西峯の口利き《くちき》とやらで料理当番を外されていたのだ。

高校生の男どもといえば、料理ができる方が稀《まれ》だ。つまりはその中でも群を抜いて下手だと判断されたのが映で、その逸話が大学でも威力を発揮したわけだ。

西峯の卒業後の合宿では自発的に料理当番に入ってみたが、包丁を持てば「指を落とす」、野菜を洗えば「半分以上駄目にする」、味付けに至っては「調味料に触るな」とまで言われた。あまりの言われように当時は憤ったが、食事つきだった大学の寮から今のマンションに移ってから再挑戦してみて、あれは当然の処置だったと実感したのだ。

苦い過去に浸っていた映は、ふと周囲の静かさに気づく。何げなく顔を上げた先、箸を手にしたヒロトが珍しいものを見たような顔をこちらに向けているのを知った。

「――どうかしましたか」

「ああ……いや、ちょっとびっくりした、かな」

「何がです？」

怪訝に目を細めた映に、ヒロトはへにゃりと笑う。いかにも力の抜けた笑顔にはどこかほろ苦い色があって、どういうわけかどきりとした。

「褒めてもらえるとは思わなかったよ。呆れるか無関心のどっちかだとばかり」

「僕は、そこまで狭量に見えますか」

水曜日以降、弁当の感想はきちんと伝えていたはずだ。視線に険を含めた映に、ヒロトは困ったように笑う。

「残念なことに、俺の周りはそんなのが多くてね。男のくせに料理が趣味なのはみっともないって、思い切り馬鹿にされた」

「……それ、言った方が馬鹿じゃないです？　プロには男性も多いでしょうに」

「プロは、っていうか他人はどうでもいいらしいね。要するに、俺がそうだっていうのが気に入らないらしい。……正直、きみのその反応も意外だったけど」

「──？」

「だってきみ、俺個人には全然まったく興味ないよね？」

あえて沈黙を返答に替えた映を眺めて、ヒロトは首を竦める。

「弁当も、手作りなのは察してたみたいだけど誰が作ったかは訊いて来なかったし。俺の素性は気にしててもそれは不審があるからであって、基本的にはどうでもいい。──だよね？」

「……弁当の礼は、言いましたよ。報酬も、こちらから申し出ました。この際なので確認しますけど、あれって今後も続けるつもりですよね？」

今日の買い物の合間にも弁当の内容について感想を求められた上、昼食時や買い物中も折りに触れては嗜好をリサーチされているのだ。

思い返してから「あれ」と気づく。つまり、ヒロトは映の食の嗜好についても詳しく知らないわけだ。脳裏を掠めた違和感をひとまず棚上げして、映は淡々と続ける。

「現状を把握した上で言わせていただきますが、やはり弁当代はこちらに負担させてください。金銭で問題があるなら、希望を言っていただければ」

「もう貰ってるよ。引き続きあれがいいな」

「何言ってるんですか。あんなものが代金になるわけないでしょう」

即答に、ひくりと頬がひきつった。彼が言う「あれ」は、間違いなく頬へのキスだ。

映の様子に、ヒロトはにっこりと満面の笑みになる。

「じゃあいらない。恋人への愛情を換算されても嬉しくないし？」

「……それは一方的すぎませんか。こっちが落ち着かないんですが？」

ただでさえ借りを作っていたというのに、手作り弁当などという重いものを上乗せされるのはとても困る。

「知ってるよ。だからそこにつけ込んでる」

即答に、映は顔を顰めた。すべて承知でわざとやっているなら、なおさら始末に負えない。

「ってことで、週明けから以降だけど、弁当のリクエストはいつでも受け付けるから」

「……仕事が忙しいのでは？　確か、昨夜はほとんど眠れていないと」

「大丈夫。無理だと思ったらそれなりの対処をするから」

ああ言えばこう言う、という諺《ことわざ》を連想して、心底辟易した。この期《ご》に及んでも仕事内容を悟られない言い回しを使っているあたり、ヒロトの方がずっと上手《うわて》だ。

「回りくどいやり方は、もう終わりにしませんか。何の目的で、僕に近づいたんです？」

「何度も言ったよ。きみの――映の恋人でいたいだけ」

不意打ちで名前を呼ばれてどきりとする。そのあとで、こうして名前を呼ばれるのは一週間前のあのホテルでの夜以来なのだと気がついた。

日曜日の朝以降、ヒロトは一度も映を名前で呼んでいない。それを意外に思いながら、映は軽く頭を振った。

予想済みではあったが、またしてもはぐらかされたのだ。ただ、この一週間を振り返ってみるに、意図はどうあれヒロトに悪意はなさそうだとは思う。

イニシアチブを取られているのは確かだが、基本的には映の希望を優先してくれている。ホテルでの出来事は別として、それ以外は胡乱に思うことはあっても嫌悪には至らない。何しろ、一時的にとはいえヒロトに脅されていたのをきれいに忘れていたくらいだ。

「どうぞ」

すぐ傍で聞こえた声に顔を上げると、食べ終えた食器を下げに席を立ったヒロトがすぐ傍に戻ってきていた。

目の前に置かれたマグカップの中身がコーヒーなのは、馴染んだ香りですぐにわかった。続いて白いカップを縁取っているのがカフェオレ色なのを目にして、どこまで知られているかを気にするのが馬鹿らしくなった。

座っているだけで好みのものが出てくるなら、便利だと思っておいた方が気楽だ。思考を切り替えて口をつけたカップの中身は、ふだん飲んでいるのと同じノンシュガーだった。コーヒーとミルクの配分も好みだったことについては、いくら何でも偶然だと思いたい。

「……ここの最寄り駅って、どのあたりですか」

時刻は二十一時を回っている。路線や接続は携帯電話で調べるとしても、そろそろ帰るべきだろう。カップの中身が半分になった頃合いでそう声をかけると、向かいでカップを傾けていたヒロトが眉を上げた。

「歩いて二十分だけど、駅に何の用?」

「遅くならないうちにお暇《いとま》しようかと。電車の接続の関係もあるでしょうし」

「――へえ」

一拍の間を置いて返ったヒロトの声は、妙に低い。瞬間的に周囲の空気が冷えた気がして、映は軽く眉を顰める。

向かいにいたヒロトが、おもむろに動いた。映の横、手を伸ばせば届く距離までやってきたかと思うと、ひょいと覗き込むように顔を寄せてくる。

「帰れると、思ってたんだ?」

「は……?」

「一週間振りに会った可愛い恋人を、わざわざ帰すと思う?」

きれいな笑みが、言葉以上の何かを含んで伝えてくる。それを数秒遅れて理解して、映は己の経験値の低さを思い知った。

何となく友人気分になっていたが、相手はヒロトだ。この家の庭に車が乗り入れた時にはまだいくらか警戒していたはずなのに、暢気《のんき》にくつろいでいた自分が信じられない。

この一週間のヒロトがやたら「恋人」と連呼していたのは、つまりセフレ扱いをも意味していたらしい。というより、脅してまで「恋人」でいようとしたのだから、そちらが主目的だったと考えるのが妥当だろう。

すとんと落ちた認識を苦く受け止めながら、けれど映は今の今までその可能性を思いもしなかった自分を不思議に思い――すぐにその理由を悟った。

月曜日以降のヒロトが、高校生か中学生レベルのキスしか求めて来なかったからだ。加えて一週間前の、あの夜の状況だった。

「あいにく僕は先週のアレが初回で、自分では何もできませんし。相手をしたところで、そちらが楽しめるとも思えませんが？」

「大丈夫。むしろ可愛くて加減忘れてたくらいだし？」

可笑《おか》しそうに笑うヒロトの切れ長の目には、一週間前と同じねついような色が浮かんでいる。狙いを定めたように、視線は映にぴたりと固定されていた。

可愛い云々はリップサービスだとして、どうやら逃げるのは無理そうだ。脅されている身としては、当然覚悟しておくべきだったのだろう。

頬を撫でた長い指が、顎へ続くラインをなぞっていく。おもむろに顎を取られ、顔を上げさせられた。寄ってきたヒロトとの距離がゼロになる寸前に、囁くような声が言う。

「……キスしてもいい？」

わずかの間を置いて頷きながら、脅しておいて律儀に許可を求めるヒロトに呆れる。と、長い指に眼鏡を抜かれ、間を置かず呼吸を塞がれた。

重ねて啄んで、形をなぞって下唇に軽く歯を立てる。かすかな音の響くキスは、今週毎日のようにされていた。おかげでずいぶん慣れた気がすると、映は明後日《あさって》の方角で考えている。

「――……それで、期限はどのくらいですか」

唇を覆っていた体温が離れていったあと、抱き込まれた腕の中で映は事務的に言う。え、という声が降ってきたのと前後して、右の頬をくるむ形で再び顔を上げさせられた。

「期限、というのは？」

「そちらに何らかの意図があるのは理解しましたが、一方的な関係を無期限に要求されては困ります。できればある程度時期を区切ってもらえればと」

今の映に恋人はなく、先々作る予定もない。結婚は考えていないからこれといった不都合はなく、提示された条件を飲む以上、ヒロトとの関係を拒否するつもりもない。

ただ、あまりに先が見えなさすぎるのは困るのだ。ヒロトにしても、目的のためとはいえいつまでもこんな「恋人ごっこ」を続ける気はないだろう。

「……言うね」

わざと口にしなかった思惑は、どうやらそれなりに通じたようだ。映を見下ろし片頬を歪めたヒロトに、今度は後ろ首を強く摑まれた。

「ん、……っ」

唐突なキスは、けして乱暴ではないのにどこか食らいつくようだ。咄嗟《とっさ》に反応できなかった映の、緩んだ歯列を無造作に割って奥へ奥へとまさぐってくる。

一週間振りの深いキスに、知らず背中に力が入る。それが伝わったのか、長い指にうなじのあたりをそっと撫でられた。

「――ふ、……ん、ぅ――」

無意識に逃げていた舌先を搦め捕られ、捏ねるようにまさぐられて鼻先から音のような声が漏れる。息苦しさに顔を背けようにも首の後ろにあった手のひらはいつのまにか映の喉から顎を摑む形になっていて、数ミリ振るのが精一杯だ。

喉の奥がひくついたのに気づいてか、深く重なっていた唇がずれる。隙間から入ってきた空気を必死で吸い込んでる間に、唇の端を齧られ歯列の隙間を舌先でなぞられた。

楽になった呼吸にほっとしたかと思うと、再び唇を覆われる。先ほど以上に執拗《しつよう》になったキスに溺れているうち、気がついたら畳の上に転がされ、上からのしかかられていた。

「ふ、……ぅ……っ」

唇から離れていったキスが、今度は顎の付け根に落ちる。そっと嘗められ、尖らせた舌先

で耳の後ろを舐られて、勝手に大きく肩が跳ねた。その肩をも押さえつけられ、やんわりと耳朶《は》を食むようにされて、映は辛うじて首を横に振る。

「先週も思ったけど、耳のあたり弱いよね」

「そ、ん――」

「こういうのは嫌いかな。俺にキスとか、されたくない？」

低い囁きに、初めて耳にする響きがあったような気がした。止まりかけた思考をどうにか総動員して、映は真面目に答えを探す。

「嫌い、かどうかは……こういうことには慣れてないですし、好きも嫌いもない、かと」

「恋愛に興味がないっていうの、本当だったんだ？」

「それが、何か」

問い返しながら、ここ最近この手の会話が立て続けなのはどうしてだろうとふいに思う。ヒロトの顔は吐息が触れるほど近く、正直に答えたのに何か足りないような気がしてきた。

「恋愛事は、拗《こじ》れると面倒ですし。結婚する気がない以上、必要ない、ですよね」

「――それ、本気で言ってるんだよね」

ため息混じりに、ヒロトが言う。きれいな顔に間近で見据えられて、映は居心地の悪さに瞬いた。

「あの、ですね。……するのは構いませんが、せめて場所は移動しませんか」

ヒロトの要求を飲むのはいいとしても、この場でというのは少々困る。情緒や雰囲気はどうでもいいが、下敷きとなる身として場所はベッドか布団の上を選びたい。

切実な思いで口にした映を見つめたまま、ヒロトは微妙な笑みを浮かべた。映の顎を掬って唇を齧り、続けて目元にもキスを落とす。

「帰す気はないけどする気もないから、そっちの心配はしなくていいよ」

「……は？」

「とは言っても、きみがしてほしいなら喜んでつきあうけど？」

笑みを含んだ声とともに、指先でこめかみを撫でられた。映の上にのしかかった格好のままで、今度は額《ひたい》にキスを落としてくる。

やけに丁寧な手つきに、自分が何か重大な間違いをしたような気がしてきた。

「――しないのなら、僕をここに連れてくる理由も泊まる必要もないのでは？」

「一緒に夕飯を食べたかったし、寝顔も見たい。そうなると、泊まってもらうのが一番いいんだよね」

「…………」

ヒロトの言葉を飲み込むまでに、数秒の時間がかかった。意味を理解した映がまず思ったのは、「何だそれ」だ。

「難しく考えなくていいよ。休日に恋人同士が一緒にいるのは当たり前なんだし」

「そう言われても……その恋人、というのもそちらが脅した結果で」

唇からこぼれたのは、ごく素直な疑問だ。

小さく笑って身を起こしたヒロトに、手を掴まれ丁寧な仕草で起こされる。座り直す映を見つめる表情が、ふっと真剣なものに変わった。先週末を含めたこの一週間でも初めて目にした表情に、映は知らず息を飲む。

「好きになってほしいと、思ってるんだ」

映をまっすぐに見たまま、ヒロトは静かに続ける。

「やり方が強引だったのも、きみが現状に納得していないのもわかってる。けど、俺の理由も目的もひとつだけだ。きみに、俺のことを好きになってほしい」

「——それを、信じろと？」

「まあ無理だよね」

きれいな笑みで言うヒロトに、またごまかす気かとつい顔を顰めていた。それに構う様子もなく、ヒロトは続ける。

「すぐには無理だろうし、そのへんは長期戦かな。前にも言ったけど俺はしつこいたちだし、簡単に退く気もない。何とか好きになってもらえるよう努力するよ。——そういうことで、しばらくつきあってくれないかな。まずは三か月が目処ってことで」

「目処、ですか。……脅す側が言う台詞じゃないですよね」

「脅す側だから言えるんじゃないかな。さもなきゃきみは今、ここにいなかっただろうし」

映の真正面で、胡座《あぐら》をかいたヒロトが真面目な顔で言う。映を見つめて、苦く笑った。

「三か月過ぎた時点できみが今みたいに俺に無関心だったら、そこで全部終わりにしよう。その代わり、少しでも興味があれば期間を延長してほしい」

「無関心だったら……？」

「脈なしだと解釈して諦めるよ。もちろんその後は二度ときみに近づかないし、関わらないと約束する。三か月分の咎《とが》も受けるし、何か懸念があれば全部潰す」

そこでいったん言葉を切って、ヒロトはすっと真顔になった。

「三か月間だけ、恋人としてつきあってほしいんだ。勝手を言う代わりに、費用はすべてこちらが出す。合意なしの無理強いはしないと誓う」

「……はあ」

正直に言って、反応に困った。

ありていに言えば、どこかに違和感を覚えたのだ。今聞かされたことがすべてだとは思えなかった。

「そういうことで、こっちの意図はわかってくれたかな」

「それは――すでに一度、無理は強いられてますし」

「ああ、やっぱりそう思うよねえ」

映の即答に、ヒロトは苦く笑う。苦笑いでもきれいだと思える表情は、映もよく知っている。初対面の時から、何度となく目にした――。

「あいにくだけど、きみに選択権はないんだよね。俺は現在進行形できみを脅していいように扱ってるし、それをやめるつもりもない」

「………」

「もちろん、拒否するのはきみの自由だ。そうしたところで、せいぜい写真添付のメールがきみも名前を知ってる会社に届くだけのことだしね」

小さく笑ったヒロトが、伸ばした指先で映の頬を撫でる。「怖い顔してるなあ」と言われたあとで、自分がひどい渋面になっているのを知った。

「あと、ベッドには誘わない代わりにキスはするから。でないとよくて友達で終わりにされそうだし、それは本意じゃないからね」

「はあ?」

「さっき、キスは厭じゃないって言ったよね?」

満面の笑みで言われて、そこを言質に取るのかと唖然《あぜん》とした。同時に、その言葉を否定できない己に呆れてしまう。

「……厭でなければ何をしていいとでも?」

「ああ、うん。それ、絶対言うと思った」

くすくす笑ったかと思うと、ヒロトは露骨に作ったような真顔になる。

「何度も言うけど、俺は最初からきみを脅迫してるんだよ？」

「――だったら、最初からそう言えばいいじゃないですか」

紛らわしい、と映は呆れ返る。

映が反論するのは、ヒロトがそれを許しているからだ。もっとはっきり言えば、わざとそうなるよう仕向けられてもいる。

「その通りなんだけど、できれば脅したくはないんだよねえ」

なるほど、こういうのを二律背反と言うのだろうか。

妙にしみじみと考えて、映はヒロトから視線を外す。手持ち無沙汰《ぶさた》に持ち上げたコーヒーカップの中身は、すっかり冷めてしまっていた。

5

品野からの久しぶりのメールは、「都合がつくようなら今夜飲みに行かないか」というものだった。

仕事上がりに受信したそのメールを一読して、映はすぐさま返信を打ち込んだ。「今夜は仕事関係の飲みなので無理、週末は先約ありなので来週のどこかで都合をつけて日取りを連絡する」という内容で送信してから、デスク上を最終確認する。

午後から脱いだままだった上着を羽織ったところで、再びメール受信音が鳴った。品野からの返信で「了解、待ってる」というものだ。

開いていた携帯電話を折り畳み、上着の内ポケットに押し込む。先に支度を終えてフロアの出入り口で待っていた伊東に駆け寄り、「悪い」と声をかけた。

「おう。んじゃ行くかあ」

伊東と連れだって降りた一階玄関口前には、これから同行するメンバーが既に揃っていた。その中に混じって会社を出ながら、毎度のこととはいえ薄く集まる視線に少々辟易する。

二か月前からかかりきりだった新製品プロジェクトが、完了ではないまでも一応の区切りを迎えたのだ。リーダーになる先輩の一声で、今夜はチーム全員での飲み会と相成った。

伊東の話によれば、社内の一部で映は人付き合いが悪く滅多に飲み会にも出ないという噂が流れているらしい。実際には伊東を始めとした親しい相手の誘いには大抵応じているが、見た目の印象に加えて合コンの類に参加しないせいか、噂は助長されるばかりだという。

面と向かって言われたらその場で否定するが、噂ばかりはどうしようもない。あっさり割り切って、最寄り駅近くにある馴染みの居酒屋の席についた。

「そういや深見さあ、さっき来てたメールって彼女から？」

最初に出てきたアルコール類に続いて届いた料理が、次々とテーブルに並んでいく。その間に隣にいた伊東に訊かれて、映は眉を寄せた。

「それはない。存在しない相手からそんなものが来るはずがない」

「またまたー。このところおまえ先約入ってること多いし、週末も全部潰れてんじゃん。彼女じゃなくて何なんだよ」

「……友達に誘われて出かけているだけだ」

意図的に声を低くした映に、伊東はけれどジョッキを手に目を丸くしてみせた。

「嘘だあ。だって深見、このところ雰囲気変わったじゃん。何か丸くなったって言うか」

「まじか。本当に彼女できたんだ？　確かに感じが違ってきたとは思ってたけど」

伊東とは逆隣にいた先輩が、興味津々に映を見る。表情を消したまま、映は短く言った。

「事実無根の、伊東の勘違いです」

「そ、そっか、悪い」

棒読みでの即答に怯《ひる》んだらしい先輩はすぐに視線を逸らし、せかせかと箸を使い始めた。

その間も、向かい側に座る女性スタッフの視線はちらちらとこちらへ向けられている。聞こえなくても噂されているのは視線で伝わってきて、正直うんざりした。元凶の伊東はと言えばホッケの塩焼きに夢中になっていて、映のきつい視線にもきょとんとするばかりだ。

伊東があんなことを口にした理由は、先ほど言われたそのままだ。ここ四週間というもの、映の仕事上がりは連日予定が入っていたし、週末もすべて約束で埋まっていた。

(三か月間だけ、恋人としてつきあってほしいんだ)

三週間前のあの宣言通り、ヒロトは週に二、三度は映を夕食に誘うようになった。それがなくても翌日の朝食を届けに来るので、結局は毎日欠かさず顔を合わせている。

ヒロトからの誘いが昼休みに届くのが、主な原因だ。基本的に約束事は先着順で受けるが、伊東からの誘いは終業後が多い。三日連続で断った結果くどくどと文句を言われ、「それなら午前中に誘え」と言い返したら妙なふうに勘繰られた。恋人ではなく友人だと何度も言ったが、どういうわけだか伊東の耳には入っていかないらしい。

テーブルの上の料理が半分なくなる頃には、周囲の話題は現在進行中のプロジェクト一辺倒になっていた。声をかけてきた後輩やふだん接点の薄い別部署のメンバーと雑談しながら賑やかに過ごすうち、そろそろお開きにとの声が上がる。

残った料理や酒を片づけ始める面々を横目に、映は伊東に断って席を立った。行き先は、人の少ない出入り口付近だ。

携帯電話を操作し、届いていたメールを流し読む。返信し内ポケットに戻したところで、少し離れた場所からこちらを見ている人物に気がついた。同じプロジェクトメンバーだが、あまり接点のない女性スタッフだ。

正直な話、厄介だなと思った。

映が女性スタッフに近づかないのは、一種の保険だ。扱いに慣れていないし、妙に詮索されたくない。素知らぬ振りで行き過ぎようとしたが、向こうから声をかけられてしまった。

「深見さん、ちょっといいですか?」

「……何か?」

「あの、半月くらい前に会社の前で待ち合わせてた男の人って、深見さんのお友達ですか?」

「いや。ただの知人です」

ヒロトのことだと、すぐに気づいて即答する。伊東には友人だと言ったが、厄介事の匂《にお》いがする今は知人扱いの方がよさそうだ。

「すごく素敵な人でしたよね。あの、できたらわたしに紹介――」

「あいにくですが、僕も親しいわけではないので力にはなれないかと」

妙に気に障って、最後まで聞かずに途中で遮った。拗ねた顔になった彼女に丁重な詫《わ》びを伝えて、映はさっさと席へ引き上げる。正直、いい気分はしなかった。

居酒屋を出たあとは、これから二次会に行くという面々と別れて駅方面へと向かった。途中で進路を変え、数時間前までいた会社の前を過ぎる。目的地は、ここ三週間ですっかり見慣れたコンビニエンスストアだ。

駐車場の一角に停まっていたシルバーの車の、運転席側の窓を叩《たた》く前に車内にいたヒロトと目が合う。視線に促されて助手席側に回り込むと、ロックが外れる音がした。

「すみません、待ちましたよね。この時間だし、明日の待ち合わせでよかったんじゃあ?」

助手席のドアを閉じながら言うと、運転席からこちらを見ていたヒロトは苦笑した。

「寂しいこと言うなあ……俺はずっと会いたかったのに」

「昨日も一昨日も会いましたが」

「それとこれとは話が別だよ」

真面目な顔で言ったヒロトが差し出すミネラルウォーターには、コンビニエンスストアのロゴがついたテープが貼られている。

礼を言って受け取ったそれを口に含んでいる間に、車は駐車場から通りに合流していた。窓の外を流れる夜景を眺めながら、映はこうしたやりとりにすっかり慣れたのを実感する。

昼間にも何度か移動したおかげで、ヒロトの家までのおよその道は覚えた。およそ二十分ほどで、車はあの日本家屋の庭に滑り込む。

「風呂はすぐ使えるからどうぞ。おなか空《す》いてたら何か作るけど、どう?」

「いえ、それはもう。お風呂いただきますね」

苦笑混じりに伝えて向かった浴室は、すでに湯張りされていた。周到さに呆れ混じりに感心しながら、映は手早く身体を洗い湯に浸かる。

ここでの寝間着と部屋着は初めて泊まった時に、ヒロトが買い置きの新品を映専用にと下ろしてくれている。二度目に泊まりに来た週末には出先でヒロトに外出着を買おうとするのを阻止し、自ら購入した二組をこの家に置かせてもらっていた。

……だからといって、こんなふうに遅くなった日まで泊まる必要はないと思うのだが。

本日の昼休憩を押して続いたプレゼンが無事に一段落したことを受けて、息抜きがてらにプロジェクトリーダーが提案した飲み会だ。話を知った映がヒロトに断りのメールを入れたのは、午後三時を過ぎてようやく取れた休憩中だった。

映の個人的なつきあいは邪魔しないと決めているのか、ヒロトはすんなり了承した。けれどその続きで、「でも約束だから泊まりに来るよね？　待ってるから、飲み会が終わったらメールして」と伝えてきたのだ。「遅くなるから自宅に帰る」と返信したら、間髪を容《い》れず「いや迎えに行くから」と言ってきた。その応酬を三往復やったあげく、いつものように映が根負けして今に至っている。諦めが悪いという自己申告は、実際正しかったわけだ。

湯上がりに少々サイズが大きい寝間着を身につけながら、映はそうすることに違和感がない自分に苦笑する。

先週も先々週もここに泊まって、ヒロトと一緒に博物館や美術館に出向いたり町歩きをして過ごした。博物館はともかく美術館には興味がなかった映だが行ってみれば意外に楽しかったし、これまで知らなかったものを知るいい機会になった。

今週は、どこに行くのだろう。先週は週半ばにプランを知らされたが、今回はまだ何も聞いていない。

いつもの癖で眼鏡をかけ、居間に顔を出す。タブレット端末を操作していたヒロトは、物音で気づいたらしく顔を上げた。映にお茶を勧めてから、いつもの笑みで腰を上げる。

「じゃあ俺も風呂に行ってくる。眠かったら先に寝てて」

「はい。あ、そう言えば来週ですけど、水曜日あたり友人と飲みに行きますので」

一息に言った映を、ヒロトはその場に立って見下ろしてきた。

「友達って、いつもの同僚くん？」

「いや、品野っていう、高校の時の部活仲間です」

「品野？　って、あー……二次会できみにべったりひっついてた大柄な彼？」

「はあ」

何やら不満げ——というより厭そうなヒロトは、どうやら品野を見知っているらしい。おそらくあの二次会場のどこからか見ていたのだろう。

「それ、どうしても行きたい？」

「希望ではなく決定事項ですね」

「はあ……しょうがないか。でも朝食は持って行くから、終わったら連絡してくれる？」

やけに長いため息とともに言われて、品野に対して何か含むところでもあるのかと思ってしまった。

「いや、そこまでしていただかなくても——とか言っても、たぶん無駄ですよね」

ヒロトの表情の変化を目にして、言い掛けた言葉を後半で翻した。とたんに満足げに笑う男に馴染みの呆れを覚えながら、映は小さく息を吐く。

「連絡は、させてもらいます。ただ、あまり無理はしないように」

「うん？」

「今週は、仕事で忙しくされてたんでしょう？　三日ほど前からお疲れ気味のようでしたし、今日も目元のあたりが少々」

「えー……」

目を丸くしたヒロトが、弱ったような顔になる。ここ最近たまに見るようになった表情に、余計なことを言ったらしいと気がついた。

「すみません。差し出がましいことを言いました」

思案して顔を上げた、その目元にふと影が落ちる。え、と思った時には腰を屈めたヒロトが驚くほど近くに顔を寄せていた。軽く唇を齧って離れた体温も近すぎる距離で開いた華やかで甘い笑みも唐突で、そのせいか妙に落ち着かなくなる。

「ありがとう。今日は早く休むから大丈夫だと思うよ。……おやすみ」

「――――」

返事ができずにいるうちに、ヒロトはするりと映の傍から離れていく。引き戸の向こうに消える背中を見送りながら、映は呆然《ぼうぜん》と動けない自分に戸惑った。

「湯あたりでも、した……？」

もしかしたら、アルコールがまだ抜けていなかったのか。思いながら口に含んだお茶は、冷めすぎず熱すぎずでちょうどよかった。

思いついて、品野に日取りのメールを送る。宵っ張りの友人らしく、ものの二分で「了解、よろしく」という返信があった。それを確かめて、映は居間を出て寝室へと向かう。

この家で言う寝室は、要するに家主用だ。元が和室だったとすぐわかる洋室がダブルベッドで占拠されているさまは、何度見てもアンバランスだと思う。

……どういうことか今でも訊きたい心境だけれど、この家での映の寝場所はここなのだ。他に寝具はないと言い切られ、押し切られた結果だった。

居間で座布団を借りるという案が即座に却下されたのは仕方ないとしても、未《いま》だに寝具の買い足しがされないのはどうなのか。思いはするし催促もしているが、ヒロトは「そのうちね」と笑うばかりだ。

割り切れない気分のまま、映はもぞもぞとベッドに入る。奥の壁側で布団を被《かぶ》ると、清潔なシーツから馴染みになりつつあるシトラス系の匂いがした。

思うところは山ほどあるが、ここの布団は無条件に好きだ。いつ来ても清潔でふくふくしていて、潜り込むだけで至福になる。自宅の布団も定期的に乾燥機にかけているはずだが、この感触にはどうにも敵《かな》わない。

そのまま、とろとろと微睡《まどろ》んでいたらしい。かすかに聞こえた物音で、ふっと目が覚めた。

前後して、寝室の引き戸が動く。室内を窺うような静かさの中、引いて閉じたのが伝わってきた。

ややあってかさかさと布団が動き、続いてスプリングが沈むのが身体でわかる。映を起こさないよう、細心の注意を払ってくれているらしい。

そこまで気にしなくていいのにと、夢うつつに思う。神経質そうなのは見た目だけで実は図太いと部活仲間からは揶揄されるが、実際のところ寝付きと寝起きはやたらいいのだ。合宿中、真夜中に同室連中が騒いだ時も、見回りしていたコーチにばれて叱《しか》り飛ばされている間にも悠然と熟睡していたという前科もあったりする。

明日にでもそう言っておこう。眠気で溶けた思考の隅で考えた時、そろりと背中に暖かい体温が触れた。

(他に寝場所はないし、だったら一緒に寝るしかないよね)

初めて泊まることになった夜に、平然とそう言い渡してきたヒロトを思い出す。

寝室で寝ることを了承した以上、断る余地はどこにもない。とはいえ、同じベッドで寝るとなると躊躇いはあった。寝付きのいい映には驚異的なことに、強引にベッドに引きずり込まれて小一時間は眠れず過ごしたのだが——結果的には何事もなく、無事朝を迎えることになった。

いや、と頭のすみで考え直す。何事もないとはちょっと言えまい。何しろここに泊まった翌朝の映は、いつもヒロトの抱き枕となり果てている。

ただし、それだけだ。他は、見事なくらいに何もない。

かつての伊東の愚痴によると、据え膳の恋人に手を出さないのは男としておかしいのだそうだ。つまりヒロトは「おかしい」わけで、考えてみれば条件として出されたキスも、最近は軽く触れるだけのものになっている。そうなると、本当の目的は他にあるのではという確信が深まった。——そもそもヒロトのように如才ない男が、物慣れなく貧相な映のような男相手に本気になるとは考えにくい。

もっとも映自身はと言えば、今も背中にくっついてくるこの男にすっかり懐柔されてしまった自覚はあるのだが。

夕食の誘いや週末の泊まりではゴリ押しするヒロトは、けれどそれ以外の場面では当然のように映の意向を優先する。イニチアシブを取られているようで、理不尽なことや不快なことはいっさいない。むしろここ最近は、ヒロトと過ごす時間を面白く感じている。

西峯もそうだけれど、家庭を持った先輩や友人たちとは予定が合わず、ここ数年で飲みに行く頻度は大きく減った。品野にも数年つきあっている彼女がいて、例のパーティー絡みを除けば今回の誘いは二か月ぶりになる。そんな状況の中、気がつけばヒロトは映の友人のような位置に納まっていた。

いいことではないだろうと、思いはする。けれど居心地のよさは否定できない上に、ヒロトの本当の目的は見えないままだ。最近は、どうせ三か月の期間限定なら多少のことは構わないだろうと考えるようになっている。

思考の合間に、ずぶりと意識が眠りに沈む。その時、飲み会の会計前に女性社員から言われたことを思い出した。

取り持つ義理はまるでないが、黙って握りつぶすのもどうかという気がする。明日にでも、一応ヒロトには伝えておいた方がいいかもしれない。

眠り込む寸前に映が感じたのは、背中から伝わってくる優しい体温だった。

6

翌日の土曜日は、朝から雲ひとつない晴天だった。

「で、今日はどこに行くんです？」

昨夜見事に訊きそびれた問いを、口にするのはこれが何度目だろうか。朝の身支度をして切り出し、車に乗ってから口にし、途中のサービスエリアでの朝食時にも問いかけて、その全部をにっこり笑顔で訊き流された。

珍しいことだとは思ったが、しつこく追及はしなかった。再び車に乗ってしばらく走り、いくつめかのインターチェンジで一般道に降りる。

これまでもそうだったけれど、ヒロトは行き先への道程を完全に記憶しているらしい。ハンドル横に鎮座している高価そうなカーナビゲーションは、本日もただの飾りと化していた。

軽く首を傾げながら、映はフロントガラスの向こうを見据える。と、高速道路上で何度か目にした有名なテーマパークの大きな看板が目に入って、何となくぴんときた。運転席に目をやると、横目にこちらを見やったヒロトと視線が合う。

「……ばれた？」

「たぶん。確か、最初の頃に行きたがってましたよね」

「そう。もしかして、嫌い？」

「いえ、それはないと思います」

ずっと映の希望優先だったのだから、むしろヒロトの要望通りにしてもらった方が気楽だ。

「そっか。よかった」

ほっとしたように、ヒロトが横顔で笑う。それを眺めているうちに、車は駐車場へと乗り入れた。見渡す限りと言いたくなる広さのそこは、すでにかなりの車で埋まっている。

巨大でカラフルなゲートの前で、ヒロトから小さな紙片を手渡される。きょとんとしていると、内緒話めかして言われた。

「優先チケットだって。先にネットで買っておいたんだ」

「へえ」

よくわからないまま、人波に紛れてパーク内に入った。ふたりして広げた案内図を覗き込んで、映はかえって混乱してしまう。

大きな声では言えないが、映はこうした本格的なテーマパークは初めてだ。自宅近くの小さな遊園地に行ったのは覚えていても、今いることはまるで規模が違う。高校大学で友人に誘われたことはあったが興味もなく断っていたため、知識らしい知識もない。はっきり言ってしまえばあまりに広すぎ複雑すぎて、何が何だかわからない。

この場はヒロトに丸投げするのが一番だろう。思って顔を上げた映は、けれど案内図を眺めるヒロトが眉を寄せた困り顔になっているのに気づく。

「とりあえず、優先チケットに書いてあるエリアに行ってみます？　これ、時間制限があるみたいですし」

チケットに記入された時刻表示を指して言った映に、ヒロトがほっとしたように頷く。現在地と目的の方角を確認し、そこかしこを見物しながら進む間も、ヒロトは映と同じく物珍しげだ。

「もしかして、ここは初めてですか？」

「そう。……ってより、こういう遊園地？　みたいな場所そのものが初めてじゃないかな。少なくとも覚えている限りでは、だけど」

「だったらお互い様ですね。僕も、公園の豪華版くらいがせいぜいだったので」

少し意外な気がしたが、あえて追及はしなかった。そんな映をよそに、ヒロトは薄く笑う。

「ふつうの公園もあまり行った覚えがないんだよね。何度かせがんだんだけど、そのたび他にやることがあるだろうって言われてたし」

「え、……」

「高校に上がったあとなら行けたんだろうけど、自分から行こうとも思わなかったからねえ」

そう告げるヒロトの声音は、ふだんとは別人のように抑揚がない。きれいに笑う顔は最初の頃に見せていたのと同じで、どこか作ったように見えた。

(じいさんの形見分けで貰ったんだけどね)

映があの家に初めて行った時、ヒロトはそう言った。映自身と同じく血縁の話をしないヒロトが、唯一口にした存在があの家の元の主だ。あるいは、ヒロトも家族の縁が薄いのかもしれない。

「要するに、きみの方が慣れてるわけだ。悪いけど、任せていいかな」

肩を竦めたヒロトが先ほどとは別人のように柔らかく笑う。張りつめていた空気が一気に緩んだのにほっとした映は、けれどその申し出に困惑した。

「それはちょっと……前情報もありませんし」

「あー……そっか、俺が内緒で申し込んだから」

しまったとでも言いたげな顔をしたヒロトと、何となくお見合い状態になる。数分そうし

たあとで、どちらからともなく苦笑がこぼれた。

「じゃあ、適当にのんびりでいいかな」

「十分です。こういうところは初めてなので、見るだけでも面白いです。——そういえば、彼女さんと来る機会はなかったんですか？」

するりとこぼれた問いに、ヒロトはわかりやすく微妙な顔で映を見下ろしてきた。

「残念なことにね。計画したことはあるけど実行前に振られた」

「……え？　振られたんですか。振ったんじゃなく？」

拗ねたような顔をしていたヒロトが、映の言葉に目を丸くする。ややあって、にんまりと含んだように笑った。

「そう。可哀想だと思ったら優しくして？」

「優しく、ですか。……うちの職場の女性スタッフがあなたに興味があるようなんですけど、会う気あります？」

映の問いに、ヒロトはきょとんとする。

「きみの会社の？　何で俺に」

「会社の前で待ってたことがあるでしょう。その時に見てたらしいです」

「で、それＯＫしたとか言う？」

とても微妙な顔で訊かれて、映は怪訝に首を傾げて即答する。

「いえ、断りました。けどそれは僕の一存だったし、もし希望があればと」

「いや全然希望してないから。……そっか、断ってくれたのか」

ほっとした様子のヒロトに、もしかしたら過去に苦い経験でもあるのかと思ってしまった。

歩を進めながら、映はあえて別方向に話を飛ばす。

「ちなみに友人なら紹介してと言われたので、知人だと訂正しておきました」

「……それ、違うよね。知人じゃなくて恋人だよね？」

「あいにくですが、往来で声に出して言うのはちょっと」

今も、周囲の女性たちからしげしげと、あるいはじいっと視線を向けられているのだ。目当てはヒロトなのだろうが、必然的に傍にいる映も彼女らの視界に入ることになる。その状況で恋人云々を聞かれでもしたらどうなるか、考えたくもない。

冷静に返しながら、映はどこかでほっとしている自分に気づく。不思議に思ったものの、それよりはと進行方向に目を凝らした。


実際に遊んでみると、それなりに面白い発見があった。

双方初体験だったジェットコースターは、揃《そろ》ってとても気に入った。映の希望で入ったホラーハウスは、映にはありきたりすぎて退屈だったがヒロトは面白かったらしく脅し役のスタッフを楽しげにからかっていた。大型スクリーンと観客席が連動するアトラクションでは、映は楽しんだがヒロトは気分を悪くして、昼食がてら長めの休憩を取った。

ひと休みのあとで乗ってみた大型観覧車は、思いがけず床がスケルトン仕様になっていた。高いところも平気なはずの映がすみで固まって動けなくなったのとは対照的に、ヒロトは興味津々に下を眺め下ろしていて、何やら別世界の生き物のように見えてきた。

揃って時間を忘れて遊んでしまったため昼食は十四時過ぎになったたし、観覧車を降りて一服しようと決めた時には十七時を回っていた。とはいえ、日が長い時季ということもあって周囲はまだ十分に明るい。

「どうする？　どこか入ろうか」

「人が多いですし、適当に飲み物を買ってベンチで休んだ方がいいかもしれませんね」

「そうしよう。俺が買ってくるからきみはそこで休んでて」

「僕が行きますよ。いつもしてもらってばかりですし」

「下心つきでやってるんだから気にしなくていいよ。それより場所の確保をよろしく」

さらりと言って、ヒロトは店舗が固まっている方へと歩いて行ってしまった。

少し迷ったものの、映は言われた通り近くのベンチに腰を下ろす。時間潰しに携帯電話をチェックしていると、ふいに横合いから声をかけられた。

「おーい。おまえ、深見って言ったよな？」

どこかで聞いたような声に顔を上げて、映はわずかに眉を寄せる。すっと表情が薄くなるのが、自分でもはっきりわかった。

遠藤だった。高校の部活OBだと言うが、映自身は西峯の結婚報告パーティーの二次会で初めて顔と名前を知った相手だ。こんな場所でなのかこんな場所だからなのか、いずれにしてもあまり嬉しい再会ではない。

「おまえ、ひとりで来たのかよ。寂しいやつだなあ……しょうがねえ、一緒に回ってやるか」

揶揄めいた言葉とともに大股《おおまた》に近づいてくる遠藤の傍には連れらしい女性がいて、不審そうな顔でこちらを見ている。

品野の忠告を思い出して、映は淡々と言葉を返した。

「遠慮します。連れがいますので」

「連れえ？　って、また品野か。それとも西峯？」

「……まったく別の友人ですが？」

「え、おまえ友達なんかいるの？　そりゃまた物好きってか、まあ鑑賞物としては極上品だけどさ。あー、だったらオレも友達になってやろうか？」

ずいと近く寄ってきた男の、表情にも声音にも滴《したた》るような好奇心を感じた。ある意味、悪意よりもずっとたちが悪そうだ。

「お断りします。友人は十分に足りておりますので」

「何だソレ。見た目のわりに中身は本気で可愛くねえなあ。鑑賞用ならもっと素直な方が扱いやすいだろうに、品野も西峯も趣味が特殊ってーか、ちょっと変わってるよな」

言って、遠藤は何か思いついたように笑う。

「西峯も、おまえみたいなのを近くに置いて、あの嫁を選ぶかあ。そこそこ美人だけど、どう見てもおまえの勝ちだよな。脳天気だし、そこまで考えてないんだろうけどさ。――西峯に好きにさせてるんだったら、オレの相手くらいしてくれてもいいんじゃないか？」

にやにや笑いで、いきなり映の腕を掴んできた。

「実はひとりなんだろ？　遊んでやるから遠慮すんなって」

「――ですから、遠慮すると」

あまりの言い分に、むっとするより先に頭に血が上ってきた。

掴まれた腕を邪険に振り払いかけたその時に、横合いから出てきた手が遠藤の肘を掴む。割って入るなり遠藤の手から映の腕を取り返し、当然のように映の前に立った。

「――俺の連れに、何か用でも？」

ヒロトだった。急いで走ってきたのか、肩で息をしているのがわかる。

「……おい。連れってこいつ？　まじでいたのかよ」

呆気に取られた風の遠藤の声を耳にして、映はすぐさま立ち位置を変えた。ヒロトの横、やや前に出た形で遠藤を見る目に険を込める。隣からの気遣うような視線は、あえて流した。

「人の友人をこいつ呼ばわりするのはやめていただけませんか。正直言って不愉快です」

「え、マジかよ。おまえらどういう組み合わせ……」

「返答は拒否します。それに、友人のみならず先輩まで侮辱するような方と親しくさせていただくつもりはありませんので、今後のおつきあいは一切お断りします」

「おま、……そこまで言うか？　西峯に懐いてるとは聞いたが、そこまであの熱血直情野郎が好きなのかよ」

かなりのことを言ったはずなのに、遠藤の表情は相変わらず楽しそうだ。面白い玩具《おもちゃ》を見るような目つきに、品野の「厄介」という言葉の意味をつくづく思い知った。

「好きですよ。特別な先輩だと思ってますし、尊敬も感謝もしています。それがどうか？」

「あのなあ、オレも一応おまえの先輩だぞ？　それも西峯より上の」

「在学中の接点はなかったですよね？　そちらがどう思おうと勝手ですが、ただ同じ高校を出ただけの同窓生を先輩として敬う義理は僕にはありません」

「すっげー。キレ味良すぎ……」

怒りもせず、むしろ感心しているらしい遠藤の様子に、今だとばかりに映は続けた。

「そういうわけですので、僕たちはこれで失礼します」

言うなり、ヒロトの腕を掴んで背を向けた。「おい」だの「それならそいつも一緒に」だのといった声が追いかけてくるのをきれいに黙殺して、その場から遠ざかる。声が聞こえなくなってなおしばらく歩いてから、ようやく映はヒロトを見上げた。

「お茶ですけど、やっぱりどこかに入りましょうか」

いつもはすぐに返るはずの声が、今回は聞こえて来ない。不思議に思って瞬くと、いつになく硬い顔で見下ろすヒロトと目が合った。

「すみません。不愉快な思いをさせました」

「いや。それ、きみのせいじゃないから」

「一応でも僕の知り合いですので。それに、さっきは助けていただいてありがとうございました」

目に入った喫茶店らしき建物へと方角を修正しながら言うと、ヒロトはかえって困ったような表情になった。

「礼はいらない。俺はほとんど何もしてないし、実際に俺がいなくてもきみは自力でどうにかできたんだろう」

「できなかったと思いますよ。盛大にキレてあの人を調子に乗せて、余計に振り回されることになったんじゃないでしょうか。間に入ってもらったおかげで頭が冷えて、きちんと距離が置けたんです」

あれはかなり厄介な人種だ。こちらが感情的になればなるだけ面白がって、執拗に絡んできそうな気がする。

周囲からあれこれ言われることに慣れている映には、大抵のことなら冷静に対処できるという自負がある。反面、どうしても許せないのは数少ない近しい相手を侮蔑されることだ。それが映自身を絡めてのことであればなおさら、黙ってはいられない。品野や西峯のことを言われただけでキレかかったものを、ヒロトのことまで槍玉《やりだま》に上がったりしたら――。

「きみでもキレることがあるんだ？　確かに、滅多に見ないような顔をしてたけど」

ヒロトの声にいつもとは違う響きを感じて、映は思考を中断する。目をやると、彼は例のきれいな笑みで映を見下ろしていた。

「ことと次第によります。大事な相手を侮辱されて平気とはいかないですから。それはそうと僕、そんな顔してましたか」

「すごく厭そうに見えた。それで急いで引き返してきたんだ」

「厭そう、ですか」

思いがけなさに、映は首を傾げる。遠藤を見た瞬間に表情が変わった自覚はあるが、それは品野にすら気づかせないくらいにわずかだったはずだ。

なるほどと、ヒロトを見上げて再認識する。

はったりだとばかり思っていたが、どうやらヒロトは本当に映の表情を見分けているらしい。物珍しい気分でしげしげと見上げると、ヒロトは何やら困った顔になった。

「……話を聞いた感じ、あれって部活関係の人？」

「そんなところです」

辿りついた店で席につき、オーダーをすませてから遠藤との経緯を説明する。最後まで聞き終えたヒロトは納得し「困るね」と口にしたものの、やはりどこか物問いたげだ。そのくせ映が目顔で促しても口に出そうとしない。

オーダーした品がテーブルに届いたのを機に、遠藤の話は立ち消えになった。


どうにもこうにも、落ち着かない。

窓に映る風景は、すでに夜に沈んでいる。高架を走っているらしく、家々の明かりがやや遠く、ゆっくりと流れていくのが見えた。土曜日ということもあってか車の数はそこそこ多いものの、渋滞するほどではない。

助手席側の窓の外を眺めながら、映は小さく息を吐く。

テーマパークを出たあと、帰路にあったレストランで夕食をすませた。それから車で高速道路に乗って、そろそろ小一時間になる。

楽しく遊んだし、レストランでの食事も美味しかった。車に乗るまでの間も乗ってからも、特に変わったことは起きていない。

――にもかかわらず、もう二十分近く不自然な沈黙が続いている。

運転席では、ヒロトが無言でハンドルを握っている。時折街灯に照らされて浮かぶ横顔には、声をかけるに躊躇うほど表情がない。

何か、気に障ることをやっただろうか。視線を前に戻して、映はこっそり思案する。テーマパークを出る少し前から、ヒロトの口数が減ったように感じてはいた。とはいえ夕食の時にはそれなりに会話があったし、笑顔も見えていたのだ。それが少しずつ減っていって、気がついた時にはこの状態になっていた。

映の知るヒロトは基本的に饒舌《じょうぜつ》だ。初対面の時から映の返事だけでなく、表情や反応を見た上で話を進めていたと思う。おそらくそれは口数が少ない映が気まずく感じないように、あるいは自ら意思表示しない映の希望を取りこぼさないようにするための配慮であって——。

そこまで考えて、ふいに気づく。あまりに自然すぎてすんなり受け入れてしまっていたけれど、映はけして人懐こい部類ではない。西峯は例外として、品野や伊東と気負うことなく素で話せるまでには一か月以上かかったはずだ。

引き比べて、ヒロトとはまだ出会って一か月にも満たない。

不意打ちで辿りついた事実に、頭の中が混乱する。先ほどとは別の理由で言葉を失ってしまい、車がインターチェンジを降りて見慣れた夜景の中ヒロトの家へと辿りついてなお、重い沈黙は終わらなかった。

いくら何でも、この状態で泊まるのはなしだ。そう思い、映は先に車を降りたあと玄関先でヒロトを待った。着てきたスーツだけは持って帰らなければ、週明けから困ってしまう。

やはり無言のままのヒロトが玄関を開け、そこだけは変わらない優しい仕草で映を中へと促す。先に廊下に上がって、映はおもむろにヒロトを振り返った。

「僕は、どんなふうに気に障ることしたでしょうか」

「————?」

玄関先と同じ幅の廊下は昔の建物だからかけして広いとは言えず、ヒロトと映が並んで立つだけでいっぱいになる。近すぎる距離を今さらに意識して後じさった映を、ヒロトは怪訝そうに見下ろしてきた。

行動はいつも通りなのに、口を利かない。ヒロトのその様子に、映は追及を諦める。

「今日は、これで帰ります。その前に、せめて理由だけでも教えていただけませんか」

「……いや。そういうわけじゃあ」

理由もわからないまま謝るような、いい加減なことはしたくない。そう思っての問いへのヒロトの答えは曖昧《あいまい》で、そのくせどこか物言いたげだ。

「わかりました。長く運転してくださってありがとうございました。それとご馳走《ちそう》になりました、後日またお礼に上がります。……話はまた、その時に」

一時的なものなのか今後もずっとなのかは知らないが、少なくとも今のヒロトに話す気はないわけだ。だったら、後日に改めて訊いてみるしかあるまい。

彼が今後も映を「恋人扱い」するのであれば、だけれども。

奇妙にすかすかした気分で会釈《えしゃく》をし、居間の引き戸を開けてすぐの鴨居《かもい》にかかっていたスーツに手をかける。直後、馴染んだ腕に背中から抱き込まれた。

「何やってるの。何でスーツなんか」

「持ち帰らないと、通勤に困りますので。——すみません、離していただけないでしょうか」

言いざまに背後に目をやると、表情を消したヒロトとまともに視線がぶつかった。直後、いきなり視界が大きく動く。何が起きたのか理解する前に、背中に鈍い痛みが走った。

「——甘いね。俺がすんなり帰すと思ってる?」

吐息が触れる距離で囁く声を聞いたあとで、自分が居間の壁に押しつけられているのを知った。遅れて取り戻した視界の中、鼻先数センチの距離に能面のようなヒロトの顔を見つけて、これは誰なんだろうと思う。

あの、と言い掛けた声が、音になる前に消える。唇に押しつけられる圧迫感と、斜めに食い込んだ眼鏡の痛みで、キスをされたのだと気がついた。う、と喉声を上げたのを待っていたように、唇の合わせを執拗に辿った体温が歯列を割って口の中へと滑り込んでくる。

「ン、……ぅ、ん——」

最初に頭に浮かんだのは、珍しくキスする許可を訊かれなかったということだ。そのあとで、眼鏡が歪むと困ると思った。それとは別の部分で、いつの間にかヒロトとのキスに慣れてしまった自分を思い知る。

「――ふ、……んんっ――」

ひどく近くで、水っぽい音がする。唇の奥をかき回される感触と連動するその音に、それをしているのは目の前のヒロトなのだということを再認識した。

瞼を落とすことも忘れた視界の中、近すぎる距離から切れ長の目に見つめられる。見知っていたはずの目の色を、こんなにも深かったのかと改めて思った。強すぎる視線に焼けるような羞恥を覚えて、映は瞼を落としてしまう。

「映、……っ」

一拍だけ呼吸を許された合間に、低い声に名を呼ばれる。大きく跳ねた鼓動がそのまま伝わるように思えて、無意味に息をひそめていた。顎を摑まれ仰《あお》のかされて、自分が俯《うつむ》くように下を向いていたのを知る。

強い腕に抱かれたまま、引きずるように歩かされる。数歩進んで瞼を開くと、そこは寝室の真ん前だった。無造作に開かれた引き戸の中、広いベッドの上に折り重なるように転がされて、どうしてか縋《すが》りつかれているようだと思った。

映、と呼ぶ声に、頭のどこかの落ち着いた部分で「全然違う」とそう思う。初対面の夜にホテルで西峯のものと錯覚した声は、四週間経った今はヒロトの声でしかあり得ない。

「ン、……ぁ、う――」

再び呼吸を塞いだキスに、言葉という手段を封じられた。カットソーの上から背中を撫でた手が腰から下へと落ちて、チノパンの上から太腿《ふともも》の輪郭をなぞる。そのまま再び腰を撫でたかと思うと、カットソーを含め着ていたものをかいくぐった。じかに肌に触れてきた手は冷たく、それだけにびくりと背すじが跳ねる。そこで映は我に返った。

――いつものヒロトとは、違う。

「ちょっ……待っ――」

どうにか絞ったはずの制止を、心得たようなキスで封じられる。食らいつくようなキスは先ほどと同じだけ深く、頭を振って逃れようにも顎を摑まれびくともしない。上になったヒロトの身体は重く、振り落とす以前にほとんど身動きが取れなかった。

それならと、無意識にシーツを摑んでいた手を振り上げる。正気に戻れとばかりに、ヒロトの肩や背中を叩いた。その何度目かに、ようやく唇が離れていく。

暗い室内には廊下からの明かりがほんの少しだけ差し込んでいて、その中でもヒロトが短く息を飲み表情を変えたのが見て取れた。

「――どう、したんですか。いきなり」

発した声は、妙に掠れて聞こえた。いつ外れてどこに行ったのか、視界に眼鏡のフレームがない。落ちて歪んでいなければいいがと、思考のすみで妙に冷静に思う。

不思議なくらい、腹は立たなかった。むしろ、今起きたことに呆然とした。

期間限定の「恋人」になって四週間。確かに最初は脅され強引にいいなりにされたけれど、あの時のヒロトには余裕も、そしておそらくは計算もあった。自分が何をしているかを、冷静にきちんと把握していた。

けれど、今のヒロトは違う。どうしてか、映はそう確信した。

膠着《こうちゃく》したような静寂の中、ヒロトがゆるりと映の上から身を起こす。ほっと息を吐いた映に、おそるおそるといった様子で言う。

「……——ごめん。その、怪我とか、は」

「それはないです。けど」

「そう、良かった。——悪かった。ちょっと頭、冷やしてくるから……きみは休んでて」

言うなり、ヒロトは寝室を出て行ってしまった。

ひとり取り残されたベッドの上で、映はただ困惑した。

7

翌朝の目覚めは、あまりよろしいものではなかった。

「……朝?」

ベッドの上で、座ったまま一晩を過ごしたようなものだ。大きくぐらついた頭が振れる感覚で、目が覚めた。

首の後ろ右側が、引きつれたように痛い。無意識にそこを押さえながら周囲に目を向けてみても、ベッドの上にいるのは映だけだ。

外出着のまま不自然な格好で寝てしまったからか、全身が変に軋む。財布だの携帯電話だのが入っているせいだろう、チノパンのポケットのあたりに違和感があった。

寝室の引き戸は昨夜と同じ半開きになったまま、誰かが戻ってきた様子はない。

……ヒロトが出て行ったあと、映はベッドの上でひとり途方に暮れた。ヒロトの言動にも驚いていたが、それ以上に自分がどうすればいいのかわからなかったからだ。

電車を使って帰ろうとは、どうしてか思わなかった。探しに行ったところでヒロトが居たたまれない思いをするだけだと思えば下手に動くこともできず、着た切り雀《すずめ》のままでずっと待っていたのだ。

短く息を吐いて、映はそろそろとベッドを降りる。ひとまず着替えようと思い立って寝室を出た。

廊下から、まずは一番近いキッチンを覗く。無人の上、何の支度もないのを確かめてから居間へ行き、置いてあった外出着を身につけた。廊下で見つけていた眼鏡をためつすがめつし、歪みがないのにほっとしながらかけ直す。その居間にも、人の気配はなかった。

——ヒロトは、どこで寝たのだろうか。

寝室以外に寝場所はないはずだが、実を言えばこの家には映が出入りしたことのない部屋がふたつほどある。玄関を入ってすぐ右手に見えるドアと、キッチンの奥にある引き戸だ。だからと言って、許可もなく立ち入るのは憚られた。

「……あれ」

思いついて出向いた玄関で、ひとつ変化を見つけた。ヒロトが昨日履いていた革のスニーカーが消えていたのだ。玄関の引き戸そのものはきちんと施錠されていた。

「外、に？」

気になって、映は靴を履き玄関から外に出る。

見上げた空は朝特有の色に染まって、きれいに晴れていた。左手に広がる庭は意外に広く、普通車を楽に複数停められるだろう。ただし、それをするには絶妙の位置に植えられた手入れのされた樹木を複数、植え替えねばなるまい。

その庭にも、ヒロトの姿はない。玄関の右手には一部屋分の窓と壁があり、さらにその横にシルバーの車が停められていたはずだが、今は影も形もなかった。

「出かけた、のか。——いつから……？」

昨夜遅くなのか、今朝になってからなのか。記憶を辿ってみても、車の音を聞いた覚えはない。何度かうつらうつらした気がするから、その間に動いたのかもしれない。

いずれにしても、ヒロトは不在なわけだ。

辿りついた結論に、困ったと素直に思う。タクシーを呼べば帰れるだろうが、玄関を開けっ放しにしていくわけにはいかない。結局はヒロトの帰りを待つしかないわけだ。

「あー……」

もう一度、視線を庭に戻す。そういえばと気がついて、チノパンのポケットを探った。携帯電話を取り出し、電話するかメールがいいかと迷って手を止める。

そのタイミングで、すぐ後ろで大きな破裂音がした。ぎょっとして振り返った先に人影はなく一見変化もないようだったが、よく見れば異変はすぐに知れた。

玄関横にある、映がまだ入ったことのない部屋。――その窓ガラスが、大きく割れて穴を空《あ》けていた。きっちり閉じられていたカーテンが、風のせいか緩く揺れている。

「うわあ、うそお」

「やっちゃった？　まじでやっちゃったんだ？」

「どうしよ、まずいってば！」

唖然とした耳に、複数の幼い声が届く。ぱたぱたと軽い足音がして、小学校低学年らしき少年たちが玄関前に駆け込んできた。割れた窓を目にして泣きそうな顔をしたかと思うと、少し離れた場所にいた映を認めて揃って硬直する。

反応に困った映がいつもの無表情でどうしたものかと考えていると、顔を見合わせた三人はいきなり揃って頭を下げてきた。

「ごめんなさいっ！」

「ボールがそれて、そんで、おいつけなくて」

「ガラスわりました、ほんとうにごめんなさいっ」

「あの、おかーさんよんでくるからっ」

「ちょっとまってて」

「――……待ちなさい。先に家主に連絡するから」

今度こそ迷うことなく、映は通話ボタンを押す。そういえば、映の方からヒロトに電話するのはこれが初めてだ。

妙に緊張しながらコールを聞いていると、残念なことに「運転中につき電話に出られません」のアナウンスに繋がった。

携帯電話を閉じたあとで、ふと気づく。子どものうちのひとりが、今にも泣きそうな顔で割れた窓から家の中を覗き込んでいた。

「危ないから触るなよ。……もうひとりはどうした？」

「えっと、にーちゃんはおかーさんよびに」

「おれんちとおくて、くるまできたから」

どうやらふたりは兄弟で、もうひとりは友人らしい。その弟らしき子どもはとても物言いたげな顔で、まだ窓の中を気にしている。

何となく、ぴんときた。

「ボールか。大事なもの？」

「……たんじょうびに、もらったばっかで。だいじにしようって、おもってた、のに」

「覗いて怪我をしたらどうする。見てきてやるからおとなしく待ってろ」

絞り出すように言う顔が昨夜のヒロトと重なって見えて、思わずそう口走っていた。泣く寸前だった顔がさらにくしゃりと歪むのを目にして、映は無造作に子どもの頭を撫でる。

「ここにいろ。動くなよ」

「……うん」

「はい。ありがとう、ございます」

年嵩《としかさ》らしい少年が、律儀に言う。その顔も申し訳なさそうに歪んでいて、これなら逃げることはあるまいと思った。

玄関から廊下に上がり、すぐ右手のドアの前に立って、映は数秒逡巡《しゅんじゅん》する。

ボールの行方《ゆくえ》と、室内の状況を確認するだけだ。あとでヒロトに咎められるかもしれないが、そこは甘んじて受けるしかあるまい。

ドアノブを回し、そっと手前に引く。開いた隙間から目についたのは、壁際に並ぶ背の高い書棚とその並びにあるデスクだ。書斎らしいと察して視線を巡らせると、右手には例の割れた窓が見えている。

ボールは、と視線を下へ落とすと、ドア口から二メートルの場所に黄色く丸い形があった。はずみで転がり落ちたのか、開いた形で投げ出された薄い冊子の上に淡く影を描いている。

ボールに目が向いたのは最初の二秒だけで、三秒めの時点で映の視線は冊子の方に釘付《くぎづ》けになっていた。

タイピンと、カフスボタンの写真だった。素人《しろうと》めいた写真はそれでも十分に大きく、少し離れた映からでもプラチナかシルバーらしいと知れる。宝石と言えるものはオニキスらしい黒い楕円《だえん》がそれぞれにひとつだけで、あとは捻って潰したような独特の形を作っていた。

「——それ、気になるんだ？」

自覚のないまま、食い入るように見つめていたらしい。声にびくりと振り返ると、背後には昨日と同じ格好のヒロトがいた。少し困ったような微妙な顔で、首を傾げて映を見下ろしている。

「え、いつ帰っ……車、は」

「さっきそこに入れた。音がしたはずだけど、聞こえなかった？」

「あー……」

壁一枚の向こうで車が停まったのにも気づかないほど長く、あの冊子に見入っていたらしい。冊子に向きそうになった目を強引に背後のヒロトに戻して、映は潔く頭を下げる。

「すみません、勝手に部屋を覗きました」

「気にしなくていいよ。ボール探してって頼まれたんだって？」

「はい。そこにあるんですけど、返してあげていいでしょうか」

「うん。悪いけど取ってくれる？　ついでにあの冊子も一緒に」

頷いて、室内に踏み込み身を屈める。言われたものを拾って差し出すと、ヒロトはボールだけを受け取った。

「これは俺から返しておく。ちょっと今からあの子らの親ごさんと話してくるから、きみは居間でゆっくりしてて。――気になるようならこれを見てるといい」

「はい」

そういえばと思ったとたん、外で子どもを叱る声が聞こえてきた。途中離脱した子どもは、きちんと親を呼んできたらしい。何気なく窓へと目をやると、ちょうど割れた箇所の向こうにいた母親らしき女性がこちらを見た。

申し訳なさそうに会釈をされて、映も頭を下げ返す。あとをヒロトに任せて居間に戻った。部外者らしくおとなしく待つことにして、受け取った冊子を広げてみる。

先ほどはカタログかと思ったが、どうやら違ったようだ。書店売りにしては簡素すぎ、手製にしては整いすぎた体裁は、どうやら簡易製本機を使ったものらしい。大学在学中のゼミのレジュメや、会社の新製品説明の際の配布として使われる、内輪の配布物用だ。他のページにはまた別の品物が、やはり同程度の大きさの写真とともに掲載されていた。

ざっと眺めた他のページにはまったく気を引かれず、結局映は銀色のタイピンとカフスのページを開き直す。

そのまま、またしてもじっと見入っていたらしい。唐突に聞こえた声に、比喩ではなくぎょっと全身が跳ねた。

「おなか減ってるよね。今から作ると遅くなるから外に食べに行こうと思うんだけど」

「あ、はい！　すみません」

振り返ったあとで、ヒロトが家の中に戻っていたのを知った。手元の冊子をそのままに慌てて腰を上げ、ヒロトについて玄関を出る。

先ほどの母子《おやこ》はもう帰したらしく、庭は無人になっていた。割れた窓が新聞紙とガムテープで封じてあるのを目にして、本気で冊子に没頭していたのを思い知った。

「すみません、その……手伝いもせず」

「大した手間じゃなかったから、気にしなくていいよ。おすすめは駅近くの店のモーニングなんだけど、それでいいかな」

頷いた映が連れて行かれたのは、言葉通り駅に近いレトロな外装の喫茶店だった。コインパーキングから徒歩三分で着いた店内はこぢんまりとして、落ち着いた雰囲気が漂っている。

窓際のテーブルについて、モーニングセットをオーダーする。時刻が十時を回っていたのをその時に知って、空腹になるのも道理だと納得した。

「ガラスだけど、今日の午後二時に取り替えに来てもらえることになったんだ。悪いけど、今日は遠出できそうにない。近場で行きたいところはある？」

「修理優先なのは当たり前なので、気にしないでください。今日はどこにも行かなくていいと思いますよ」

目の前にいるヒロトの、目元のあたりに疲れが見えている。もしかしたら彼も、昨夜あまり眠れなかったのかもしれない。それに、思い返してみれば金曜夜の時点でヒロトはすでに疲れていたはずだ。

「朝食を終えたら、僕は電車で帰ります。すみませんが、スーツだけ着払いで送ってもらっていいでしょうか」

「──先に言うべきことが後回しになってたな。昨夜は、いきなりごめん。申し訳ないことをした」

不意打ちで頭を下げられて、映は瞬く。その映を真正面から見つめて、ヒロトは続けた。

「二度とあんな真似はしないと約束する。だから、今日はこのままうちにいてくれないか。もちろん、夕飯をすませたら家まで送っていく」

「…………」

咄嗟に、声が出なかった。そんな映を見つめたまま、ヒロトは苦笑した。

「もう無理かな。信用できなくて、許せない？」

沈黙が落ちたテーブルに、モーニングセットが届く。目の前に並んだ朝食を眺めながら、映は慎重に言葉を探した。

「許すも許さないもないと言いますか、そもそも怒っていません。確かに驚きはしましたけど、すぐにやめてくれましたし。僕も、ろくに抵抗していませんでしたから」

言いながら、目の前の男を見つめてほっとする。昨夜とは違う今まで通りのヒロトだと、そう思った。

「……それでいいんだ?」

一方、ヒロトはといえば何やら複雑そうだ。その様子に、映は短く頷く。

「でも、やっぱり今日は帰ります。ずいぶん疲れてるようですし、ひとりでゆっくりした方がいいですよ。僕がいるとかえって邪魔になるでしょう」

「邪魔じゃない。むしろ一緒にいて欲しいと言ったら?」

茶化す口調でなく、真剣な眼差《まなざ》しで言われて映は戸惑う。やっとのことで言った。

「……実は、僕も寝不足なんです。たぶん寝てしまうんじゃないかと」

「構わない。ベッドはきみに譲るし、邪魔もしないよ」

ヒロトの声音に懇願の色を感じると同時に、映はふいに気づく。

以前のヒロトなら、こういう時こそ映を脅しにかかっていたはずだ。けれど、今日のヒロトにその気配はない。きちんと謝った上で、こうして頼む形を取っている。

何となく、気持ちが柔らかくなった気がした。

「じゃあ、一石二鳥ということで一緒に休みましょうか」

「……それはちょっと、警戒心が足りなすぎないか？」

一拍、虚を衝《つ》かれたような間を置いてヒロトが言う。きれいな顔に浮かんだ苦笑めいた表情に、映は言葉を失った。

ヒロトが、何とも言えず優しい、けれどそれだけではない表情を浮かべていたのだ。そのままじっと見つめられて、映は辛うじて声を絞る。

「警戒心ならしっかりありますよ。むしろありすぎと言われるくらいです」

「それは知ってるよ」

苦笑するヒロトの言葉はあとが続きそうで、けれどそこで終わりのようだ。手振りで食事するよう促してきた。

「ごめん、話が長すぎて冷めたかもしれないな」

首を振って、映はフォークを手に取った。向かいから聞こえる食事の音を聞きながら、トーストを齧ってカフェオレのカップを手に取る。

「――じゃあ、一緒にひと休みしようか」

ぽつんと聞こえた低い声が、いつになく柔らかく耳に届く。それへ、頷きで返事をした。

「帰る前にこのへん歩いてみないか？　せっかくの機会だし、そう時間はかからないから」

「そうですね。じゃあ少しだけ」

食後のコーヒーが終わる頃合いでヒロトから提案されて、映は素直に頷いた。ヒロトについて席を立ち、言われるまま先に店を出る。閉じた扉のガラス越し、カウンターに立つ長身を眺めてやはり自分も謝るべきだと思った。

これまで一度も不機嫌な素振りを見せなかったヒロトが、昨日に限って急に様子を変えたのだ。朝からずっと一緒にいた映が無関係だと考えるのは、あまりに都合がよすぎるだろう。

けれど、そうするにはひとつ問題があった。

「ごめん、待たせた」

「いえ。ご馳走さまでした」

「どういたしまして。結構美味しかっただろ？」

いつものようにきれいに笑うヒロトについて、近くの路地から商店街に入った。駅前から続くそこはどうやら古くから続いているらしく、アーケードに年季が入っている。日曜日だからだろう、歩行者天国を歩く人影は多く、たまに見る自転車は押して歩いていた。

「昨日の、帰り道のことなんですけど」

「ん？」

あえて日時まで限定して、切り出した。隣を歩く人が見下ろしてくる気配を感じながら、映は淡々と続ける。

「僕が、何か失礼をしたんですよね？　だったら謝るべきなんですが、自分が何をしたかよくわからないんです。なので、具体的に教えていただけないでしょうか」

「え？　いや、きみは別に」

「昨日、急に様子が変わりましたよね。そこも、あなたらしくなかったと思うんです。一緒にいた僕が無関係だとは思えません。だから」

ヒロトは、すぐには答えなかった。代わりのように、上から苦笑する気配がする。反射的に見上げた先、困ったように笑う彼と目が合って、映は足を止めた。

「……あの？」

「うん。聞いてたよ。けど、何ていうか……」

同じように立ち止まったヒロトが、困ったように笑う。柔らかい声と同時に、馴染んだ感触が頬をするりと撫でて落ちた。

いつもの癖で流しかけて、ちょうど前から歩いてきた学生風の男と目が合う。引きつった顔をした彼に大きく弧を描くように避けられて、映は自分たちが今どこにいるかを思い出した。

「ちょ、ここ往来……っ」

まだ頬に触れていたヒロトの指を、すぐさま掴んで引き剝がす。その間に、目を丸くしてこちらを凝視している買い物中らしき女性と目が合った。他に、いくつもの顔がぽかんとこちらを見ている。

日曜日の昼前の、歩行者天国だ。見ていた人は数知れない。そこまで認識するなり、映はヒロトの指を掴んでいた。すぐ傍の路地に飛び込み、転がるように走った先の分岐から別の小路《こみち》へと駆け込む。人気《ひとけ》が途切れるまで走って走って、ようやく足を緩めた。

肩で息をしながらヒロトを睨むと、見るからに申し訳なさそうな顔で見返される。とはいえ切れ長の目が笑っているのは明らかで、さすがに映はむっとした。

「……あの、ですね」

「ああ、うん。ごめん。これが嬉しくて、つい」

言葉とともに、ヒロトは左手を上げる。つられて上がった自分の手にぎょっとした映を見下ろして、ヒロトは笑顔で言った。

「きみから手を繋いでくれたのは初めてだよね」

「……——っ」

ずっと掴んだままになっていたヒロトの指を、慌てて手放した。頬が妙に熱いのには気づかないフリで、映はわざと周囲を見渡してみる。

車が入れなさそうな細い路は、それでも商店街の一部ではあるようだ。アーケードこそないものの足元は揃いの煉瓦《れんが》敷きで、両側には小さな店が軒を連ねている。

「さっきも言ったけど、きみは悪くない。謝る必要もない。こっちこそ、いきなり触って悪かった」

改まった声で言われて、映はため息混じりに釘を刺しておいた。

「とりあえず、往来でするのはやめてください。見られたら困るのは僕じゃなくてあなたの方ですよ。それと、昨日の件は」

「八つ当たりをしたんだ。全面的に、俺が悪い」

「…………」

それは違うだろうと思ったものの、ヒロトの表情に追及しても無駄だと悟った。小さく息を吐いて、映は言う。

「わかりました。ですが、今後僕が何かやらかした時には必ず教えてください」

「了解。で、これからどうする？」

「ひとまずこのあたり、歩いてみます？」

目撃した者のほとんどが移動しているにしても、今からあの歩行者天国に引き返す気にはなれない。それを察してか訊ねてくるヒロトは映を窺うような顔をしていて、珍しくあからさまな表情につい笑ってしまっていた。

映の反応にほっとしたらしいヒロトが、「じゃあこっち」と道案内を始める。隣に並んで歩く途中、宝飾店らしき建物の前で足が止まった。

壁面の小さなフランス窓それぞれに、煌《きら》びやかな商品が展示されている。そのうちのひとつが、銀色のタイピンとカフスボタンだったのだ。

「――朝も思ったけど、宝飾品に興味があったんだ？」

横合いから問う声に目をやると、すぐ横に並んだヒロトが同じものを見ていた。

「宝飾品には、ほとんど興味はないです。自分が不器用なので彫刻とか粘土細工とか、とにかく人の手で作るものへの憧れはあって、見るのは好きなんですけど。こういう店って何となく、女性向けってイメージがあって」

「ああ、なるほど。一般的にはそうだよね」

「男向けの商品があるのは知ってるんですけどね。――今朝見せてもらったあの冊子に載ってたタイピンとカフスですけど、ああいうのを置いてないかなと思ったんです」

「……開いてたページの？」

「はい」

相変わらず怪訝そうな顔をしたまま、ヒロトは窓の中へと視線を戻す。

と、店内で誰かが動いたのが見えた。出入り口へと向かう気配はおそらく店主か店員のもので、映はすぐさまヒロトを促しその場を離れる。続く店舗を冷やかしながら言った。

「スーツを着るのでタイピンやカフスボタンは必需品なんですけど、今持ってるのは間に合わせで買ったものなんです。それで困ってるわけじゃないんですけど、あの冊子のは何となく好きみたいで、できれば欲しいんですよね。……ところであれってどこかで売ってます？　メーカーとか、ご存じだったら教えてもらえませんか」

冊子は確認したけれど、掲載写真に添付された文章は使用した素材の説明のみで、作者やメーカーはもちろん値段の表記もなかったのだ。

映の問いに、ヒロトは複雑そうにする。言葉を探すような間合いのあとで、申し訳なさそうに言った。

「あれに載ってるのは売り物じゃなくてね。冊子自体が古いから——現物は、残ってるとしても個人所有じゃないかな」

「そうなんですか」

薄々察しがついていただけに、落胆は深くはない。頷いた映に、ヒロトは窺うように言う。

「ああいうのが好みなんだ？」

「そうみたいです。……また、時間がある時に探してみます。縁があれば、似たようなものが見つかるかもしれませんし」

言ったあとで、気づく。足を進めながらまじまじと見上げると、ヒロトは不思議そうな顔をした。

「でも、あれって僕よりあなたの方に似合いそうですよね」

「そう？」

小さく笑ったヒロトは、少なくとも不快には思わなかったらしい。そのまま小一時間ほど町中を歩いてから、車へと戻った。

乗り込んだ車中で思いついて、運転席でハンドルを握るヒロトに訊いてみた。

「そういえば、昨夜はどこに行ってたんですか？」

「反省するのに相応《ふさわ》しい場所」

笑って言う横顔から察するに、どうやら追及しても教えてはくれないようだ。無駄なことはすまいとあっさり退いて、映はこみ上げてきた欠伸を噛み殺す。

「帰ったら昼寝かな」

「そう、ですね……」

満腹で、少し歩いたせいか眠気がひどい。それでも家に着くまではと、映は眠気を堪《こら》えて前を向いた。

8

予想外に長引いた残業のせいで、見事に約束に遅れた。

仕事上がりに最寄り駅から乗り込んだ帰途とは違う路線の電車内で、映は手早く携帯電話を操作する。品野宛に十五分ほど遅れるとメールした。

ラッシュアワーを微妙に外れているとはいえ、車内の乗客はそれなりに多い。一駅で降りるからとドア近くに陣取ったけれど、もっと奥に入った方が楽だったかもしれない。

思い立って、映は受信メール画面を開く。昼休みに届いたメールを、改めて表示した。

ヒロトからの定期便メールだ。ただし内容はいつもと違っていて、「飲み会が終わったら電車に乗る前にメールして」とある。

週半ば水曜日の今日は、友人の品野と飲みに行くことになっているのだ。ちなみに品野本人からは、すでに「待ってるからゆっくり来い」との連絡を受けている。不可抗力とはいえ、こちらの予定に合わせて時間設定してもらっていただけに申し訳ない。

じき、電車は目的の駅へと滑り込んだ。開いたドアからほとんど先頭でホームへ降りて、映は待ち合わせ場所の駅前広場へ急ぐ。

「ごめん、待たせた」

「おう、お疲れー」

品野は、ライトアップされた噴水の前にいた。こちらが声をかけるまで振り返りもしなかったあたり、どうやら見とれていたらしい。夜の中、水流を内側から照らす光はとても幻想的で、初夏と言っていいこの季節に相応しく涼しげだ。

「残業があるのも良し悪しだな。あー、けど結構元気にはなってるか」

しげしげと映を眺めた品野が、厳《いか》つい顔を緩めて言う。声のニュアンスが気になって目顔で訊ねた映を促し、歩きながら言った。

「この前のパーティーん時、おまえかなり疲れてたろ。まあ、準備が忙しかったから無理もないんだけどさ。あの時も言ったけど、おまえもう少し他人に頼れよな」

「しっかり頼ったと思うけど。品野なんか特にこき使っただろ」

「おまえは俺の倍動いてただろうが。三次会で、他の幹事から諸々聞いたからもろバレだっての」

つきあいが長いから慣れてはいるが、大柄な男に上からじっと見下ろされた時の威圧感はなかなかのものだ。わざとやっているからなおさらで、映は首を竦めて返す。

「仕方ないだろ。全員空き時間はばらばらで仕事もあるんだし」

「仕事があるのはおまえも一緒だろ」

「はいはい。で、今日はどこで飲むんだ?」

基本的に大雑把なくせ、たまにとんでもなく細かくなるのが品野だ。ここは逃げるに限ると話を変えると、露骨に厭な顔をされた。それでも渋々と乗ってくれるあたり、何のかんの言って気のいい男だと思う。

「いい店見つけたんで予約入れといた。和風創作の居酒屋な。……ところで深見、おまえ最近何かあった?」

「え？」

唐突すぎる問いにきょとんとした映を見て、品野は「あれ、違う？」と首を傾げた。体格に合わず、こういう仕草が妙に似合う男だ。

「特には何も……ああ、そういえば遠藤さんと出くわしたな。絡まれて、あれはたぶん僕から喧嘩を売ったんだと思う。もし品野に迷惑かかったらごめん」

「げ」

とたんに品野が顔を歪める。長すぎるため息をついて言った。

「まじかってか、やっぱりか。あの人、完全におまえに目えつけてたもんなあ……あー、俺のことは気にせず自衛しろ」

「わかった」

前回にあれだけの人数が集まったのは、部活メンバーが西峯を中心にまとまっていたからだ。今後、あそこまでの人数が集まることはまずあるまい。

「まあ、変に嘗められるより喧嘩売った方がよかったんじゃないか？　あ、でも困ったことになったらすぐ言えよ。ひとりで抱えんじゃねえぞ？」

「そうするよ。で、店はこっち？」

「うん、あそこの二階。おまえ入ったことある？」

品野が指したのは、駅から少し離れたビルだ。見れば、二階の窓の下に「和風創作・篠《しの》」

の文字が躍っていた。

「いや、初めて。こんなところまでそう来ないしな」

「こんなとこって職場から一駅だろうが」

呆れ顔で言って、品野は先に階段を上がっていく。大柄なその背中を追って、映は二階の先に現れた暖簾《のれん》をくぐった。

「すんませーん、予約した品野ですがー」

品野の声に、和装の女性が応じて案内に立つ。その時、「お連れさま」という言葉が耳に入った。

品野を追って店の奥へと向かいながら、何となく察しをつける。それだから、案内された個室の引き戸を開けるなりテーブルについた西峯を目にして「やっぱり」と思った。

「……深見には言わずに連れて来いって言われたしー」

「直接誘って断られたらダメージでかすぎて本気で泣くしー」

映が無言なのが気になったのか、振り返ることなく品野が言う。それに追従した西峯はといえば、窺うような顔でじーっと映を見つめていた。

打ち合わせたわけでもないだろうに、妙に言い方が揃っている。そう思い、つい苦笑した。

「お久しぶりです、西峯先輩。お元気そうで何よりです。ところで、奥さんには許可貰っていらしてるんですよね？」

この面子《メンツ》での飲みは、下手をすると午前様になる。それが気になって付け加えた映に、西峯はわかりやすくぽかんとした。品野はといえばおもむろに振り返り、映を見下ろして「おやあ？」と首を傾げている。

「先輩？　新婚で許可なく午前様はまずいんじゃないです？」

「……あー、奥さんも友達と飲みだから問題なし。明日代休になるからそのまんま泊まってくるってさ」

ワンテンポ遅れて返す西峯は、あからさまにほっとしたような笑顔だ。今気がついたようにぶんぶんと手を振って、映を手招きする。

「映、おまえの席ここな。品野はどこでも好きなとこ座りな」

「はい、お邪魔します」

「えー、何かオレの扱いに限って雑ー」

話しながらそれぞれ席につき、メニューからオーダーを決める。ひととおり注文すると、じきにビールだけが先行して届いた。乾杯直後に半分ほど一気飲みして、西峯は言う。

「その奥さんからきっつく言われたんだよなー。ちゃんとおまえにお礼言って来いって」

「お礼でしたら、二次会終わりに十分いただきましたよ」

「あそこまでやってもらったんだから、それくらい当たり前だってさ。謝礼も足りなかったんじゃないかって」

「十分です。むしろ多すぎたくらいですね」

頼まれたとはいえ、引き受けると決めたのは映自身だ。他の幹事たちもよく動いてくれたし、西峯夫妻も最大限の協力をしてくれた。幹事全員、一次会二次会とも参加費は無料にしてもらった上に、各々《おのおの》に謝礼まで出してくれたのだ。

「いや、けどおまえは無理したろ？　何か調子悪そうだったしさ」

「西峯先輩の頼みですからね」

言いながら、表情が緩むのが自分でもわかった。それでも気遣う顔のままの西峯に、駄目押しのつもりで言う。

「これまでいろいろお世話になってますから。少しでも恩返しになっていれば嬉しいです」

「お」

「う。……おんがえし……」

映の言葉に、どういうわけだか品野までが手を止める。ふたりして無言で映をまじまじと眺めてきた。

「——……どうかしたんですか」

揃って注視されるというのは、なかなかに戸惑うものだ。西峯にしろ品野にしろ口数が多いからなおさらで、映はつい眉を顰めてしまう。

「や、おまえさ。マジで何かあったんだよな？」

「は？」

「顔が違う。前に会った時とは全然」

まずは品野に、続いて西峯に言われて、映は胡乱に眉根を寄せる。そのタイミングで、オーダーした料理が運ばれてきた。

「整形した覚えはないんですが」

複数の皿を並べた店員が出ていくのを待って、映は自分の顔を撫でてみる。そういえば、先週伊東にも似たようなことを言われた覚えがあった。

「いや整形とかって意味じゃなくだな」

「花が咲いたって感じだよな。ずーっと蕾《つぼみ》ってか蕾三歩手前だったのが、今日会ってみたらいきなり春爛漫」

「お、いいこと言いますねえ。さすが西峯先輩」

「だろだろ？　俺は凄いんだよ少しは尊敬しろよおまえらさあ」

「いや、そのへんは試合とか練習中の覇気をふだんから出して行けばいいことで」

「はあ？　何言ってんだよあれは緊急用ってか在庫管理が必要だから日常使いは無理だって」

映が考えている間に、品野と西峯は映を肴《さかな》に別方向に盛り上がっていた。よく聞けばかなりもの悲しい内容をふんぞり返って披露した西峯に、品野は微妙な視線を向けている。

「二重人格とまでは行かないにしろ、先輩のそのギャップって奥さん何も言いません？」

「言うわけないだろ。俺にベタ惚れだし」

「さようですか。――で、深見ですけどやっぱ彼女ができたんじゃないっすか？」

唐突に話が飛んだ気がするが、考えてみれば元に戻ったわけだ。箸を使いながらひとりで納得した映をよそに、友人と先輩は交互に熱弁を奮う。

「やっぱそうだよな。こんだけ顔変わるって、それしかないよなあ」

「決まりっすね。問題は、いつの間に作ってたのかってことで。パーティーん時はそんな気配なかったってことは、ここ最近ですか」

「俺もそう思う。けどさあ、何で俺に報告がないわけ。何回も女の子紹介してやるって言ったの全部イラナイで蹴っといて、勝手に彼女作ってるとかありえないだろ」

「同感っす。水くさいってか、せめて報告くらいいねえ」

「だよなー」

最終的に同調したあげく、揃って映に目を向けてきた。とても文句言いたげな二対の視線に、映は箸を止めて息を吐く。

「勝手に話を作らないでほしいんですが？」

「えー、けどさあ、他に何があるよ？」

「賛成。ていうかかなりびっくりしたんだけど。恋人いるとこんだけ変わるのかーって」

品野と西峯に、これでもかとばかりに畳みかけられた。反射的に身を退きながら、映は「恋人」という言葉にふっとヒロトを思い出す。

現在進行形での最大の変化と言えば、ヒロトの存在に違いない。そのヒロトは映に対し「恋人」を連発するが、正しくはその前に「暫定」がつく。おまけに基本が脅迫となると、目の前のふたりにはまず言えない。絶対に怒り狂って、ヒロトに直談判《じかだんぱん》しかねない。

それがなかったとしても、相手が同性という時点で他言はあり得ないのだが。

「前から言っているはずですが、興味がないので彼女とかは無用です」

「いやだから待てって、そんなのもったいないから！　女の子っていいもんだぞ？」

「大賛成っす。てか、深見もさあ、せめて一度くらいつきあってみてから言えば」

二次会での暴露を覚えているのだろう、品野が少々遠慮がちだ。それでも、主張そのものを抑える気はないらしい。

「遠慮します。第一、その気もないのにつきあうのは相手に対して失礼です」

「えええ……ってことはさ、映って今もフリーのまんま？」

「今だけでなく今後もそうだと思いますが」

「んじゃ何があってそんなに顔変わったんだか吐け。……何もないとは言わさんぞ？」

わざとらしく凄んだ西峯に言われて、そうまでするほどのことかと正直呆れた。

「ですから、本当に何もないと」

「んなわけないよな」

「嘘つくなって。とっとと吐いた方が身のためだぞ」

二対一では分が悪いと、ため息をつく羽目になった。他に何かあったかと記憶をひっくり返して、映は「ああ」と声を上げる。

「さっき品野には言ったんですが、先週末に出かけたテーマパークで遠藤さんに絡まれました。結構なことを言い返しても全然応えないみたいなんですけど、あれって次回はどう対処すればいいですかね」

すでに品野からは忠告を貰っているため、訊きたい相手は西峯だ。その西峯は露骨に顔を歪めていて、品野はと言えば「あーあ」とばかりに天井を仰いでいる。

「遠藤さんかあ……そこまで言うってことは、マジでやりあったんだよな。実は近寄らないのが一番なんだけどさ」

「それが、向こうから絡んできたので」

「だろうなー。何かこう、関わりたくないと思えば思うほど寄ってくるんだよな、あの人。生乾きの瞬間強力接着剤みたいな」

とても矛盾するけれど、何とも的確な例えだ。感心して、映は首を竦める。

「僕自身はどう言われようが構わないんですが、僕絡みで先輩や品野を馬鹿にされてまで黙っておとなしくしている気はないんですよね」

「あー、うん。状況はわかった。気持ちは非常に嬉しいけど、次回からなるべく無視しとけ。

見ざる言わざる聞かざるってことで」

「それでいいんすか。かえってしつこく追っかけられたりしません？」

眉を寄せた映の代わりに、品野が問う。と、西峯はうんざりしたふうに首を振った。

「それ、逆効果。反応すればするだけ面白がって寄ってくるから、いない扱いにするのが一番なんだって」

「げ、じゃあ深見が反撃したのってやばいんじゃあ」

「だから今後は徹底放置しろって話。まともにつきあうとすごい面倒なんだよ。俺も高校ん時はさんざんやられたしさ。……けど映があの人に目えつけられたのって二次会だよな？ごめんまじで俺が悪かった！　まさかあの人が来るとは思ってなかったんだよー。できるだけフォローするから見捨てないでよろしくー」

わざわざ目の前に並ぶ皿を押しやって、西峯がテーブルに額をつける。その様子に、どうしてこの人が謝るのかと別の意味でむっとした。

「結論として、今後は極力遠藤先輩に関わらないってことで。――で？　先週末に、誰とどこに行ったたって？」

「は？　何だそれ、急に」

「俺じゃねえし、西峯先輩でもないよな。職場の同僚と、っていうのもしっくり来ないしさ。だったら何者だよ」

真面目な顔で思いも寄らない方角に突っ込まれて、映は咄嗟に返答に詰まる。と、沈没していた西峯までもが急に顔を上げて言う。

「そう、それ気になってたんだ！　前に俺が誘った時は即答で断ったよな？　まさかあんなとこに映がひとりで行くわけないし、だったらやっぱり彼女……じゃなくても彼女予備軍と一緒だったとか？」

「はあ。確かに、連れはいましたけど」

「だよな。教えてやるよ、そういう相手を人は彼女って呼ぶんだ」

「あいにく男なんで、人称は彼女じゃなく彼だと思うが」

嘘はつかず、しかし本当のことも言わない。一言ですませた映に、詰め寄っていた品野が顎を落とす。西峯も、身を乗り出したまま固まった。

「………男って、同僚？」

「いえ？　最近できた友人です。年齢は聞いてないんですけど、僕より年上のはずです」

「友達かよ……」

「しかも男お」

断言した映の前で、ふたりが揃って意気消沈する。知っていたことではあるが、この気の合いようは大したものだといつも思う。

これ以上説明する気はなし、だったら復活を待つことにして映は大皿に箸を伸ばした。一応、数を確認の上で二人分は残すように注意する。

「何だよそれ、今度こそと思ったのにさあ」

「今から招集かけて祝杯挙げようかと思ったのにー」

「おまえ、俺が誘った時にも行かなかったんだよな。なのに、なんでその友達とは行くんだよ。説明しろオラ」

品野に文句を言われて、そういえば品野からは高校時代に、西峯からは大学時代に誘われたのだったと思い出す。当時の映はその両方を、「遠慮します」の一言で却下したのだ。

「さあ。何となく、だと思うけど」

「何となくだあ？　どういうんだよ、それ」

珍しくあからさまに厭な顔をした品野の肩を、呆れ顔の西峯が引っ張った。

「あー、もういいからそのへんにしとけって。俺らが誘ったのは昔だし、心境の変化でもあったんだろ。で、映はその友達とうまく気が合ってるわけだ」

「そんなところです」

実際のところ、当初の経緯からはあり得ないくらいヒロトとの間はうまくいっている。そう考えて、どこかに引っかかりを覚えた。そこに、西峯が明るい声で言う。

「それはそれで結果オーライだろ。品野もそろそろその顔ヤメロって」

「……はあ」

「ごめん。次は必ずつきあうから」

渋々のように頷いた品野が、映の言葉に「あのなあ」とため息をつく。それを見届けたように、西峯がぱんと手を叩いた。

「仕切り直すと、映はまだフリーなわけだ。だったら今度こそいい子紹介してやるから会ってみなって。可愛いのと美人だと、どっちが好みだ？」

「いや、ですから僕は別に彼女とかは」

「イラナイはなしだ。顔変わった今がチャンスだ、さっきの品野の台詞じゃないがイラナイはいっぺんくらい恋人作ってから言え」

（……それ、違うよね。知人じゃなくて恋人だよね？）

西峯の声に、いつかのヒロトの言葉が重なって聞こえた。理由もわからずどきりとして、映は疑問を口にする。

「恋人って、そんないいものなんですか……？」

部活仲間の彼女談義を耳にすることがあっても、右から左へと聞き流すのが常だった。恋愛映画ははなから除外していたし、たまに観たものにその手のエピソードがあっても流し見ですませた。そして、初めて自覚した恋愛感情——西峯への気持ちは、その瞬間にずっと内に秘めていくものとして完結した。だから、これは純粋な疑問だ。

「え、ちょっと待っ」

「まじでそこからかよ……」

最初に声を上げたのは西峯で、続く品野の声はものの見事に呆れている。無理もない反応に苦笑いしていると、おもむろに西峯が言う。

「そりゃあいいもんに決まってんだろ。しょっちゅう喧嘩するし、我が儘言われて振り回されるし、いい加減鬱陶《うっとう》しくなってひとりにしてくれって思う時もあるけど——」

「うわ先輩それ逆効果っ」

つらつらと続く西峯の声を、焦りまくった品野が遮る。不満顔になった西峯にかまわず、今度は自分とばかりに言った。

「待て深見、今の先輩の言い分はいったん棚上げだ。じゃなくて、女の子って可愛いだろ？小っさくて柔らかくていい匂いがするし、一緒にいると気持ちがやーらかくなるっていうか、落ち着くんだよ。安心するとも言うけど、全部緩めてOKな感じがしてさ」

息継ぎを忘れたような主張を聞きながら、映はふと小さな引っかかりを覚える。どこにと考えてみたものの、それはすぐに続く品野の声に紛れて消えてしまった。

「結局んとこ、ひとりよりふたりの方がいいって話なんだよ。な？」

映が首を傾げているのを知ってか、品野が息をついた間に西峯が言う。

「友達といる時とはちょい違うんだよな。そっちは気楽ってか、気が抜ける感じだろ。別々だけどお互いの意志で傍にいる、みたいなさ。恋人はずっと一緒ってか、同じ輪の中にいる感じがするんだよなあ」

「先輩ー、ちゃんと言えるんだったら最初っからそうやってくださいよー。……とか言っても、今のは完璧に惚気《のろけ》ですけどねえ」

「おまえが言うかよ。そっちこそ、さっき思い切りにやけてたくせに」

品野の茶々に西峯が即答で言い返すのを聞きながら、映は「今のは惚気だったのか」と気付く。同時に、自分自身の反応に違和感を覚えた。

「恋人」の説明をしていた時の西峯の顔は結婚披露宴や報告パーティーで妻といた時と同じだ。柔らかいその表情を目にするたび、映は何とも言えずやるせない気持ちになっていた。

なのに、どうして今、こんなに落ち着いていられるのか。

何も感じないわけでは、ない。気持ちのどこかに、ちりちりとした痛みは確かにある。けれど、それはあの頃に比べれば比較にならないほど小さいものでしかなくなっていた。

「だからー、先輩がいらないこと言うから、深見全然聞いてないじゃないっすかー」

「え、それ俺のせい？　けど嘘は言ってないぞっ」

「だからって、ものには言い方ってもんがですねえ……だからな、深見。真面目に聞いてくれ」

品野からかかった声に、映は我に返る。と、真顔の友人がゆっくりと言った。

「最初に西峯先輩が言ったことも、間違いではないんだよな。けど、まんま鵜呑みにするのはちょっと違うわけだ。あの時の先輩、はっきり言ってにやけてただろ？」

「何だよそのにやけるってのは」

「本当じゃないっすか。自覚ないんだったら問題っすよ？」

すぐさま文句を言った西峯を、品野は強引に抑え込む。先輩相手にそれでいいのかと思いはしたものの、「にやける」云々に異議はない。実際、あの時の西峯は口にする内容とは裏腹にとろけるような満面の笑みを浮かべていた。

素直に同意した映に目を細めて、西峯はむっつりと顔を歪めた。

「おまえらさあ、わかってんのか？　俺、これでもおまえらの先輩よ？」

「もちろん知ってますよ」

「そうじゃないと西峯先輩じゃないっすよねえ」

「……おいこら待て。だからおまえら俺を何だと」

映と品野の間髪を容れずの返答に、西峯は本格的に仏頂面《ぶっちょうづら》になった。言い掛けた言葉を途中で切り、そのままむっつりと黙ってしまう。

「だからだな、先輩が言ったようなマイナスとか面倒もひっくるめた上で、それでもいいって思える相手が恋人、ってことだろ。盛り上がってる時とか、相手が世界一可愛く見えたりするし、むかつくようなことでも笑って許せたりする。そういう、特別フィルターがかかるっていうかさ」

わかったか、とでも言うように品野がじっと映を見る。先ほどから聞いている話を頭の中で整理しながら、映はまたしても頭のすみで複数の引っかかりがあることに気がついた。度忘れした時と、似たような感覚だ。答えは探すまでもなくすぐ目の前にあるのに、どういうわけだか摑めない。思い出せない。

軽く首を振って、映は友人を見る。とても申し訳ない気分で、素直に言った。

「特別フィルター、ね。――ごめん、僕にはよくわからないみたいだ」

酔っ払うと口数が増え、なおかつ絡むという癖を持つ者は結構多そうだが、その手のタイプがふたり揃うとなかなかに壮観だ。

「んじゃあ近々合コンやるからな、映おまえは絶対に出ろよ逃げるなよー！　俺がいい子見つけてやるしちゃんと付き添ってやるから心配すんな大丈夫だから！」

「だからー、先輩は既婚者なんだから合コンとか出られないって言ってんじゃないすか。だいたい何ですかその付き添いって、小学生の引率じゃあるまいし。深見の合コンの手配ならオレがやりますって。それに先輩に任せると女の子が年上ばっかになりますよね？」

侃侃諤諤《かんかんがくがく》の言い合いは、下手に仲介するより黙って眺めているのが吉だ。西峯と品野の場合だとそれが顕著で、理由としてはしばらくすると自動的に、ほぼ同じタイミングで頭が冷える。映の知る限り、最中に多少物騒な単語が出てきたとしても実行されることはまずない。

二軒目に訪れたバーを出てすぐの路上で、映は言い合う先輩と友人を冷静に眺める。ちなみに映本人はと言えば酒量をコントロールしているため、少々顔が熱い程度の通常運転だ。

「なにおう、品野てめえ俺に喧嘩売ってんのかー」

「先輩こそ売る気満々じゃないっすか。言っときますけどオレ、自分じゃ売りませんけど値段関係なく買いますよ」

「――申し訳ありませんが、どちらもお断りします。今日の話を聞いた限り、僕にはまだハードルが高いようなので」

「いや待てって、うちの奥さんの友達にいい子が山ほどいるからっ」

頃合いを見て水を差した映に、しかし西峯は律儀に反論する。つまりまだ頭は冷え切っていないわけで、当然の流れで今度は品野が口を入れてきた。

「だから、それほとんど年上でしょうが。深見みたいなヤツには甘えてくれる年下の方が、絶対いいですって」

「何でだよ。慣れてないんだったらそれこそ年上のおねーさんの方がいいに決まってんだろ」

「そりゃ西峯先輩の好みじゃないっすかー。初心者には初々《ういうい》しい恋愛ってのが一番で」

そこまで聞いて、映は以降をきれいに聞き流す。幸いにしてここはネオンサインも目映《まばゆ》い飲み屋街だ。少々の賑やかしは見逃してくれるに違いない。

思い決めて、さらに十数分放置する。さすがに退屈してきた頃になって、西峯と品野がおとなしくなった。ちなみに最終的な結論は、「合コン云々は次回飲む時に相談」という、とても先送り感満載のものだ。

揃って不満顔を隠さない先輩と友人、それに映は見事に使う路線がばらばらだ。まずは品野と別れ、次に西峯を見送ってから、映は自分が使う路線の駅へと向かう。途中、連絡しなければと気がついた。

人の流れを邪魔しない場所へと移動し、内ポケットから出した携帯電話を開く。メール画面を開く前に、新着メールがあるのがわかった。開いてみると、差出人は今しも映がメールしようとしていた相手――ヒロトだ。

ざっと読み下して、映は長い息を吐く。簡潔に記された内容は「ごめん、朝食は持って行けなくなった。でも食事はきちんと摂るように。明日また連絡する」というものだ。

「何だ……」

落胆して、映はメール画面を閉じる。携帯電話を内ポケットに戻すと、改札口から奥へと進んだ。ホームへ向かう階段を登りながら、ふいに――本当にふいに、違和感を覚える。

今、自分は落胆しなかったか。弁当が、届かないだけで？

止まりかけた足が、周囲の動きからワンテンポ遅れて階段を踏む。ほぼ同時に頭の中で、映は自分に言い訳をしている。

餌付《えづ》けをされた自覚は、ある。ヒロトが作る弁当は口に合って美味しい。正直、明日の朝はどうしようかと思うだけで少しばかり面倒になっている。

けれど、ほんの一か月あまり前まではそんなふうにえり好みはしていなかった。食べることにさほど興味はなかったから、そこそこ腹を満たせれば十分だと思っていたはずだ。

それに、気がかりなのは弁当ではなく、ヒロトの顔を見たかっただけ、で……。

「……――え？」

すとんと辿りついた結論に、知らず声がこぼれ出る。舌打ちが聞こえた直後、肩にぶつかってきた誰かが映を追い抜いていくのが見えた。続く人影にまたしても肩をぶつけられて、映は自分が階段のてっぺん近くで立ち止まっていたのを知る。

まずいと悟って、急いで階段を登り切った。通路を数メートル歩いて人波から脱出し、傍の壁に背をつける。流れる人をぼんやり眺めながら、先ほどの思考の端を摑み直した。

自分はいったい、何を考えたのか。

……ヒロトの顔を見たかったと思った、のだ。

「待て――」

ひとまず落ち着こうと深呼吸をし、視線を左右に巡らせた。その右側、高架通路が突き当たった駅ビル部分のコーヒーショップの看板が目に入る。改札口より手前に店内出入り口があるのなら、このまま入っても問題ないはずだ。

人の流れに逆らって、映はまっすぐそちらへと向かう。予想通り、改札口を通ることなく入ることのできた店内のカウンターでカフェラテを買った。

席の半分ほどが埋まった縦に細長い店内の、一番奥の窓際に腰を落ち着ける。窓が駅前ロータリーに面しているらしく、バスターミナルの庇《ひさし》が目についた。

時刻は二十三時を回ったところで、まだ終電には余裕がある。淹《い》れたてのカフェラテを少しだけ啜《すす》って、映は背凭れに身を預けて目を閉じた。

——ヒロトといるのが楽しいとは、少し前から感じていた。けれど、それは映にしてはごく珍しいことではなかったか。

最初の気づきは編み物のほつれに似て、端を摑んで引くだけで呆気なくほどけていく。妙にすんなり飲み込んでいた事柄を、改めてはっきりと映の前に浮かび上がらせていった。

恋愛する気がない映は、昔から人間関係にも積極的とは言えない。見た目や印象で敬遠されるせいもあるが、何より映自身が簡単に人慣れないたちだからだ。

それなのに、映はヒロトが傍にいることをやけにすんなり受け入れた。きっかけも、続いた理由も脅迫だったはずなのに、ヒロトと同じベッドで眠ることを了承した。

(友達といる時とはちょい違うんだよな)

映が友人としてまず思い浮かべるのは、品野と伊東だ。見た目も性格もまるで違うあのふたりとはそれぞれ気安い関係が作れていると思うが、影響されることはあっても揺らされることはない。どちらかが唐突に不機嫌になったとしても、自分に心当たりがない限りいつもの彼らに戻るのを傍観者の位置で待っていられる。

——ヒロトとは、違う。友人とも知人とも呼べないはずの彼は、あのふたりよりもっと近くにいる気がする。そのせいか、ヒロトの言動ひとつに映はいとも簡単に揺らされてしまう。

先週末が、まさしくそれだ。不機嫌になったヒロトの傍にいるのが息苦しくて、その原因を作ったのが自分かもしれないと思うと居たたまれなくて、だったら早く別れて帰ろうと思った——。

（マイナスとか面倒もひっくるめた上で、それでもいいって思える相手が恋人、ってことだろ）

（特別フィルターがかかるっていうかさ）

続いて耳の奥によみがえったのは、数時間前の品野の言葉だ。

（甘いね。俺がすんなり帰すと思ってる？）

先週末の夜を、思い出す。同意なしには何もしないという条件を、突然態度を変え一方的に破棄するところだったヒロト。

ああした約束事は、一度許してしまえば二度目への戒めが格段に緩くなってしまう。常の映であればそう考え、強く出るはずだ。

それなのに、あの夜の映はヒロトの常にない態度ばかりを気にしていた。ふらりと寝室を出て行った彼をほとんど眠らず待ち続け、翌朝にいつもの彼が戻ってきたのを知って心底安堵し――ごく自然に「だったらもういい」と思った。

（それはちょっと、警戒心が足りなすぎないか？）

他の誰とも違う存在だから、他の誰とも違う接し方をする。昨日会ったばかりなのにまた会いたくて、会えないことに落胆する。本来ならやらないことをやらかし、許せないはずのことを許してしまう。

それを「特別」と言うのなら、映の中にあるヒロトへの気持ちは……。

考えたとたん、身体のそこかしこに散らばっていた欠片が一気に集まっていく。一か所に固まりそれぞれの形に合わせて繋がっていくそれは、じきにひとつの大きな形を作り上げた。そこに描かれていた結論に驚いて、同時に映は深く納得する。

ヒロトのことが、好きなのだ。西峯に抱いていたのとは色も形もまるで違う――けれどそれは、恋愛感情以外の何物でもなかった。

「――……」

静かに呆然とした映の耳に、ふいの電子音が届く。反射的に目を向けると、すぐ近くのテーブルにいた女性がスマートフォンを手に腰を上げ、窓の外を覗き込むところだった。

つられて目をやった先、煌々《こうこう》と明るい眼下のロータリー沿いに見知った長身を認めて映は反射的に腰を浮かせる。

「ヒロト、……？」

駅ビル二階に当たる窓は、一般住宅で言えばおそらく三階以上の高さだ。明るく照らされているとはいえ歩道には建物や柱の陰影があって、背格好はともかく顔立ちは辛うじて摑める程度だ。

けれど、間違いなくヒロトだ。前髪を斜めに流したさっぱりした髪型も、人の間から少々突き抜ける長身も大股で安定した歩き方もヒロトでしかあり得ない。

そしてその隣には、ロングヘアーの女性がいた。ヒロトの腕にしがみついて甘えたように彼を見上げる彼女の足元は、ロングスカートに似合うハイヒールだ。

胸の奥の、これまで知らなかった場所に圧迫されるような痛みを覚えて、映は無意識に窓ガラスに手を当てる。額を強く押し当てていたことを、眼鏡が食い込む痛みで知った。

大股で進むヒロトの姿が、バス停の庇で隠れて見えなくなる。慌てて目を凝らしたものの庇の陰の先は建物で遮られていて、まずここからは見られない。

「――――」

考える前に、席を立っていた。半分以上中身が残ったカフェラテを返却棚に置いて店から高架通路に出ると、正面口へと続く階段を駆け下りる。改札口を抜けて走った先が、先ほどコーヒーショップから見ていたロータリーだ。

「ヒロト、……」

見渡した周囲はまだ行き交う人が多く、なのに目を走らせてもあの長身は見当たらない。左右に目をやり場所を移動して、それでもどこにもいなかった。

肩を落として、映は小さく頭を振る。携帯電話に着信はない。受信フォルダの一番上にあるのは、既に開封済みの、ヒロトからの「今日は行けない」という断りのメールだった。

9

翌木曜日の昼休みに確認した携帯電話には、いつもと同じようにヒロトからのメールが届いていた。内容は、昨夜の詫《わ》びと今日の夕食への誘いだ。

迷いながら打ち込んだメール画面の、送信ボタンの上で指が止まる。そのタイミングで、オーダーしていたランチがテーブルに届いた。

会社近くにあるこの喫茶店のランチメニューは、味がよくボリュームもあるためかなりの人気だ。今日頼んだ日替わりランチは特に、品切れになるのも珍しくない。

返信ボタンを押すのを保留して、映は携帯電話を折り畳む。箸《はし》を手に取ったところで、向かいに座った同僚の伊東《いとう》が俯《うつむ》いたまま身動きもしないのに気がついた。

「伊東、ランチ来てるぞ」

「ん？　……ああ、うん」

目を上げたものの、箸に伸ばす手の動きはいつになく緩慢だ。「ランチは仕事中の大事な潤い」と常々主張する伊東らしくない態度は、実は今朝から続いていた。

昨日までむやみに元気だった男の露骨なまでの落ち込みは、プロジェクトメンバーだけでなくビルの受付嬢にまでモロバレだ。直接本人に訊《き》くのは気が引けるらしく、メンバーに加えて上司までが打ち合わせたように映に事情を訊《たず》ねてくる。

あいにく映《えい》自身も怪訝《けげん》に思っているうちのひとりなので、ごく素直に「知りません」と返事をしておいた。そもそも知っていたとしても、この様子からすると安易に他人が喋っていいこととは思えない。

——だからといって、放置するには忍びないのも事実だが。

「で？　今回の喧嘩は根が深いのか？」

ランチプレートが半分からになったのを見計らって訊くと、友人はのろりと顔を上げた。一拍、映を眺めたあとで「うう」と短く呻《うめ》く。

「愚痴《ぐち》なら聞くけど無理にとは言わない。ただ、周りが気にしてるのは理解しておいた方がいい」

「うん……」

重ねた忠告に小さく頷《うなず》いて、伊東はそれきり食事に戻った。

ここのランチは、食後のコーヒーつきだ。家族経営らしく、店主によく似た若い女の子が運んできてくれる。顔見知りの彼女も伊東の様子に気づいていたようで、「お疲れでしたら、お砂糖をちょっとだけ入れてみるのもいいですよ」と言い残して離れていった。

　独特の苦みが苦手な映は、いつものようにミルクだけを多めに落とす。伊東はと言えばふだんはブラックで飲むコーヒーに砂糖を落として一口飲むと、唐突にこちらを見た。

「彼女、さ。もしかしてってか、新しい男ができたっぽい」

「……は？」

　伊東の彼女には、映も面識がある。三つ年上というわりに可愛《かわい》い雰囲気の、巻いた髪とピンクのコートがよく似合う女性だった。確か、伊東とは年単位のつきあいだと聞いている。

「喧嘩するほど仲がいい」という言葉を、体現したようなカップルなのだ。伊東の愚痴も喧嘩相談も惚気《のろけ》にしか聞こえない。知っているだけに、きょとんと見返してしまった。

「何かの間違いか、誤解じゃないのか」

「だってさあ。俺とのデート断って他の男と飲みに行ってんだよ？　それも、俺には緊急で友達の相談に乗ることになったからとか言って」

　言って、伊東が力なく笑う。珍しい表情に、本気で悩んでいるらしいと察しがついた。

「……仕事関係の友人じゃないのか。だったら、立場上断れないこともあるだろう」

「大学ん時の友達と行くって聞いてた。第一、仕事絡《がら》みなら嘘《うそ》つく必要はないだろ」

「男友達って可能性は？　実は兄弟とか、従兄弟《いとこ》とか」

言ったあとで脳裏によみがえったのは、昨夜目にした長い髪とハイヒールだ。それが、記憶の中でヒロトの腕に絡みついて離れない。

「あいつんとこは姉妹だけだし、従兄弟だったらそう言うだろ。男友達でも、ふたりきりってことはない。俺がそういうの厭《いや》がるの知ってるし、絶対やらないって約束もしたんだ」

むっつりと言った伊東は少し吐き出して楽になったのか、予想外の方向に話を飛ばした。

「そもそもあいつ、年下の男は趣味じゃないんだよ。むっきむきのマッチョが好きだとかで、そういう意味だと俺は最初っから好みに外れてんの。……で、昨日一緒にいたヤツだけど、細めでもマッチョだったんだよなあ。おまけに年上っぽいしさ」

ひとつ息を吐いて、伊東は厭そうに続ける。

「ここ最近は誘っても理由つけて断られることが多いし、メールの返信も遅い。電話に出ないこともある。本人は気づかなかったたって言うけどさ、それってどう考えても……じゃん？」

「何か理由があるんじゃないのか？」

「そんなもん、男以外の何があるんだよ。——どう言うんだかなあ、俺、あいつのことすげえ好きなんだけどやっぱ物足りないんかな」

俯き加減でいつになく悄然《しょうぜん》と言う様子に、映はかける言葉を見失う。

何を言ったところで、無責任に煽《あお》るだけだからだ。品野《しなの》たちならもっと的確なことが言えるだろうにと、伊東と連れだって帰社する間にも自分の経験値の低さに情けなさを覚えた。

すっきりしない気分のまま仕事を終え、帰り支度をしていた時にヒロトからの新着メールに気がついた。内容は「今日大丈夫?」というもので、そこで昼のメールに返信しなかったのを思い出す。慌てて了解の返信をすると、すぐさま「いつものコンビニエンスストアで待ってる」と返ってきた。

気持ちを自覚して、初めてヒロトに会うのだ。そう思っただけで、動悸が常になく早くなった。会社を出て駅とは別方向に向かいながら、映はそんな自分を物珍しく感じてしまう。

「お疲れさま。——ちょっと疲れた?」

「お疲れさまです。そうですね、今日はちょっといろいろあって」

極度の緊張のせいでか、それでなくとも表情の薄い顔が能面のようになっている。いつものコンビニエンスストアの駐車場で顔を合わせるなりそれと気づいたらしく、ヒロトが怪訝そうにするのが伝わってきた。促されるまま助手席に乗ってシートベルトを締めながら、思う以上に混乱している自分を知って狼狽《うろた》える。

どんな顔をすればいいか、わからなくなったのだ。気恥ずかしさに顔も見られないと思う半面、昨夜のあの女性について訊きたい気持ちもあって、自分でもうまく整理がつかない。

「じゃああとはこれと、……他に食べたいものはないかな」

「はい。ありがとうございます」

車で移動する間も夕食のため入ったダイニングバーに腰を落ち着けてからも、やはり気持ちは乱れたままだ。ヒロトと話す声が、露骨なほど硬い。つい昨日まで当たり前だったやりとりにすら引っかかり、言葉を探すうちに沈黙が落ちてしまう。

映を見るヒロトの表情が、少しずつ困惑を強くしていく。食事を終えて車に乗り込む頃には、ふたりの間には間の悪い沈黙が居座ってしまっていた。

このままではまずいとわかっているのに、何をどうすればいいかわからないのだ。何よりも、そんな自分に戸惑った。

じきに、車は映のマンション横の私道へと乗り入れる。気まずさを解く糸口も見つからないままシートベルトに手をかけた時、横合いから低い声がした。

「……キスしていいかな?」

「え、……」

送られた時の決まり文句に近かったのに、咄嗟《とっさ》に映は返事に詰まった。見開いた視界の先、運転席から身を乗り出してきたヒロトの顔が妙に強《こわ》ばっているのを再認識する。

顔を寄せてきたヒロトに、近くでじっと見つめられる。切れ長のその目に、引き込まれそうだとぼんやり思った。痺《しび》れたような思考の中で、映は小さく頷いてしまう。

長い指に、顎《あご》を捉《とら》えられる。掬《すく》うように上向けられたかと思うと、よく知っているはずの体温に唇を塞《ふさ》がれた。二度、三度と触れて離れたあと、最後に下唇を齧《かじ》って離れていく。

「……厭だった?」

唇が触れそうな距離で、吐息のような声に訊かれる。考えるより先に首を横に振りながら、たった今離れていったばかりの体温を思い出して、ふいに全身が火を帯びた。

この程度のキスなら、何度もしたはずだ。ほんの数日前にはすっかり慣れたと、どうってことはないとすら思っていた。

なのに、今はどうしようもなく動悸がしている。何か言わなければと思うのにうまい言葉が見つからない。目には見えないはずのヒロトの視線を、痛いほどに感じている。

「ご、馳走《ちそう》さまです。ありがとうございました、それじゃあ」

動揺のあまりか、声が変に上擦《うわず》りかけた。辛うじてそれを堪《こら》えて、映は助手席のドアに手をかける。急いだせいか、持っていたはずのスーツの上着がシートからドア口に落ちてしまい、急いで拾ったら今度は上着の内ポケットに入っていた携帯電話が音を立ててシートとドア枠の間に転がった。

立て続けの失態に、その場から蒸発したくなった。

「大丈夫？　手を貸そうか」

「平気です。すぐ――」

首を振り携帯電話に手を伸ばしかけて、そのすぐ横に金色のものを見つけた。車の黒い金属と深いグレーの布地の隙間《すきま》、浮かんだような花の形の――ピアス、だ。

「どうかした？　もしかして、取れない？」

「……いえ。大丈夫です。お待たせしてすみません」

答える声を他人のもののように聞きながら、映は金色の花を手の中に握り込む。その手を上着の下に入れ、助手席のドアを閉じた。邪魔にならないよう、数歩下がる。

「じゃあ、また明日」

「はい。ありがとうございました。おやすみなさい」

「……うん。おやすみ」

最後の最後まで物言いたげだったヒロトは、けれど何も言わずハンドルを握った。滑るように動き出した車のテールランプはすぐ先を左折し、通りに合流して見えなくなってしまう。

「――……」

取り残された夜の中で、映は上着の下から左手を引き出す。開いた手のひらの上にあるピアスはゴールドの花の形で、鎖で通して下げるらしい。どう見ても、女性のものだ。

それに、――そもそもヒロトはピアスホールを空《あ》けていない。

そっとピアスを握り込んで、映は車が去っていった方角に目を向ける。等間隔の街灯に照らされた突き当たりの通りは、行き交う車のヘッドライトで煌々《こうこう》と明るく見えていた。

物的証拠というのは、犯罪現場に残された指紋や物品といった遺留品を指すのだと、かなり前にテレビ番組か何かで見た覚えがある。

片方だけの、花の形をしたゴールドのピアスを目にした時に、映の頭をよぎったのはそんなことだった。

場所を考えれば、助手席に座っていた人物が落としたと考えるのが妥当だ。そして、前々日の火曜日に映が自宅まで送ってもらった時には、あそこにあのピアスはなかった。

つまり、火曜日の夜から木曜日の夜までの約二日間のどこかで、ヒロトがピアスの持ち主を助手席に乗せたことになる。

そこまで考えて、水曜日の夜にヒロトと一緒にいたハイヒールの女性を思い出した。遠目だったためピアスの有無は確認していないが、あの花のピアスが似合いそうだったとは思う。

アーケード街の突き当たりになる広場のベンチに腰を下ろして、映は頭から堂々巡りを繰り返す思考を持て余していた。

土曜日の昼時ということもあってか、周囲は家族連れや友人連れ、そしてカップルで賑《にぎ》わっている。広場内のベンチはもちろん、ちょっとした段差にも腰を下ろし談笑する人で溢《あふ》れており、映が座るこのベンチの逆の端では女性が二人して笑い声を上げていた。

そんな中で映はひとり、つい先ほど離れていったヒロトの帰りを待っている。

昨夜、つまり金曜日の夜を、映はヒロトに会うことなく自宅で過ごした。

仕事の都合でどうしても行けそうにない、でもきちんと食事はするように。明日土曜日の朝にマンションまで迎えに行く。――そんなメールが、仕事上がりに届いていたのだ。木曜日の同じ週に二日も会えないのは初めてで、一読して何とも言えない気分になった。木曜日のぎこちなさを思って、あるいは土曜日に連絡はないかもしれないとも考えた……。

「空いてる店、見つけたよ。席は確保してもらったから行こうか」

「あ、はい」

かかった声で我に返って、すぐに腰を上げた。同じベンチに座っていた女性たちがヒロトを目にして色めき立つのに気づかないフリで、映は彼について歩き出す。

……今朝、ヒロトからの迎え予告メールを受け取った時、正直言ってほっとした。身支度をしてマンション横の私道に向かいながら、今日こそ会えると思うとじわりと嬉《うれ》しく思った。

あのピアスのことなど、どうでもよくなってしまうくらいに。

最初の行き先は美術館で、以前からヒロトが行きたがっていた仏像展を観た。二人の仏師がそれぞれに生涯をかけて作った像は個性的な上に数多く、時期による変遷も垣間見えて、いつのまにか夢中になっていた。中でも見上げるほど大きかったとある仏像には目を奪われてしまい、おそらくかなり長く見入っていたのだと思う。

我に返って周囲を見渡したら、ヒロトはすぐ横で同じ仏像を食い入るように眺めていた。映が漏らした吐息に気づいてかどうか、こちらを向いた彼とまともに目が合って、どちらからともなく苦笑した。

美術館を出た後は、遅めの昼食にしようと町中へ向かった。週末の、やや遅い時間帯だからか店はどこも混《こ》んでいて、さんざん歩き回っても空きが見つからなかった。それを気にしてか、途中でヒロトの方が申し出てくれたのだ。

（ここで待っててくれる？　店が見つかったらすぐ呼びに来るから）

一緒に行くという訴えは、「疲れてるみたいだから」と却下された。それで映はあの広場で、ヒロトが戻ってくるのを待っていたのだ。

案内された店は、落ち着いた雰囲気のレストランだった。窓際の席についてゆっくりランチを摂《と》りながら、映はそれとなくヒロトの様子を窺《うかが》ってしまう。

今日は朝から会話があったし、お互いよく笑っていて、妙な沈黙はなかったように思う。それでも、漂う空気のどこかが強ばっていて硬い。その理由がおそらく自分にあることを、映は知っていた。

デザートを待つ合間につい手で触れていた上着のポケットには、木曜日に車中で拾った花のピアスと、それとは別のシルバーのピアスが入っている。

美術館の駐車場で車に乗った時に、やはりシートとドア口の合間のごく狭い場所に落ちているのを目にしたのだ。つまり、一昨日《おととい》の木曜日に映と別れてから今日までの間にあの助手席に座った誰かが落としたことになる――。

「これからどうする？　行きたいところはあるかな」

食後のコーヒーを飲みながら、ヒロトが言う。ポケットから手を出し、少し考えて「じゃあ書店に」と口にすると、すぐさま了承が返った。

レストランを出て、ほど近い距離にある大型の書店に入る。それぞれ本を見ようと、ヒロトと別れて映は奥の棚へと向かった。

立ち歩く人の間を縫うようにして棚を眺める途中、思いついてポケットから出したふたつのピアスを眺めてみる。一昨日拾った花の形のものはビニール袋に入れていたが、今日見つけたものはティッシュでくるんだのみだ。

……花の形のピアスを、ヒロトに返そうと思っていたのだ。勝手に持ち出した自分の行動がけして褒められたものではないと、自覚はしていた。

そのくせ、今日見つけたシルバーのピアスまで拾ってしまったあたり、自分でも呆《あき》れるしかない。

小さく息を吐いて、映はふたつのピアスをポケットに戻す。購入予定の本を数冊手にして新刊書コーナーに向かう途中、壁際の棚の前に立つヒロトの姿が目に入った。

——あの夜、ヒロトと一緒にいた女性はいったい誰なのか。

ぽつんと落ちた疑問は、初日にはごく薄い色をしていたはずだ。それが、時を追うごとに濃くなっていく。ふたつのピアスはどちらも彼女のものではないかと、だとしたら仕事で行けないと言ったヒロトがいつどうして車に乗せたのかと、そんなふうに思考が傾いていく。

（きみに、俺のことを好きになってほしい）

いつかのヒロトの言葉が、ふっと脳裏をよぎる。変に疑うのはよそうと映は頭を振った。女性といるのを見たからといって、変に決めつけるのは早い。姉妹かもしれないし従姉妹《いとこ》という可能性もある。あるいは幼なじみや長年の友人ということも。

短く息を吐いてから、気づく。ヒロトが手にしているのは、分厚いフルカラーの美術書だ。どうやら、あそこは美術や芸術関連の棚らしい。

今日がそうだったように、ヒロトは美術館や博物館に行きたがる。熱心に見ているあたり、あるいはそちら方面の仕事をしているのかもしれない。

思ってみても、結局は推測だ。未《いま》だヒロトの本名すら知らない映には、考えたところで真相はわからない。

あの女性が、彼の妹かどうかを判断できないように。

馴染《なじ》んだ思考でそう思った時、映の中で何かがふつりと切れた。同時に、ひとつの事実が滴《したた》るように落ちてくる。

……そう、「好きになってほしい」と言ったのだ。ヒロト自身が映を好きだとは、あの時もあれ以降もいっさい口にしなかった。

頭上から、冷水を浴びた心地になった。足を止め、近くの柱の陰に隠れるようにして、映はヒロトを見つめる。

小学校中学年の頃、親類の家にあった千ピースのジグソーパズルに挑戦したことがある。買った本人が四分の一も埋まらないうちに匙《さじ》を投げたそれは全面が空と雲というなかなかの難物だったけれど、当時の映には格好の暇潰《つぶ》しだった。

進まない時は時間ばかりがすぎるのに、ひとつ嵌《は》まる場所を見つけると連鎖したように次々と空白が埋まっていくのが楽しかったのだ。それと似て、ひとつの気づきは次々とこれまで見過ごしていたものを掘り起こしていった。

(あいつんとこは姉妹だけだし、従兄弟だったらそう言うだろ。男友達でも、ふたりきりってことはない)

彼女の件で悩んでいた伊東は、けれど迷うことなくそう言った。

同じような疑問を抱《いだ》いても、映はあんなふうには答えられない。直接問いただすことはできても答えを得られるとは限らないし、そもそも答えてもらえるかどうかも疑問だ。

――そういう状況を、他でもないヒロトが作っているのだと改めて思い知らされた気がした。

急に、ヒロトが遠くなったように思えた。熱心に分厚い画集を眺めている彼を見ていられず、映は気配を殺してその場から離れる。

レジで会計している間に、ヒロトはいつのまにかすぐ近くで待っていた。先ほど眺めていた画集は持っておらず、手ぶらのままだ。

「何も、買わなかったんですか？」

「欲しい本が置いてなくてね。ネットで注文した方がよさそうだ」

「そうなんですか」

返事を聞きながら、それは本当だろうかと思う。——もしかしたら、映がいるから買わなかったのではないかと穿《うが》ったことまで考えて、そんな自分に驚いた。

書店を出たあとは町中を適当に歩いて時間を過ごし、車での帰途に夕飯をすませてヒロトのあの家へと戻っていく。いつもと変わりない、ふだん通りの日常。

日常とは、いったい何だろう。脈絡もなくそう考えて、映は運転席を見る。視線に気づいてか怪訝そうに目を向けてきたヒロトに首を振って見せながら、今さらにこの男はいったい
「誰」なんだろうと思った。

「どうかした？」

「……いいえ。そろそろ本名くらいは教えてもらえないかな、と」

意図せずこぼれた言葉は、本音だ。以前のように目的を知るための探りではなく、急激に襲った心細さで思わず口にした、だけの。

赤信号の待ち時間にこちらを見ていたヒロトは、ほんのわずか眉《まゆ》を顰《ひそ》めた。そのあとで、いつものようにきれいに笑う。——自然なものとは違う、どこか歪《いびつ》な笑み。

「まだ内緒。そのうちにね」

前回と同じ返答に曖昧《あいまい》に頷きながら、必死に手の中で守っていた何かが壊れる音を聞いた気がした。そのくせ、それに近い部分ではやはり「そう」なのかと納得している。

この状況で泊まりはどうかと思ったけれど、車はすでにヒロトの家の駐車場に乗り入れている。ここで帰ると言い出せば、ややこしいことになるのは見えていた。

先に行くよう言われて、映は助手席から降りた。玄関先に立っていると、さほど待たされることなくヒロトがやってくる。いつも通り、先に入るよう鍵《かぎ》を開けた玄関内へと促された。

明かりが点《とも》った家の中は、落ち着いていて静かだ。奥へと続く廊下も先週のままで、水曜日からの一連の出来事が夢だったような気がしてきた。

「――いい？」

「え、……はい？」

廊下に上がるなり、不意打ちで背後から抱き込まれる。耳元で囁《ささや》く声の近さにびくりとした顎を取られ、振り返らされた格好で性急に呼吸を奪われた。食らいつくようなキスに怯《ひる》んだとたんに肩を取られて反転させられ、ほんの一瞬だけ離れた唇を今度は正面から塞がれる。

無意識に、足が一歩後ろに下がっていた。まず肩が、そして背中が壁に当たり、そのあとは壁に押しつけられる形で、いつになく深く執拗《しつよう》に貪《むさぼ》られる。

「ン、――う、ふ……っ」

長く続くキスの、息苦しさに顔を顰《しか》める。逸《そら》せかけた頬《ほお》を引き戻されて、咎《とが》めるように唇の端に歯を立てられた。そこから唇の形をなぞったキスが、またしても歯列を割って絡みついてくる。

「……ん、ふ……っ」

ここまで深くて長いキスは、いつかのヒロトの異変以来だ。息苦しさのせいだけでなく目眩《めまい》を覚えて、映は無意識に目の前の肩に縋《すが》りついてしまう。キスが離れていった頃には、唇に違和感を覚えるようになっていた。

「……大丈夫？」

「はい」

覗《のぞ》き込むようにして問われて、映は小さく頷く。そのまま居間に連れて行かれ、しばらく休んだ後で先に風呂を使うよう言われた。

「いつも僕が先に使わせていただいていますから、今日はあとの方で」

「俺はちょっとやることがあってね。先に入ってくれると助かる」

申し訳なさに口に出した提案をさらりと流されて、結局は礼を言って脱衣所へ向かった。洗面所の鏡の中、こちらを見返す自分の表情のなさに違和感を覚えたあとで、この鏡に映る時の自分はそれとは違う顔をしていたのだと思い至る。

――これから、どうすればいいだろう。

気づいたばかりの事実は深く気持ちに食い込んで、鈍いけれど強い痛みを訴えている。

とりあえずは、ピアスだ。どう言って返せば不審に思われずにすむだろう。顎まで湯に浸かって考えて、上がってみても答えが見つからない。

明日の別れ際に、黙って車の中に落としておこうか。些《いささ》か投げやりに考えながら風呂を上がり、寝間着を着たあとで上着のポケットの中のピアスを財布に移した。

「疲れただろうし、先に寝てていいよ」

居間に戻った映に、ヒロトはいつものようにそう言った。浴室に向かう前に映にキスして行くのもいつも通りだけれど、今日はあえてそうしているような気がした。

先にベッドに入り、壁を向いて布団を被《かぶ》りながら、初めてここで休んだ夜を思い出す。

(帰す気はないけどどする気もないから)

あの夜に、ヒロトには別に何か目的があるのだと予想していたはずだ。それを、いつの間にか失念していた。

――ヒロトの言う「恋人」は、つまり目的を果たすための手段ではないのか、と。

綻《ほころ》んで落ちてきた指摘に、映はぐっと奥歯を嚙《か》む。その時、寝室にヒロトが入ってくるのがかすかな物音と気配でわかった。

咄嗟に眠ったフリをした映から、少し離れた場所でベッドが沈む。隣に入ってきた気配が背中に触れるまではいつも通りだったけれど、今夜はどこか違和感があった。何が、と思った時にはするりと背中から、長い腕に抱き込まれている。

いきなりのことに驚きすぎて、逃げる前に固まった。その間に背中全体を馴染んだ体温に覆われ、耳元では静かな吐息がする。軽く曲げた脚の間に割って入った脚は、けれどすぐに動きを止めた。この体勢は、ここに泊まった朝に定番の抱き枕扱いだ。

しばらく経《た》っても変わらない背後の気配に、映は息を吐く。そうしてみて初めて、自分が呼吸を止めていたことを知った。

朝になったら抱き枕にされているのはいつものことだが、今日に限ってどうして今と、頭の中で考える。だからといって答えが見つかるはずもなく、代わりにこれまでは思わなかったところに思考が落ちた。

なぜヒロトはこんな真似《まね》をするのか、と。

恋人だからと囁かれ、好きになってと言われていたから、これまでは深く考えなかった。けれど、好きでもない相手にここまでする理由も必要もないはずだ。

だったら、信じてみてもいいのではないだろうか。

ふと落ちてきた思考に瞬《またた》いた時、背後の体温が身動《みじろ》ぐ。

聞こえてくる寝息の静かさで、ヒロトは眠ってしまったのだと知れた。伝わってくる体温をそこかしこで感じながら、映はいつの間にこんなにもヒロトに惹《ひ》かれていたのかと自分でも不思議に思う。

結婚も恋愛も、いらないと思っていたのに。ヒロトとのことも、脅されて仕方なく一度だけのつもりで応じたはずだったのに。

とりとめもなく考えているうち、ふいに答えを見つけたと思った。

あの夜に、強引に泣かされたからだ。誰にも言えず抱えていた気持ちを真正面から暴かれ、西峯とよく似た声で容赦なく追いつめられた誰にも見せたことのなかったみっともない泣き顔を見られ、誰にも言うはずのなかった気持ちを吐き出してしまった。

誰よりも映の奥深くまで踏み込んだのが、ヒロトだったのだ。映本人も見られてしまったら——知られてしまったら仕方がないと、開き直っていた。だからこそ、自分の常にはない変化を見過ごしてしまった。

「……、——」

明日。もう一度、ヒロトに訊いてみよう。滴《しずく》が落ちてくるように、映は思う。

最初の頃、ヒロトに素性を訊いたのは自衛のためだった。親しくなった頃には興味を覚えて、だからといって追及しようとは思わなかった。

先ほどは、本気で訊きたくて口にした。けれど、訊き方はこれまでと一緒で——だったら、映がどういう意味で訊いたかはわからなかったはずだ。

今度は真正面から、率直に訊けばいい。ヒロトがどこの誰で、どういうつもりで映に近づいてきたのか。本当は、映をどう思っているのか。

そこから始めない限り、きっといつまで経っても終わらない。

明日、と思い決めて、映は腰に回ったヒロトの手にそっと手を重ねてみる。もう眠ろうと、瞼《まぶた》を落とした。

10

言い争う声で、目が覚めた。

布団の中で澄ませた耳に、かん高い声が途切れ途切れに届く。どうして、そんなこと、信じてくれないの。悲鳴にも似た響きの合間、聞こえてくるもうひとつの声は低く、言葉までは聞き取れない。

竦《すく》んだような気持ちで身を起こす。その時、それまで低かった声が一際大きく怒鳴るのが耳に入った。何かを叩《たた》きつけるような大きな物音のあと、急にしんと静寂が落ちる。

何が起こったんだろうと、思った。

高い声は母親の、低い声は父親のものだ。あのふたりの喧嘩はよくあることだけれど、今回はいつもと違う気がする。

気になって、そっと布団から抜け出した。闇の中、ごく小さな明かりを頼りに廊下に続く引き戸まで歩き、音を立てないよう隙間を開ける。顔を出した廊下は暗かったけれど、少し先のドアが開いているらしく、明かりが漏れているのが目に入った。

奇妙に続く静けさに、小さな素足をそっと廊下につける。漏れる明かりに向かって歩き出した小さな背中――幼い頃の自分を見下ろしながら、映は「行かない方がいいのに」と思った。同時に、これが「いつ」の夢かを悟って気持ちがひんやりと冷えていく。

天井近くから見下ろす視点は、不自然な上に非現実的だ。高い位置から見る過去の自分はまだ幼く、廊下を歩く足取りもおぼつかない。フローリングの床は素足に冷たかったし、幼い頃の映は暗い廊下が苦手だった。けれど、この時はそれ以上にこの静かさが気がかりだった。

少し先のフローリングに落ちる光を目にして、幼い映はほっと息を吐く。足を早めたその背中を見つめながら、「今」の映はもう一度、「行かない方がいいのに」と思った。

開いていたドアの向こう、煌々と明かりが点ったリビングの真ん中で、母親が泣いていた。きれいな色の服を着て長い髪を緩やかに巻いた姿の華やかさに、映は駆け寄るのを躊躇《ちゅうちょ》する。見回した室内はひどく散らかっていて、父親の姿はどこにもない。

いったん安心したはずの気持ちが、耳につく啜《すす》り泣きに小さく竦む。それでも泣いている母親を放っておけなくて、そっと「おかあさん」と呼んでみた。

びくりと肩を揺らした母親は、けれど顔を覆ったまま映を見ようともしない。それならとこちらから近づき、子どもの目にも細い肩にそっと触れてみた。

一瞬で、突き飛ばされた。軽い身体《からだ》は呆気《あっけ》なく吹っ飛んで、床を転がりドア近くの壁にぶつかる。跳ね返り、俯《うつぶ》せに転がった。

何が起きたのか、理解できなかった。身体のそこかしこに痛みを覚えて、けれどそれを訴えることもできない。張りつめた空気のせいか、干上がったように声が出なかった。

ゆっくりと顔を上げた母親が、こちらを見る。確かに泣いているのにまったく表情のないその顔が、他でもない映自身によく似ていることを夢の中で再確認した。

(余計なこと、言うから……っ)

いつもは高い声が、抑えたように不自然に低い。動けない映を、射抜くように睨《にら》みつける目は真っ赤に染まっていた。

(あんたが、いらないこと言うから!)

(あんたのせいよ! あれだけ内緒にしなさいって言ったのに!)

(いつもいつも、余計なことばっかり言ってて)

どのくらい罵倒されていたのかは、よくわからない。ただ、朝になっても映は同じ場所に蹲《うずくま》ったままだったし、リビングには他に誰の姿もなくなっていた。

たんこぶができたらしく、頭の後ろがずきずきと痛む。肩や背中にもちかちかする痛みがあって、なのにそれが妙に間遠だった。

結局その日、映は幼稚園には行かず、同じ場所で膝《ひざ》を抱えて座っていた。

季節はたぶん、初夏の頃だったと思う。窓にかかったカーテンの隙間から差す光は冬ほどに長くはなく、真夏よりも短かった。そこから見える外が夜一色に染まっても両親とも帰って来ず、おそらくその場でうたた寝したのだと思う。そうしながら、映は竦んだように「これは自分のせい」だと感じていた。

映が悪い、映のせい。母親はよくそんなふうに映を叱《しか》った。罰で幼稚園に行かせてもらえなかったり、食事を抜かれることもあった。

だからきっと、今のこれも罰なのだと思った。罰が終われば両親は帰ってきてくれるはずで、それを待つことしか思いつかなかった。

深夜になって帰ってきた父親は、煌々と明るいリビングのすみで寝間着のまま蹲る映を見つけて胡乱《うろん》そうな顔をした。

（おかあさんはどうした？）

知っているはずの低い声が、静かすぎて怖かった。びく、と小さく肩を揺らした映をどう思ってか、すぐ傍《そば》までやってくる。膝をついて覗き込む顔に怒りはなく、なのにどうしてか恐ろしいと感じた。

繰り返しの問いにようやく「いない」と答えたら、父親は「そうか」と言った。

（まあ、いい。……それよりよく教えてくれたな。おかげでやっと、終わりにできそうだ）

意味がわからず上目で見上げると、躊躇《ためら》いがちの手で頭を撫《な》でられる。

この父親は、仕事が忙しいとかで最近は滅多に帰って来なかった。それが昨日だったか一昨日にわざわざ映の部屋までやってきて、久しぶりに会えた嬉しさに笑顔になった映に言ったのだ。

最近のおかあさんはどうだ、と。きょとんとした頭を今と同じように撫でられて、今度は別のことを訊かれた。

おかあさんは、昨日誰と何をしていた？　と。

——せのたかいおにーちゃんとおでかけ。ぼく、おるすばんしてた。

その時の自分の答えをぼんやり思い出したのと同時に、父親の腕に抱き上げられる。部屋に連れて行かれ、布団に入れられた。

（寝てろ。明日には迎えが来る）

それが、映が父親とまともに話した最後の機会になった——。


映、と呼ぶ声を聞いて、飛び起きた。

夢の余韻に、頭のてっぺんまで浸かっているような気がした。ここはどこで今はいつなのか、意識はやけに不鮮明でうまく摑めない。それでも誰かに肩を抱かれているのはわかって、反射的に身体が逃げた。

「落ち着け、ただの夢だ。心配ない、大丈夫だから」

繰り返す声が誰のものかも知覚しないまま、それでもどこかでこの声は知っていると思う。とても好きな、安心できる声だと確信して、強ばっていた身体から力を抜いた。肩で喘《あえ》ぎながら見下ろした視線の先、見つけた顔に戸惑って瞬《まばた》く。

「……ヒロ、ト──」

ぽつんと落ちた自分の声を聞いて、それが「誰」かを知る。連鎖するように、ここがどこで今がいつなのかを思い出した。

「気分は？　ひどくうなされていたけど、苦しくないか」

気遣うように見下ろすヒロトの顔が、近い。そう思ってから、自分がベッドの上で彼に抱き込まれる形で座っているのを知った。

「すみま、せ──起こしました、よね……？」

「いや、俺はいいんだけど」

「もう大丈夫、です。お騒がせして、すみません」

言いながら、ゆるりと身を引く。ベッドの上で、やんわりとヒロトの手を押し返した。

「映？」

「大丈夫、なんです。まだ早いですし、僕のことは気にせず休んでください」

室内はまだ暗いけれど、カーテンにはうっすら窓枠の影が映っている。正確な時刻はわからないが、おそらくもう夜明けが近い。

うす闇にも、ヒロトがわずかに顔を顰めたのがわかる。それを平淡に見返していると、ため息混じりに頬を撫でられた。

「……すぐ戻るから、このまま待ってて」

ベッドを降りた背中を、黙って見送った。寝室の引き戸が閉じるのを聞いて、映は深い息を吐く。どうして今になってあんな昔の夢を見たのかと、遠い意識でそう思った。

「とりあえず、汗。自分で拭ける？」

しばらくして戻ってきたヒロトにタオルを渡されて、映はきょとんとする。「そのままだと風邪を引く」と言われ、タオルを握った手を取られて喉元《のどもと》に押しつけられた。柔らかい布の感触を温かく感じたあとで、今さらのように汗で濡れた寝間着が全身に張り付いているのに気づく。

「拭いたらこれに着替えて。自分でできないなら手伝うけど、どうする？」

首を横に振り、ヒロトが寝室を出ていくのを見届けて寝間着を脱いだ。汗を拭《ぬぐ》って着替えたあとで、これではベッドも湿っているはずと思い当たる。そこに戻ってきたヒロトに居間へと連れて行かれ、ひとまずそこで休むようにと言われた。

頷いて、映は座布団に腰を下ろす。横になる気になれずローテーブルで頬杖をついていると、じきにヒロトが湯気の立つ湯飲みを持ってきた。映の前に置き、飲むように言う。

「あの、ベッドのシーツとか、交換して洗濯……」

「気にしなくていい。それよりまずは飲んでみて？」

「すみません……」

申し訳なさに俯いたら、困った顔で頬を撫でられた。促されて手にした湯飲みからはかすかに柑橘系《かんきつけい》の香りがして、口に含むなり広がった甘い酸味にほっとする。

何か訊かれるとばかり思ったのに、ヒロトは無言のままだ。ただ、宥《なだ》めるように――落ち着かせるように、映の背中を緩やかに撫でている。

あれ、と思った時にはもう、遅かった。滲《にじ》んで揺れた視界が唐突に決壊して、ローテーブルの表面に滴を落とす。ふたつみっつと続けざまにこぼれて、そのうちのひとつが頬から顎へと伝い落ちた。かすかなその音を聞きながら、映は本当にこの人が好きなのだと思い知る。

「…………」

無言のまま伸びた指が、映の眦《まなじり》を拭う。顔を背け手を上げて、映はそれを断った。

「大丈夫です。すみません、……今日はもう帰らせていただいていいでしょうか」

やっとのことで発した声に、傍《かたわ》らのヒロトの表情が胡乱な色を帯びる。知った上で、映は彼に向き直った。

「しばらく、ひとりになりたいんです。――お願いします」

開店後間もない喫茶店で朝食をすませてから、ヒロトは映をマンションまで送ってくれた。

(傍にいない方がいいなら、俺は別の部屋にいるよ。それならどう?)

当初、ヒロトはそう言った。

(きみが呼ばない限り声はかけないし、近寄らない。それならここにいても「ひとり」だよね?)

気遣いは伝わってきたけれど、頑《かたく》なに断った。どうしても退くことができない映に気づいたのだろう、最後には渋々頷いて車を出してくれた。

(何かあったらすぐ連絡して)

別れ際に言われた言葉に頷いて返したものの、おそらく——というよりまず、連絡はしまい。できるわけがない……。

帰り着いた自宅のドアを背中で閉じて、映は小さく息を吐く。寄りかかったそこから動けないまま、のろりと顔を上げた。目に映ったのは、やや赤味を帯びた木目のフローリングだ。

……あの幼い日に、映が丸一日を過ごしたフローリングはもっと黒っぽく、木目が沈んだように見えづらかった。壁も床もドアなどの建具もすべて母親の好みで決めたというあの家は、すでに人手に渡ってかなりの年数になる。

映の両親は、あの夜から二年ほど経った頃に離婚した。

父親はすぐにでも別れたがったが、母親が拒否したのだ。

調停と裁判の間、映はあの家で母親とふたりで暮らした。

父親は二度ばかり家に帰って来たものの、映に声をかけることはなかった。目が合うことすらなかったからすでに映には興味がなかったのかもしれないし、毎回泣いたり喚《わめ》いたりして縋っていく母親の相手だけで辟易《へきえき》していたのかもしれない。

映自身はそれきり父親と会うことはなかったけれど、母親は外で何度か顔を合わせていたようだ。

（あんたのせいなんだからね。あんたがいらないこと言ったから、おかあさんはおとうさんと一緒にいられなくなったの）

（余計なことを言う子はいらないの。だからもう、あんたはいらない子なのよ）

（何笑ってるの。あんたのせいで全部駄目になりそうなのに）

父親がいなくなった家の中で、映に疎《うと》ましい物を見るような目を向けてきた母親は、毎日のようにそんな言葉を投げつけてくるようになった。

おそらくそれは、調停か何かで父親と会った日に八つ当たりでしていたことなのだろう。とはいえ当時の映には父親が帰って来なくなった理由も、自分が無視されるわけもまるで理解できていなかった。

頭にあったのは、母親から繰り返し言われた内容だ。自分が悪い、自分が余計なことを言ったから父親が帰って来なくなった。そんな言葉が頭の中いっぱいに広がって、つまり全部自分のせいなのだと思った。

いらないことを言うかもしれないという恐怖で口数は減ったし、笑っては駄目なのだと思うと顔が強ばった。寝不足のせいかぼんやりする時間が増えて、外遊びするより家の中で膝を抱えて過ごすようにもなった。そんな中、子どもなりに必死で考えて、黙っていい子にしていればいつか父親が帰ってきてくれるかもしれないと――母親が優しく笑ってくれるかもしれないと思った。

なるべく小さくなって、できるだけ笑わないで、口を閉じて余計なことは言わない。必死で始めた「いい子」をやるのは思ったより簡単で、けれど父親は帰ってきてくれない。母親は映と食事をしなくなって、冷たいお弁当やパンを渡されるばかりになった。

それでも、「いい子」でいようと頑張った。けれど、やってきた結末は望んだものとは真逆でしかなかった。

(もう、あんたはいらないから)

離婚が成立すると、母親は早々にあの家を引き払った。慌ただしく準備をしながら、黙って見ていた映を一瞥《いちべつ》してそう言った。

(お父さんもあんたはいらないそうよ。これからはおじさんが面倒見てくれるからね)

言葉通り、映はその後母方の伯父に引き取られた。別れの日、タクシーに乗って行ってしまった母親は、最後まで映の顔を見ることもしなかった。

余計なことを言った罰なんだと、思った。それでも頑張ったのにどうしてと、口に出せないまま小さく丸くなって過ごした伯父の家での最初の夜に、――初めてあの夜の夢を見たのだ。魘《うな》されたのを隣に寝ていた伯父の妻に起こされ宥められて、耐えきれない恐怖で泣いた。以降、映はたびたびその夢に魘されるようになった。おそらく、そのあたりから性格が変わっていったのだと思う。

映は高校卒業までを伯父の家で暮らした。

……母親の兄に当たる伯父家族には、とてもよくして貰《もら》ったと思う。引き取るまでろくに面識のなかった映を気にかけて、何かと面倒を見てくれた。たびたび夜中に魘されていた映を、幼い頃には伯母が、長じては三つ年上の従兄《いとこ》が同じ部屋で休むことで起こしてくれた。

高校に上がった頃には夢を見ることもほとんどなくなり、代わりのように部活や受験の相談に乗ってもらった。従兄は映を弟扱いで気にかけてくれたし、伯父夫婦も大学の寮に移り住んだ映を当然のように援助してくれた。

映の両親の離婚について、彼らは一言も口にしなかった。小学生から中学にかけての映にそれを教えたのは、盆暮れに顔を合わせる程度の親類だ。幼い頃には鵜呑《うの》みにするしかなかった内容は年を経るごとに変わっていき、中学生になる頃には映の中にある記憶や現状と矛盾しているのに気がついた。それを話す相手の厭な笑い方が、何を意味するのかを考えるようにもなった。

同居の伯父に訊いてみようかと思いながら言い出せなかったのは、伯父とその妹になる映の母親がかなり険悪な仲だと聞かされていたからだ。ようやく切り出せたのは、映が高校生になってからだった。

問いに、伯父は渋い顔で「気分のいい話じゃないぞ」と牽制《けんせい》した。構わないから本当のことを知りたいと返した映にため息をつき、事務的な口調で説明してくれた。

そもそも映の両親の仲はあの夜より数か月前から、すでに円満とは言えない状態になっていたらしい。母親の複数回の不倫が原因で幼い映や親類の前でも言い合いが絶えず、それを面倒がった父親はだんだん自宅に寄りつかなくなってもいた。むしろよくあそこまで保《も》ったものだと、伯父は呆れたようにそう言った。

（でも、確か恋愛結婚で……すごい大恋愛だったたって）

（そこは間違いないな。周囲を騒がせたという意味でも大恋愛だった）

あっさり肯定されて、それがあんなにも簡単に壊れてしまうものなのかとひんやり思ったのを覚えている。

（僕がいらないことを言ったせいで別れることになったたって、言われた覚えがあるんだけど）

（そんなわけあるか。あれは父親の方にわかりやすく口実に使われただけだ。何しろ、妹の浮気の証拠をきれいに揃《そろ》えて準備していたくらいだからな）

父親が映を引き取るのを放棄した理由は、「浮気性の母親に似た子はいらない」だったのだと、これは例の親類から聞かされていた。その話に伯父は眉を顰め「知らん」と答えたけれど、その反応でどうやらそこは事実だったらしいと確信した。

事情はわかったし、納得した。けして自分のせいとは言えないことも、理解した。

けれど、幼い頃に目の当《ま》たりにした光景も、突きつけられた言葉もあまりにも強烈すぎて、その時点で映は恋愛や結婚というものへの興味を完全に失っていたのだ。むしろ縁がなくていいもの、自分には必要ないものと考えるのが一番しっくりきた。

人と人との関係は、きっかけひとつで変わってしまうものだ。背景が不透明であればなおさら、些細《ささい》なことでどうしようもなく拗《こじ》れたあげく、跡形もなく壊れていく。

初めて自覚した恋愛感情——西峯《にしみね》への思いを即座に封印することを選んだ理由も、結局はそういうことだ。男同士を云々《うんぬん》する以前に、自分の気持ちがきっかけで今の関係が壊れるような真似《まね》はしたくなかった。西峯に限ってはないと知っていても、映を救ってくれたあの声に「おまえのせい」だと言われるかもしれないと、思うだけでぞっとした……。

のろのろと靴を脱いで、映は室内に上がる。少しばかり歪な形のワンルームを横切って、玄関先からは見えにくい奥のベッドへと座り込む。上着も脱がないまま後ろに転がって、白い天井をぼんやりと見上げた。

つい先ほど、マンションの下で別れた時のヒロトの顔を思い出す。昨夜までは素直に気遣ってくれていたのだと思えたその表情がどこまで本当なのかと考えてしまう自分を知って、泣きたいような気持ちになった。

今朝、うなされて飛び起きたベッドの中で、気がついたことがある。

映とヒロトの関係が、脅迫から始まったのは事実だ。けれど、テーマパークに行った翌朝、帰ると言い出した映を引き留める時に、ヒロトは脅すことはせず謝罪をし「一緒にいてほしい」と頼んできた。

それなりに親しい関係に、なれたつもりでいた。ヒロトに「目的」があることを失念するくらい、映にとって彼は近しい存在になっていた。

――それでも、ヒロトは映に自分の名前を含めたプライベートを漏らさなかったのだ。

それはつまり、変化したのは映だけだということにならないか。あのキスも抱き枕扱いも思い返せば当初からの続きで、つまりは手段のうちだと考えるのが妥当ではないだろうか。

(あんたが、いらないこと言うから)

耳の奥によみがえるのは、幼い頃に母親から投げつけられた言葉だ。少なくとも母親にとっては、映のあの一言がすべての元凶だということに間違いはなかった。

ヒロトを問いただすのは、簡単だ。けれど、ヒロトにとって映とのつきあいが手段でしかなかったとしたら――たった一言の問いを「きっかけ」にして、今ある関係のすべてが崩れてしまう可能性が、あるのではないだろうか。

腕で目元を覆った時、聞き慣れた電子音が鳴った。転がったままチノパンのポケットを探って、映は携帯電話を取り出す。閉じたままの側面にある小さなディスプレイ上に「西峯先輩」の文字を見つけて目を瞠《みは》った。すぐさま耳に当てると、つい先日聞いたばかりの快活な声がする。

『よ。今どこ？　よかったら昼メシ一緒しない？　嫁も一緒なんだけど、例の合コンの件で相談ってかアンケート取りたくてさあ』

「……おはようございます。ええとですね、ちょっと今かなり僕が鬱陶《うっとう》しくなってまして、おつきあいさせていただくにしてもいくつか遠慮させていただきたいことがあるんですが、それでもよろしいでしょうか」

我ながら生意気な言い草だと思った映だったが、西峯の反応はある意味予想通りだった。

『おー……ぅ？　いや、出てくる気があるんだったら構わないけどさ、無理すんのはやめとけよ？　またいつでも誘うしさ。あー、でもひとりで滅入ってんのもよくねえよなあ』

真面目《まじめ》に悩む声音で言った西峯が、「で、何遠慮しろって？」と訊いてくる。

ベッドの上で身を起こしながら、映は極力さらりと言った。

「合コンの話はなしに、僕が鬱陶しくなっている理由も訊かないでいただけると」

『りょーかい。ちなみにこれから三分でおまえんちの前なんだけど、すぐ出て来られる？』

「行きます」

即答し、映はすぐさま腰を上げる。拾った上着を羽織りながら玄関へと向かった。

ヒロトの傍にいたくないのと同じくらい、ひとりでいるのを避けたかったのだ。このタイミングで声をかけてくれた西峯に、心底感謝した。

11

人の気持ちというのは、不思議だ。傍目《はため》にはまったく同じ出来事であっても、心境がまったく別になることがある。

一週間後の土曜日の朝、映はマンション横の私道に立って、もうじきやってくるはずのヒロトの車を待っていた。

いつものように、週末をヒロトの家で過ごすためだ。もっとも今回は先週以上に、これまでとは様相が違ってきていた。

……先週日曜日には電話が来て、様子を訊かれた。声音が硬いと思ったけれど、気のせいだったかもしれない。月曜から水曜までは仕事が詰まって身動きが取れないとかで弁当はなく会いに来ることもなく、電話とメールでのみやりとりをした。

木曜日には「今日も無理だと思う」というメールがあったが、予想外にも帰宅してみたらマンションの前にヒロトがいた。少しだけ抜け出してきたとかで、わざわざ買ってきたらしい夕食と朝食分の弁当を渡してくれ、金曜夜からは時間が取れるからいつものように泊まりに来るように言われた。

その時のヒロトは表情が硬く口も重く、話すだけで気後れがした。それと悟ったらしい彼にぐいぐいと押され、しまいには最初の頃のようにそれとなく脅されて頷くしかなくなった。

そして昨日の金曜、またしてもヒロトの都合で迎えも弁当もなくなったのだ。詫びのメールには土曜日朝に迎えに行くとあって、言葉通りつい先ほど「もうじきそちらに着く」という連絡があったため、こうしてここで待っている。

「――――」

ヒロトと会う機会がほとんどなかったこの一週間、どうすればいいのかを自分なりに考えて、それでも答えが出なかったのだ。というより、答えを出すことに意味はあるのかと思うようになった。

ぼうっと空を見上げていた耳に、クラクションが届く。目を向けると、少し先に見覚えのあるシルバーの車が停まっていた。フロントガラス越し、運転席のヒロトと目が合って、びくりと大きく肩が跳ねる。

「……お、はようございます」

「おはよう。乗ってくれる?」

頷いて、映は助手席に乗り込む。つい目を向けたシートとドアの間に、落とし物は見あたらない。そのことに、ひどくほっとした。

「今日は、どこに？」

「映画にしようかと思ってね。きみが前に観たがってたやつが来てただろ？」

「いいですね」

話す間に、車は私道からマンション前の通りに合流する。幹線道路から町中へと向かいながら、映は居心地の悪さを改めて感じていた。

ヒロトの様子は、この前の木曜日と同じだ。声音も気遣いも変わらないのに、表情が硬くてほんの少し口数も減っている。

不機嫌とも取れる態度が気になって、映はいきおい言葉が慎重になる。結果、車内での会話はやや途切れがちになってしまい、互いが互いの様子を窺うような、落ち着かない空気が漂っていた。

それも見越した上でのチョイスかどうかは別として、映画を観に行くなら大歓迎だ。辿《たど》りついた映画館では幸いにもさほど待つことなく、目当ての映画の席に着けた。

今回の映画は、いわゆる近未来ＳＦものだ。暗くなった館内で巨大スクリーンを眺めながら、映はいつになく映画に没入できない自分に——隣にいるヒロトを気にしてしまう自分に、呆れてしまう。

ヒロトと映のこの関係は、三か月の期間限定だ。手段のための「恋人」は、目的さえ果たせば無用になる。それを見越しているという前提を置けば、ヒロトが自らのプライベート一切を明かさないことの筋も通る。

……映自身には、どんな目的があってそんな真似をするのかなど、皆目見当がつかないけれども。

今ひとつ集中できないまま終わってしまった映画よりも自分の思考の方に消化不良を覚えながら、映はヒロトについて明かりの点った館内から通路へ出た。

時刻は昼を過ぎたところだが、チケット売場に面した広いホールは次の回を待ってか人影が多い。その中を歩きながら、ヒロトは映を見下ろしてきた。

「ひとまず昼食にしようか」

「はい。どこにします？」

「知り合いからパスタの美味《おい》しい店を教わったから、そこに――」

言い掛けて、ヒロトが言葉を切る。ポケットを探って取り出したスマートフォンを眺め、軽く眉を寄せた。

「ごめん。ちょっと電話いいかな」

「はい。じゃあ、このあたりで待ってます」

映が言うと、ヒロトはすまなそうに眉を下げた。「すぐ戻るから」と言い置いて、離れていく。

見送りながらふっと「本当に仕事かな」と思ってしまい、そんな自分にうんざりする。ため息混じりに長身の背中から目を逸らして、映は手近の空いていたベンチに腰を下ろした。

手持ち無沙汰《ぶさた》に携帯電話を開いた時、聞き覚えのある声で「深見さん？」と呼ばれる。反射的に振り返って、映は思いがけなさに目を瞠った。

「あ、やっぱり深見《ふかみ》さんだった。こんにちは、お久しぶりです……って言うにはちょっと短いですけど」

首を傾《かし》げて笑う女性は、西峯の妻だ。飲み物の紙カップとすぐ目の前のショップの袋を手にして、映の目の前にやってくる。

すぐさま腰を上げて、映は会釈《えしゃく》を返した。ショップのビニール袋から透ける映画のタイトルを指して言う。

「こんにちは。もしかして、それ観てました？　だったら同じ回ですよね」

「観てました！　実は予告やってる時から気になってたんです。でも、奇遇ですねー。同じ日に、同じ回でって」

屈託のない言葉に笑みを返しながら、そういえば西峯の妻とふたりで話すのはこれが初めてだと思い当たる。とはいえ、一週間前に西峯を交えた三人でランチしたこともあって、彼女の人となりは何となく知っているつもりだ。

結婚披露宴や報告パーティーでの印象通り、控えめで聞き上手な女性なのだ。ただし、前回のランチの時の状況からすると少々「控えめ」という表現が薄くなる。

こちらの話に強引に割り込むことはないが、話を振られると笑顔で応じるのだ。夫である西峯相手の突っ込みはやたら的確で、時にはフォローに回ったりもする。

初々《ういうい》しく微笑《ほほえ》ましい新婚夫婦そのものの様子をお似合いだとごく素直に思ったあの時に、映は自分の中にある西峯への想いが完全に過去のものになっているのを知った。代わりのようにヒロトへの気持ちがどうしようもなく大きく強くなっているのを悟って、途方に暮れた――。

「ごめん、待たせた――」

その時、やや離れた場所から声がした。

ヒロトだとすぐに気づいて、映は顔を上げる。どこをどう回ってきたのか、ヒロトは映の正面、つまり西峯の妻の後方からこちらへと向かってきていた。

映の視線を追うように、西峯の妻が振り返る。その直後、ヒロトが不自然に足を止めるのが目に入った。

「え、……仁人《ひろと》さん、ですよね。あの、お久しぶりです……?」

すぐ傍から聞こえた彼女の声は、けれど映ではなくヒロトに向けられたものだ。

思いがけない展開に動けない映の目の前で、ヒロトがすっと表情を変える。出会って間もない頃に馴染みだった、きれいだけれど思考の読めない胡散《うさん》臭い笑みで、西峯の妻へと視線を当てる。

「お久しぶりです。今日はおひとりですか」

「いえ、彼と一緒なんです。観たい映画が違ったので、彼はまだ中なんですけど」

「へえ」

知り合いにしてはどこかよそよそしい会話を、映は唖然《あぜん》と聞いていた。と、ヒロトがふいに視線を映へと移す。

少し困ったような顔は、もうすっかり見慣れていたはずだ。それなのに、初めて目にしたように思えてどきりとした。当惑する映を見つめて、ヒロトは躊躇いがちに言う。

「ごめん。ちょっとこっち、いいかな」

「は、い」

ぎくしゃくと頷いて、映は西峯の妻に断りヒロトについてやや離れたすみに移動する。その場で見送っている彼女が何か迷う様子をしているのを、思考のすみで奇妙に思った。

「あの、……これってどういう――」

「うん。三か月には足りないけど、残念ながら潮時みたいだね」

「潮、時?」

次の回が始まる頃合いだったらしく、フロアの人影は減っている。そんな中、映は怪訝にヒロトを見上げた。

三歩ほど離れた場所にいるヒロトを、やけに遠く感じた。近づくこともできずその場に突っ立ったまま、映は何度も瞬く。

「そう。まあ、勝負は見えてたんだけど、もう少しくらい……でも、こればかりは仕方ない、かな」

「――――」

近づいてきたヒロトの長い指に頬をひと撫でされて、知らず背すじがびくりと跳ねた。そんな映を見下ろして、ヒロトはふわりと静かに笑う。

「――今日でもう、終わりにしよう」

「え、……?」

「きみと会ってからこっち、話したことは誰にも言わないから安心していい。もちろん、当初の約束も守るよ」

「あの、それ、どういう――」

「本意でもないのにつきあわせて悪かった。短い間だったけど、楽しかったよ。……じゃあ、俺はこれで」

さらりと言ってのけたヒロトは、すでに決まっていたことのようにあっさりと背を向けた。そのまま、大股《おおまた》に映から離れていく。

何が起きたのか飲み込めず、その背中がエスカレーターに乗って見えなくなってからもその場から動けなかった。頭の中ではつい今し方の出来事が何度も再生されていて、なのにやっぱり状況が摑《つか》めない。

「あの、――深見さんて、仁人さんとお知り合いだったんですか？」

ふいにかかった声に、どうにか振り返る。そこに物言いたげな顔の西峯の妻を認めて、映は辛うじて声を絞った。

「知り合い、というか……友人、みたいなものなんです」

「でも、先に行っちゃいましたよ、ね？」

「はあ。そう、みたいです、ね」

ゆっくり答える自分の声はきちんと耳に入るのに、その意味がまだ摑めていなかった。それでも、先ほどの疑問はまだ映の中に残っていて、隙を狙《ねら》ったように言葉になる。

「そちらは、彼とは」

「西峯の、母方の従兄なんです。……ご存じなかったんですか？」

軽く首を傾げた彼女の言葉に、時間が凍ったかと思った。

絶句した映を見つめる彼女の表情が、窺うようなものに変わる。言いづらそうに、けれど気がかりそうに続けた。

「ただ、その……従兄と言っても西峯とはあまり仲がよくないみたいなんです。何ていうか、子どもの頃からやたら西峯のものを欲しがる人で、友達関係でも何かと張り合ってきてたって聞いてるんです、けど」

「――――」

立て続けに入ってきた情報が、けれどうまく整理できない。それでも、彼が名乗った「ヒロト」が偽名ではなかったことだけは理解できた。

「深見さん？　あの」

「……、すみません、僕は急ぎますのでこれで失礼します」

「え、あの！」

言うなり、勝手に足が動いていた。呼び止める声を振り切って、エスカレーターへと走る。乗り込んだそれに人気《ひとけ》がないのをいいことに、一直線に駆け下りた。広い一階ホールを出入り口へと向かいながら、今さらに先ほどのヒロトの言葉が耳の奥で響く。

（短い間だったけど、楽しかった）

（今日でもう、終わりにしよう）

（じゃあ、俺はこれで）

何で、という言葉が頭から離れなかった。

三か月という期限を提案してきたのは、ヒロトの方だ。だったらその間はずっと近くにいられると、それまでに覚悟を決めて訊けばいいのだと心のどこかで安心していた。問いつめて今すぐに失うより、確実な三か月を取った方がいいと思った。

――なのに、どうして今日の今に終わりを突きつけられるのか。約束の三か月まではまだ日数があるのに、こんなふうに唐突に目の前から消えてしまったのか。

……本当に、終わりにするつもりなのか？

広い駐車場を見渡し肩で息を吐きながら、全身がぞくりとする。小さく身震いしながら必死で記憶を掘り起こしても、ヒロトが車を停めた場所を正確には思い出せなかった。おそらくあそこと思う場所に向かって走って、けれど二分後に映はアスファルトの上で周囲を見回している。

ヒロトの車が、見当たらなかった。ナンバリングのない駐車スペースでは「このあたり」と予想がついても、正確な場所までは把握できない。

ぐるりと周囲を探して探して、そのあとで携帯電話の存在に気づく。慌てて取り出して、メールではなく電話をかけた。けれど、聞こえてくる呼び出し音は続くばかりで百近くを数えても出てくれない。

いったん通話を切って、二度三度とかけ直す。三度目に聞こえたのは呼び出し音でなく今は電話に出られないというアナウンスで、ヒロトが電話を無視しているのを知った。

ぞくん、と背中が寒くなった。通話を切って、今度はメール画面を表示する。話したいことがあるから電話に出てほしいと送って再度通話をかけてみて、呼吸が止まった。――今度のアナウンスは電源が落ちている、というものだったのだ。

イヤな予感がした。ぐるりと駐車場を見渡してから、映はようやく次にすべき行動を見つけ出す。映画館の出入り口へと引き返し、その右手にあったバス停に駆け寄った。狙ったようなタイミングで、バスが近付いてくる。行き先表示は最寄り駅だ。すぐさま飛び乗ったバスの座席に腰を下ろし、映はもう一度携帯電話を開く。インターネットに接続し、ヒロトの自宅へのアクセスを調べた。

すぐに捕まえなければ駄目だと、理屈ではなくそう思った。

12

車というものの利便性を、改めて思い知った。

早足に歩く先に目的の茶色い屋根を見つけて、映は小さく息を吐く。足を止めることなく、むしろ早めて半ば駆けるようにして急いだ。

じきに、砂利の敷かれた地面——映が知る限りいつも車を停めていた場所が見えてくる。ほとんど同時に、もしやと膨らんでいた期待はすとんと落ちて落胆に変わった。

「——車はない、か」

つぶやく自分の声を耳にして、ふっと気が抜ける。ここしばらく雨がなかったこともあるが、そもそも砂利が撒《ま》いてある地面にタイヤ痕が残るわけがない。知っていて、つい目を凝らしてしまう自分に呆れた。

ぽかりと空いた駐車場を過ぎて歩を進めると、数メートルほどで玄関先に辿りつく。初めてここに来た時と変わらず、表札はない。

ひとつ息を飲み込んで、映はその表札の下にあるインターホンのボタンを押す。何度も出入りしたから知っている、奥では少し高めの音が鳴っているはずだ。そのまま耳を澄ませて待ってみたものの、家の中で何かが動く気配はなかった。

予想していた落胆とともに目を向けた庭は、気のせいでなく雑草がかなり伸びている。この二週間まったく手を入れていないらしく、少しずつ荒れてきているのは確かだ。視線を転じた先、居間に当たる位置にある掃き出し窓とその奥の映はまだ入ったことのない部屋の窓は、どちらも濃い色の雨戸で立て切られている。そのまま右手に目を向ければ、以前子どもたちが割った玄関横の部屋の窓もまた、きっちりと雨戸が閉じられていた。

先週来た時と同じく、まったく人気がない。誰かがここで暮らしている、気配もない。

……けれど、ここはヒロトの家だったはずだ。

じわりと浮かんできた厭な予想を、頭を振って追い払う。すぐに帰る気はなかったから、そのまま玄関先の段差に腰を下ろした。駅で買ってきたペットボトルのお茶を開け、二口ほど飲み込む。

ふっと視線を感じたのは、その時だ。反射的に顔を向けるなり、道沿いの植え込みの陰から覗いていた小さな顔とまともに目が合う。

物陰から頭だけ出してこちらを見る様子に、巣穴から覗く小動物を連想した。

丸くなった目を何度も瞬く子どもの顔には見覚えがあって、映はつい苦笑をこぼす。確か、玄関横の窓を割った時にボールを返してほしいと訴えてきた子だ。

「……おはよう？」

「お、はよおございま、す？」

尻上がりになった自分の挨拶《あいさつ》の奇妙さに首を傾げたら、同じように疑問形の声が返った。

そろそろと植え込みから出て近づいてくる様子に、やはり小動物だと頬が緩む。

「にいちゃん、きのうもきてたよね。ひとり？　いつものにいちゃんは？」

「いつものにいちゃん？　って」

「ここんちのにいちゃん。せーたかくてぎんいろのくるまにのってる、はんさむ？　ってうか、いろお、おお？」

「色男。ここんとこ見ないけど、ケンカした？」

弟らしい子どもが詰まった言葉を丁寧《ていねい》に言い直して問うてきたのは、よく似た顔の兄らしい子だ。記憶を遡《さかのぼ》ってみて、こちらはガラスが割れた時に親を呼びに行った子だと納得する。

「色男、か。そんな言葉、よく知ってるね」

「おかーさんがいってたー。えと、はんさむ、とはちょっとちがうんだって」

「違うだろ、それ。あのにーちゃんがおかーさんの好みなだけだって」

「このみー。で、ケンカ?」

わかったのかわかっていないのか、弟の方がひとりうんうんと頷く。

脈絡もなく続いた問いが、先ほどの繰り返しだと気づくのに少し時間がかかった。

「喧嘩……は、していないつもりだが」

「えー。でも、ここんとこ、ここんちのにーちゃんきてないよ? ふだんのひにいないのは、まえからだけど」

「ちがうだろ、ちょっと前まではたまにちょっとしか見なかったじゃん。とまったりもしなかったし」

「たまに、ちょっと? ……ここに住んでるんじゃないのか?」

思わず口を挟んだ映に、兄らしい子どもは「うん」と頷く。

「ここに住んでたじいちゃんのマゴで、かたみにここんちもらったんだって。じいちゃんがいたころは、よくとまりにきてたけど、いなくなってからはときどき、まどあけに来たりするくらい? それもまいしゅう来たかとおもったらとうぶん来なかったりで、いつ来るかわかんねーかんじ」

「……そうか」

つまりヒロトは週末だけ、映を連れてここに来ていたわけだ。何とも苦い思いで、映は厭な予想が当たっていたことを思い知る。

先々週の土曜日、ヒロトと別れた映画館からバスと電車を乗り継いだ映が辿りついた時、この家は無人だった。夜まで待っても誰も来ず、いったん帰って翌日曜日にまた来たけれど、やはり車も人影も見当たらなかった。

先週の土曜日は、朝からここで待ってみた。夕方まで粘ってみてもやはりヒロトは現れず、──正直言ってその時点で、ヒロトがここに住んでいないのを確信した。

週末に訪れるたびこの家で感じていた人の気配の薄さは、一人住まいとは別の種類のものだ。例えて言うならホテルの客室にも似て、きちんと整いすぎた結果、住人の癖や匂《にお》いを感じさせなくなったような。

わかっていて、それでも諦《あきら》めきれず翌日の日曜日も一日待った。それが徒労だったのを知っていて、今週もやって来たのだ。今の映にとってはこの家だけが、唯一の手掛かりだった。

──映画館前では通じたはずの電話は、別れた翌日に「この番号は現在使用されておりません」のアナウンスに変わった。送ったはずのメールを見てくれたのかどうかも確かめられないまま、今に至ってもヒロトからはまったく音沙汰がない。

「にいちゃん、やっぱりけんかした？　だったらはやくごめんなさいしたらいーんだよ」

ふと黙った映を気にかけてか、弟の方が気遣うように言う。首を傾げて覗き込んでくるのへ何とも言えない気分で頷いていると、今度は兄の方が声をかけてきた。

「あやまるんだったらはやい方がいいよ。おそくなってこじれたらめんどうって、おとーさんが」

「……そうだな。できるだけ早く、ちゃんと話そうと思ってる」

「うん。その方がいいと思う」

「おもうー。あ、おかーさんだ」

兄に続いて声を上げた弟が、ふいに顔を余所《よそ》へ向ける。つられて目をやると、見覚えのある母親らしい女性が植え込みの傍から怪訝そうにこちらを見ていた。

「ごはんよ」と呼ぶ声に「はーいっ」と笑顔になった弟が、すぐさま駆けていく。兄の方は「にいちゃんまたなー」と笑顔で映の肩を叩いていった。珍しい状況にきょとんとしながら見送っていると、弟から何か耳打ちされた母親が慌てたように頭を下げてくる。

おそらく、映が誰かを聞いて納得したのだろう。応じて会釈を返すと、ほっとした顔で兄弟を連れて離れていった。

遠ざかる声が聞こえなくなってから、映はもう一度庭に目を向ける。どうしようかと、ぽつんと思った。

ヒロトが次にここに来るのが半年後なら、季節はとうに秋あるいは冬だ。加えて、映にはいつ彼がそうするかがわからない。

車を持っているヒロトは、その気になればいつでも来ることができる。映との繋《つな》がりを断つつもりなら、ここを訪れるのに休日を選ぶとは考えにくい。――つまり、週末毎《ごと》にここに通ったとしても会えない可能性が高い。

ヒロトの本名も職業も知らず、住んでいる場所もわからない。連絡手段だった携帯電話はもう、役に立たない。だったらこの家で待つしかなく、それが無意味となると、もはやお手上げだ。

「狙ったみたいだな……」

ぽつりとつぶやきながら、とても苦い気分になった。

最初からこの結末を見ていたからこそ、意図的に何も教えなかったのではないかと思えてきたのだ。そう考えれば、呆気《あっけ》ないほどすんなりとこの状況が腑《ふ》に落ちてしまう。

けれど、と映はあえてそこで歯止めをかける。――西峯の従兄だったとして、どうしてヒロトはそれを隠していたのか。そもそも映に構ってきた目的は何だったのか？

問いは大きく膨れ上がったまま、どんなに考えてみても答えは出ない。それは今さらのことであり、三か月という期限を言い訳に動かなかったのは映の自業自得でもあった。

何もかもが無効になった今、残る選択肢はふたつきりだ。そういう縁だったと割り切ってヒロトのことは忘れるか、――唯一残った手がかりになる西峯を頼るか。

従兄弟《いとこ》同士なら、連絡先を知っている可能性は高い。うまくすれば、職場や居場所もわかるかもしれない。

仲が良くないというのは気になるが、映とヒロトが一緒にいたことは妻経由で西峯にも伝わっているはずだ。その前提で頼めば、西峯は「それはそれ、これはこれ」として割り切ってくれるだろう。

問題は、――ヒロトとの関係をどう説明するか、だ。

西峯は、映の反応に聡《さと》い。恋愛感情こそ辛うじて隠せていたが、それは単に「後輩として懐《なつ》いている」方向にシフトして見せていただけに過ぎない。自分の気持ちをはっきり自覚した今、ヒロトを話題に上らせれば、ただの友人ではないと気づかれる確率は高い。

西峯にとって、ヒロトは身内だ。男同士の恋愛関係云々を知ったらどう反応するかわからない。そして、得てしてそういう場合、身内よりも他人に厳しくなるのが人の常だ。

――西峯との関係が、望まない方角に変わってしまうかもしれない。

それを覚悟の上で、西峯に訊くのか。連絡先を知ったところで、ヒロトが映の気持ちを受け入れてくれるとは限らないのに？

会いたいし、きちんと話がしたい。自分の気持ちを伝えて、ヒロトの気持ちを訊きたい。そう思うのと同じだけ、やめておけとも考える。あれほどの恋人扱いをしながら、結局一度も「好き」とは口にしなかった。それがヒロトの意思表示なのは見えているのに、わざわざ本人の口から聞くことに何の意味がある――と、竦《すく》んだ気持ちで思ってしまう。

ヒロトと会ってからの自分は、どうもこんなふうだ。自分の気持ちが摑めなくて、自分の変化にも気づかない。無駄に惑って見過ごして、結果的に大事なものを見失う。

ぐっと手を握りしめて、映は小さく息を吐く。腰を上げ、先週以上によそよそしく感じる家を見上げた。

大抵のことは即断してきたのが、映だ。西峯への気持ちですら、自覚してすぐ迷いもせず結論を出し行動した。

なのに、今は迷ってばかりだ。たったふたつしかない選択肢を目の前にどうすればいいかわからずにいる。

……幼い日の、あの夜のように。

諦め半分に翌日曜日にも訪れたヒロトの家は、予想した通り無人のままだった。

落胆したまま迎えた週明けに、映は初めて同僚の存在を少しばかり鬱陶しく感じた。

伊東が、彼女との関係を拗らせたままなのだ。長く続く落ち込みようは早々にプロジェクトメンバーに知れて、もはや明けない梅雨《つゆ》扱いを受けている。そのせいだろう、昼休みが終わった早々に映はプロジェクトリーダーにこっそり呼ばれた。

「深見さ、伊東と仲よかったよな。悪いけど、あいつの話聞いてやってくれないか？」

仕事中はそれなりにしゃっきりするとはいえ、休憩となるととたんに湿っぽくなるのだ。なまじムードメーカー的存在だけあって、伊東の周囲への影響は侮れないものがある。防波堤が必要なのも、映にそれを期待されるのも理解できた。

愚痴《ぐち》を聞いて共感しても引きずられることがないせいか、学生の頃からその手の役割には慣れている。伊東の愚痴を聞くのもいつものことで、だからその日の帰り際に「今夜飲みにつきあって」と誘われた時にはあっさり了承した。その結果、ほとんど初めてと言っていい微妙な苛立《いらだ》ちを覚えてしまったわけだ。

考えてみれば、片思いの相手に唐突に距離を置かれた映は恋愛事で悩んでいるという意味では伊東と同じ状況になるのだ。そんなのがふたり寄り集まったのだから、解消以前に自乗されるのが当然かもしれなかった。

「昨日一昨日も何も言って来なかったんだよ。そうなるとさあ、ほとんど決定的だろ？　やっぱりあの男とデートでもしてたんじゃないかって」

「そうとは限らないと思うが」

行きつけの居酒屋でどんよりとつぶやく伊東は、どうやら先週末にも彼女に会えなかったようだ。相当追いつめられているのだろう、周りの空気がこれまでになく重い。

少々面倒になって適当に返したのに気付いたのか、うっそりと顔を上げた伊東は拗《す》ねた顔でこちらを見た。ふーん、と鼻で笑うようにして言う。

「おまえはいいよなー。しょっちゅう誘ってくれる彼女がいて、週末も予定詰まってんだろ……って、それにしては先週は元気なかったよな。今日もメール来てなかったみたいだし。

おまけに今日は帰り際に誘ってＯＫって、もしかして喧嘩でもした？」

「彼女はいないと何度も言ったはずだ」

前々から思っていたが、変なところで目聡い男だ。そもそもメールチェックして落胆したのと届いたメールを確認したのを、どうやって見分けているのか。週末の件にしても、妙にピンポイントで現状を指摘するのはどういうわけだ。

呆れ半分に口にした映の顔は、定番の無表情になっているはずだ。そんな映をしげしげと眺めて、伊東はまたしても「ふーん」と呟《つぶや》く。中身が半分残ったジョッキを口に運び、ちびちびと飲んでぼそりと言う。

「なあ、俺のどこが悪かったんだと思う？　そもそも俺は好みじゃなくて、あの野郎がまんま好みだったからか？　そうなるとさあ、何やったところで無駄だよな」

「――それ、直接彼女に言ってみれば」

胸の内に起こった不快感をそのまま口にしたら、おそろしく平淡な声になった。気付いたもののあえて頓着せず、映は「は？」と顔を上げた伊東を見据える。

「ここに来てからのおまえが言った台詞《せりふ》を全部、真正面から彼女に言えばいいだろ。僕に言っても意味ないしな」

とたん、伊東は苦い顔で黙り込んだ。視線を逸らさず注視していると、ややあって消え入るような声で言う。

「無理。先週とか一度も会ってねえし」

映の問いに、伊東が力なく俯く。その様子に、ヒロトから告げられた最後の言葉を思い出して胸が痛くなった。

「……会ってもらえないのか。本当に別れたとか？」

「それ以前に、どうせ断られるから誘っても仕方ないじゃん？　向こうからも何も言って来ないしさ」

「誘ってないって、もしかして何も話してないのか。けど、連絡はしたんだろ？　例の男のことは訊いてみたのか？」

「や、だから連絡しづらくて、つい」

言葉を濁す同僚を目にして、同情に傾いていたはずの気分が逆戻りする。反動で戻り過ぎたらしく、伊東を見る目が冷ややかになっているのが自分でもよくわかった。

「つまり、彼女と話す以前に連絡もしてないってことか。それでこうやって愚痴ってると？」

「誘っても断られるんだって言ったろ？　だったら連絡するだけ無駄じゃん」

伊東の言い分に、さらに気分が醒《さ》めた。ばつが悪そうにこちらを窺う視線にすら、苛立ちが起きる。

「……へえ？　そんなわけのわからないことやってるくらいなら、とっとと別れた方がよさそうだな」

「何だよその言い方。言っとくけどオレ、別れる気はないからなっ」

「だったら今すぐ彼女に電話しろ。で、今言ってたの全部話せ」

「んなこと言ったってさ」

うだうだと言い訳を始めた伊東を見ながら、本気でむかついてきた。連絡しようにもできない映を目の前によく言えたものだと八つ当たり気味に考えてしまう。

と、その表情に気づいてか伊東はとても厭そうな顔になった。

「愚痴聞かせたのは悪かったし、聞いてもらってありがたかったとも思うけどさ。そういうの、深見にだけは言われたくねえよ」

「どういう意味だ」

「深見、彼女いないんだろ？　興味ないし、今まで作ったこともないって言ってたよな？　そんなやつに、俺の気持ちなんかわかるとは思えないね」

珍しく険を含んだ伊東の言葉に、映は眉を顰めた。

あいにくだが、今の映は先の見えない片思い中だ。とっかかりはあっても摑むには覚悟が要《い》る上に、それでうまくいくとは限らない。

伊東の場合、問題になるのは本人の気持ちだけだ。年単位で両思いだった過去を思えば、希望など膨大にあるはずだった。

ぐっと奥歯を噛んでから、映は意図的にため息をついてやった。

「なるほどね。で？　そうやって愚痴ってればいずれ解決するとでも？」

「う、いや、その」

「その男が誰かもわからないままなんだよな。おまえが勝手に間男だって決めつけて、ひとりで落ち込んでるだけだろ。ちゃんと彼女と話し合いもせずに、だ」

　基本的に気のいい伊東は、映の反論に苛立つ前に先ほどの自分の発言を悔いているらしい。申し訳なさそうな顔で俯くあたり、人が好《い》いのは確かだがある意味では見事なヘタレだ。その全部を承知の上で、映はあえて尊大に言い放つ。

「伊東さ、自分の態度が傍目にどう映るか考えてないだろ。……何も知らない彼女から見れば、一方的に愛想尽かされたとしか取れない真似をしてるって自覚はある？」

「はあ⁉　何なんだよ、それっ」

　ぎょっとしたように顔を上げた伊東は、わかりやすい焦り顔だ。それに構わず、映は事務的に言う。

「何の前触れもなく誘いが間遠になって、しまいには連絡が来なくなった。それって、彼女にとってはいきなり恋人からの連絡が途絶えたってことだろ。会いたくないっていうおまえからの意思表示にしか見えないと思うが？」

「いや、だけどあいつ他の男と内緒で会っててっ」

「なるほど。おまえの彼女って、そんな尻の軽い子だったんだ」

「ちょ、んなわけないだろ！　真面目で一生懸命で、どっちかっていったら騙《だま》される方でっ」

「へえ？　だったら今頃泣いてるかもな」

さっくり告げた映の言葉に、伊東がその場でフリーズする。数秒後、掠《かす》れた声で「何で」と訊いてきた。

「真面目で一生懸命な子だったら、恋人に理由も言われず放置されたらショックだろ。まあ、このまま放っとけば彼女の方から、おまえを諦めて離れていくだろうけどさ」

目を瞠って固まった伊東は、どうやらそういった可能性をまったく考えていなかったらしい。仕事上は気配り目配りが利《き》くのに彼女に関しては精神的近視かと呆れ気味に思い、つまりそれだけ好きなのだろうと内心で納得する。

「――……まじで？」

ややあって訊いてきた声は、地を這《は》うように低い。それへ、映はさらりと言う。

「おまえが彼女の立場だったらどう思うか、考えてみれば？」

再び思案に落ちた伊東は、けれどこの時は数秒で復活した。慌てたようにスーツのポケットを探り、スマートフォンを取り出す。急ぐ余りにか操作をたびたび間違えたようで、小さな舌打ちとともに何度も顔を顰めた。ようやくうまくいったらしく、画面を眺めてほっとしたかと思うと深刻な顔になって耳に当てている。

すぐに始まった会話を、けれど意図的に耳には入れずに半分以上手つかずの料理に箸を伸ばした。それでもちらちら聞こえてきた伊東の声が、さらに焦ったような色を帯びていくのがわかる。

「深見ごめん、俺、今日はこれで行くっていうか、玉砕してくるからっ」

「どうぞ？　支払いは明日請求する」

「ありがとう恩に着るっ」

一息で言い放って、伊東はがたがたと席を立った。混《こ》み合った居酒屋店内を振り返りもせず出入り口へと突っ走っていく背中を微笑ましく見送ってから、映は目の前の状況に気づく。

二人でオーダーした料理のほとんどが、半分以上残っているのだ。そして伊東と食事に来た場合、三分の二を片づけるのが伊東だった。

……どう考えても、食べきれそうにない。

テーブルの上を眺めただけで食欲が失《う》せて、映は小さくため息をついた。


翌日、伊東は通常通り出勤してきた。——ただし、前日までとは真逆の元気いっぱいで大盤振る舞いな笑顔で、だ。

それだけで、顚末《てんまつ》は察しがついた。経緯を知らない周囲にもわかったらしく、呆れたようなほっとしたような空気がフロアに流れた。映はわざわざチーフに呼ばれ、小声で「よくやってくれた」とねぎらわれた。

以前から何となく思っていたが、現在所属中のプロジェクトチームは人間関係がやたら和やかだ。ふたつ前に入っていたチームで同様のことが起きたとして、あんな気遣いは貰えなかったに違いない。

感心しながら午前中の仕事を終えた昼休み、映はいつものごとく伊東とランチに出かけた。行きつけの喫茶店でオーダーを終えるなり「無事解決した」と報告してきた伊東曰《いわ》く、ほぼすべてが誤解だったという。

「ほぼすべてって、どこからどこまで」

「それがその、間男だと思ってたヤツが実はそうじゃなかったところから」

「……前提も前提だろ、それ。彼女、可哀想に」

呆れ顔で言った時、オーダーしていた限定ランチが運ばれてくる。常では映が譲って先に伊東の前に置かれるトレイだが、今日は当然のようにまず映の前だ。もちろん、伊東の指示によるものだ。

「その、実は昨日、会ったとたんに嫌いになったのかって大泣きされてさ」

悄然となった伊東を横目に、映はさっさとランチに箸をつける。目顔で先を促すと、伊東は叱られて反省した小学生の風情で続けた。

「あんなに泣かれたの初めてで、すげえ驚いた。おまえに言われた通り全部話したら、何でそんなことになってるんだってもっと泣かれてさ。——彼女、俺のためにサマーセーター編んでくれてたんだって」

「サマーセーター？」

「うん。彼女の親友が編み物得意なんだけど、会った時にたまたま自分で編んだの着ててさあ。すげえな、手編みっていいなあってって褒めたことがあったんだ。ただ、彼女って料理は得意なんだけど手芸や裁縫は苦手だって知ってたから催促したつもりはなかった。その、時々夕飯作りに来てくれるだけで十分だったし」

けれど彼女の方は、伊東の発言に奮起したらしい。とはいえ苦手な上に初心者ともなれば時間がかかるのは必須の上、仕上がりに妥協せず何度もほどいて編み直していた。結果、仕事終わりや休日には自宅に籠《こ》もりっきりで没頭し、集中するあまり伊東からの誘いを断ったり、電話やメールに気付かなかったりといった状況になっていたのだそうだ。

ちなみに件《くだん》の間男はつきっきりで彼女に編み物指南していた彼女の友人の恋人で、一緒にいた時は彼のサイズが伊東とほぼ同じと見て採寸させてもらっていたという。当然のことに、彼女の親友もその場にいたのだそうだ。

「よく見れば三人いるのはわかったはずとか、疑うんだったらその場で声かけて欲しかったのにって逆ギレされた。証明するって彼女の親友と彼氏も呼び出して、最後は三人がかりで絞られたんだよな。その、彼女も先週くらいからすごい悩んでたらしいんだ。……俺の様子たじたじになった伊東が「だったらサマーセーター編んでるって教えてくれたらよかったのに」と口にしたら、「サプライズにするつもりだった」と睨まれたのだそうだ。

「……あのさ、それ、別の理由もあるんじゃないか？　初心者で苦手な編み物で、しかもサマーセーターって大物だろ。ちゃんとできるかどうか不安だから、おまえには言えなかったとか」

うっすら思いついたことを口にした映に、伊東は目を丸くした。額を押さえて「あー……」と呻《うめ》いたかと思うと、いきなりテーブルに顔をぶつける勢いで頭を下げてくる。

「たぶん、そう。いろいろごめん。そんでありがとうな。全部、深見のおかげだ」

「はいはい。まあ、うまく行ってよかったんじゃないのか」

歯が溶けるほど甘いものを飲まされた気分で苦笑いした映に、けれど伊東は顔を上げ、真面目に言った。

「うん、まじであそこで背中押してもらってよかった。でないと俺、自分からは動けなかったと思う。そしたら絶対、一生後悔することになってた」

「頑張ったのは伊東だろ。うまく行ったからそう思えるのもあるだろうしさ」

「それはない。別れて後悔したかもしれないけど、それより何もせずに後悔する方がキツかったと思うよ。何てーのか、絶対にしたくない類《たぐい》の後悔、ってやつ」

首を横に振って、伊東が断言する。それがやけに大仰に聞こえて、映はつい苦笑した。

「絶対したくないって、そこまで言う？」

「俺、あいつには本気で惚《ほ》れてますから。何もしなかったせいであいつの方から諦められるって、そんなん絶対あとを引く」

部分的に敬語になったのは、どうやら自分の台詞に照れたせいらしい。赤くなった顔を半分手で隠すようにして、伊東は続けた。

「それってさあ、一押ししたら届くはずの未来を手前で諦めるのと一緒じゃん。よく考えてみたらさ、はっきり駄目だってわかったらそれなりに折り合いがつくっていうか、諦めもつくと思うんだよな。悔いはあっても未練はないっていうか」

「……ふうん」

伊東の勢いに、少々どころではなく気圧《けお》された。半分呆気に取られた気分でじっと眺めているうちに、伊東は自分の台詞を思い返しでもしたらしい。それでなくとも赤かった顔をさらに真っ赤に染めて、「いや今のは流して！　てか忘れろー」と訴えてきた。

映はいつもの顔で頷いた。無理やりのように仕事の話を始めた伊東に合わせながらランチに箸をつける間も、昼休みを終えて午後一番のミーティングに出ている時も、その言葉は奇妙なくらい頭のすみに残って消えなかった。

いずれにせよ、終わりよければすべてよしだ。そんな結論に落ち着いたその日の仕事上がりに、映は伊東から夕食に誘われた。

「……僕より彼女と行った方がいいんじゃないか?」

「いや、その彼女も一緒だから。礼がしたいから絶対、深見も一緒にって言われてんの」

「礼って、何で僕に」

「何で急に電話してきたのかって訊かれたんで、深見に彼女が可哀想だって尻叩かれたって白状した。あ、今日は全額俺の奢《おご》りなんで遠慮はナシな」

正直に自己申告したらしい伊東に、呆れると同時に感心する。

ふだん要領よく立ち回るくせにこういう時だけ不器用になるから、どうにも憎めないのだ。

結局、映の断りはすべて聞き流されて、伊東の恋人の行きつけだというダイニングバーに連れて行かれることになった。

「深見さん、お久しぶりですー」

満面の笑みで迎えてくれた彼女に丁寧に礼を言われ、頭まで下げられた。傍で見ていた伊東が慌てたように倣《なら》うのを眺めながら、いいカップルだとつくづく思う。

以前にもひょんなことで三人で食事したことがあったけれど、伊東も彼女もけして映を蚊《か》帳《や》の外に置かないのだ。映が知らない話はまず出さないし、たまに出た時はどちらかが説明してくれる。ふたりだけで勝手に盛り上がることもない。気配りという意味合いでもよく似た恋人同士だと思う。

感心して眺めながら、ふっと最初の頃にヒロトから突きつけられた言葉が耳の奥でよみがえった。

（もちろんその後は二度ときみに近づかないし、関わらない）

改めて、思い知る。その終わりは映にとってはイレギュラーだったけれど、ヒロトにとっては駄目だったという結論を出した結果だ。

そのままで、本当にいいのか。どんな後悔を、することになるだろうか。

結論は、簡単に出た。未練も悔いも、盛大に残る後悔だ。なのに、今も映は動けずにいる。

ヒロトに、会いたい。疼《うず》くような胸の痛みが訴えるのはそればかり、なのに。

（そうやって愚痴ってればいずれ解決するとでも？）

耳の奥でよみがえったのは、昨夜映自身が伊東に突きつけた言葉だ。八つ当たりと苛立ちばかりで放ったそれに、返す刀で痛いところを抉《えぐ》られる。

……きちんと話そう、わけを訊こうと思いながら言い出せず、一度もヒロトとまともに話をしなかった。せめて自分の気持ちだけでも伝えればいいものを、言い訳するばかりで言えずじまいだった。

必死で考えて、会いたくてヒロトの家を訪ねた。――けれど、それはあそこにヒロトがいないことを薄々察してのことではなかったか。陸運局に車のナンバーを照会すれば現住所が知れるとわかっていながら動かなかったのは、仕事だけが理由ではないのではないか。

……住所を知って訪ねた結果、もう関係ないと切り捨てられるのを恐れたのだ。伊東にものを言えた立場ではなく、映もまた自分ひとりで悩んでいる気で、実際には何もできずにいる。それはつまり、このまま終わっても構わないと消極的に認めていることにならないか。最寄り駅で電車を降りての帰り道、マンションへと続く通りを歩きながら、映は静かに自分を問いつめていく。

縮こまって自分を抱き抱えて、「どうしよう」とつぶやいたところで物事は何も解決しない。それは、映自身が誰よりもよくわかっていたはずだ。

等間隔に光を落とす街灯の下、足を止めて映はマンション横の私道に目を向ける。いつもヒロトが車を停めていた場所を見つめて、唐突に——待っていたように急に思う。

駄目なら駄目で、ぶつかってみればいいのではないか、と。

このまま何もしなければ、どうしたって駄目になる。だったら直接ヒロトと会って、自分の気持ちを告げた上で礼を言って終わりにした方がきっといい。

……ヒロトにどんな思惑があったとしても、楽しい時間を貰ったのは事実だ。それを感謝した上で気持ちを告げ、結果断りを受け取ったなら、きっとこの気持ちにもケリがつく。

ヒロトへの気持ちからは、西峯へのそれとはまるで違うものをたくさん貰った。だったら曖昧に未練を残すより、はっきり終わってしまった方がいい。

西峯が、どう思うかはわからない。けれど、映が本気で頼めばきちんと聞いてくれる人だ。

それに、映が言いたくないことを無理に言わせようとはしない。それを、映はよく知っていたはずだった。

「――西峯先輩に対しても、失礼なことを考えてたわけだ……」

ぽつんとこぼれた声は自嘲《じちょう》混じりで、けれど妙に落ち着いていた。短く息を吐いて、映はマンションのエントランスに足を踏み入れる。胸ポケットから取り出した携帯電話の、メール画面を開きかけて手を止めた。

時刻はとうに二十三時を回っている。独身の友人ならともかく、新婚の先輩に電話するには遅い。

明日にしようと思い直して、携帯電話をポケットに戻す。郵便受けの鍵を解除し扉を開いた先に小さな包みを見つけて瞬いた。

通信販売で何かを買った覚えはないし、誰かから何か送るという連絡も受けていない。というより、そもそもこうした小包でものをやりとりするような相手は存在しない。

胡乱に思いながら包みを手にとって、映は大きく目を瞠った。

手のひらに乗るほどの大きさのそれは、白に複数色の細いラインが描かれた包装紙でくるまれている。伝票の類でなく直接書かれているのは、宛名である「深見映様」の四文字のみだ。住所の記入はなく、そうなると当然のことに消印の類もない。

その文字に、見覚えがあった。

「………ヒロト？」

包みをひっくり返してみたけれど、差出人の記名は見あたらない。もう一度宛名に目を向けて、映は少し右上がりの端正な文字を見つめる。

連絡はメールか電話ばかりで、ヒロトから手紙の類を貰ったことは一度もない。けれど、出かけた先の美術館や展覧会でヒロトが記名するのは何度も見た。平然と「ヒロト」とだけ書いた続きに映の名前も記してくれた、それと同じ癖の文字だ。

消印がないということは、直接投函したのだろう。伊東の誘いを断ってエントランスで待っていれば、顔を見ることくらいはできたのだろうか。一瞬でそこまで考えて、そんな自分に呆れた。

「何、……？」

けれど、ヒロトが今、何を送ってきたのか。

遅れて浮かんできた問いに、ふいに胸苦しくなった。

無意識に胸元を押さえて、映は足を早める。早く自宅に帰って、中を確かめたかった。

13

その週の木曜日に、映は西峯と夕食をともにすることになった。

場所は、西峯の会社の最寄り駅から二駅先にある和風ダイニングバーだ。勧めてくれた伊東曰く、和食料理が美味しく地方の地酒も扱っているのに加えて個室も備えているため、周囲を気にせずゆっくり飲めるのだという。

予約していたため、入り口で名乗るとすぐに奥の部屋に案内された。三畳ほどのコンパクトな個室だが、畳敷きで掘り炬燵《ごたつ》形式になっているためゆったり過ごせそうだ。

案内してくれた店員にまずとばかりにビールを頼んだ西峯は、お絞りを使いながら興味津津で室内を見回した。その様子にほっとしながら、映は彼の前にメニューを広げて言う。

「何でも、好きなものを頼んでいただいていいですよ。僕の都合でお呼び立てしましたし、今日はご馳走します」

「マジか。って、後輩に奢らせるのはなあ……んー、じゃあ割り勘でよろしく。おまえの都合で呼ばれたんだし、奢ってやんない」

怪訝な顔で言い出して、最後はにやりと笑って言う。西峯のその顔に、つい頬が緩んだ。

火曜日に電話して、「早急に時間を空けて会ってほしい」と頼み込んだのだ。今考えてみても急すぎたし、こちらの都合を一方的に押しつけた。

なのに、西峯はふたつ返事で了承し、今日という日を空けてくれた。それで割り勘を主張するあたり、やっぱり敵《かな》わないとつくづく思う。

ビールを運んできた店員に食事をオーダーし、とりとめのない話をしながら飲み食いする。

気持ちは逸《はや》ったけれど、食事中に話を切り出すつもりはなかった。

思い返してみれば、西峯とこんなふうにふたりきりで飲むのは一年以上振りだ。気づいて懐かしくなった映とは違い、西峯には思うところがあったらしい。皿がほぼ空いた頃合いでおもむろにテーブルに肘《ひじ》をつき、まじまじと映を見つめてきた。

「そんで？　何がどうしたよ？」

言葉面は無造作なのに、声音に気遣いが溢れているのも西峯らしい。そのことに安堵《あんど》と緊張を同時に覚えながら、映はおもむろに居住まいを正した。無意識に、右手でネクタイに触れながら言う。

「先輩の従兄の、ヒロトさんですが……居場所を、教えていただけないでしょうか」

この人相手に、下手《へた》な誤魔化《ごまか》しは無意味だ。ストレートに告げた映に、西峯はきょとんと目を丸くした。

「は？　そりゃ本人に訊いたらいいんじゃねえ？　おまえら、休みに一緒に映画に行く仲なんだろ」

「それが、少し前から音信不通になっていまして」

「何だそれ、喧嘩か？　映にしちゃ珍しい……って、だったら今から仁人のやつ呼び出そうか？」

言うなりスマートフォンを取り出した西峯に、映は少し早口に言う。

「いえ、そうじゃなく居場所というか、現住所を知りたいんです。確実に捕まえたいので」

「……いや待て。何なのおまえら、どういう喧嘩だよ。って、そもそも音信不通って何。着信拒否でもされてんの？　映がそこまでされるって、予想つかないんだけど？　それに現住所知らなくても会社がどこかくらいは聞いてるだろ。それこそ待ち伏せれば簡単に捕まるんじゃ——」

言葉の途中で、西峯が半端に黙る。露骨に顔を顰めたかと思うと、そろりと言う。

「もしかして、会社も知らないとか言う？　で、どこに住んでるかも聞いてない、と。……ちょっと待てよ、マジで着信拒否されてんの？」

「それ以前の話と言いますか、携帯電話を解約したみたいなんです。繋がらないだけじゃなく、アナウンスがそうなってますし」

「それ、いつの話？　俺んとこには何も連絡来てないんだけど」

「え、……」

不思議そうな西峯の声音に、虚を衝《つ》かれる。つい先ほど、西峯は簡単に「今から呼び出す」と口にした。それは、彼のもとには変更の知らせが届いていないということにならないか。

似たようなことを思ったのか、西峯が思案顔になる。「んー」と唸《うな》ったかと思うと、握ったままのスマートフォンを操作しながら言う。

「おまえが知ってる仁人の携帯ナンバーって、どういうの」

「あ、……はい」

言われて、映は自分の携帯電話を引っ張り出す。消去できずにいたヒロトのナンバーとアドレスを表示し、西峯に差し出した。

スマートフォンと携帯電話を見比べた西峯は、すぐさま納得したように頷く。

「あー、こりゃ全然違ってるなあ」

「……そう、なんですか？」

「番号で合ってんのは最初の三桁《けた》だけ。アドレスは掠ってもないってか、そもそもキャリアが違う。おまえ、このナンバーとアドレスっていつ教わった？　俺が交換したのって三年くらい前なんだけど」

「――――」

最後にさらりと付け加えられた内容に、ずんと肚《はら》の底が重くなった。――つまり、ヒロトが映に教えた連絡先は通常使っているものではなかったわけだ。

「んで名前表記がカタカナで『ヒロト』だけって……うん、あのな、映？」

ぱちんと音を立てて、西峯が映の携帯電話を閉じる。差し出しながら、ふっと声音を低くした。

「どういうことか、ちょい説明訊きたいんだけど？」

西峯のこういう顔は、部活の試合中によく目にした。笑っているはずなのに笑顔に見えないのは目つきが臨戦態勢にあるからで、さらに言うならこうなった西峯は相手が誰であれ容赦しない。

知っているだけに、硬直した。——この視線をまともに向けられたのは、これが初めてなのだ。

「あいつ、何やらかした？　隠さず素直に言ってみな」

「………………！」

低く告げられた言葉で、思い知る。ターゲットになったのは映ではなく、ヒロトだ。

まずいと思った時にはもう、言葉が口からこぼれていた。

「いえ、やらかすのは僕の方なんですが」

「——は？」

臨戦態勢そのものだった西峯の顔が、不意に崩れる。その変化を目にして、思考のすみで「可愛いかも」と思ってしまった。

「好きなんです。僕が、彼を」

気負う前にすとんと落ちた言葉に一瞬だけ怯んだけれど、それで肚が決まった。口に出した以上なかったことにはできないし、するつもりはない。そう考えたらさらに冷静になれて、映は静かに西峯を見返す。よほど意表を突かれたのか、西峯は口を開けて凝固したままだ。

「告白する踏ん切りがつかずにいるうちに、もう会わないと言われたんです。このままでは諦めきれないのできちんと会って話したいんですが、こちらの意図を知られたら逃げられかねないので居場所だけ教えていただければと」

「い、ばしょって、すき、って映、おまえ」

「僕の一方的な片思いです。彼の方におそらくその気はなくて、だからこそ離れていったんじゃないかと」

「…………」

「もちろん、これで最後にします。自分のことなので、自分で話もつけます。先輩にも、彼にも絶対に、迷惑はかけません。……勝手を言っているとは思いますが、どうかお願いできないでしょうか」

言うべきことは言ったと映が深く頭を下げてからも、西峯は固まったままだ。それでも、少しずつ表情が変化しているのは見て取れる。

西峯が口を開いたのは、それから十数秒ほど経ってからだった。

「——映、さ。そういう、笑えない冗談は」

「冗談に聞こえます?」

「聞こえないから困ってんだけど」

開き直って苦笑したら、何とも複雑そうな顔で言い返された。途方に暮れたようなその表情が珍しくも意外でもあって、映は首を傾げてしまう。

「困ります、か？」

「ふつう困るだろー。いや、おまえに好きなヤツができたのは嬉しいってか、恋人になりたいんだったらいくらでも協力する気はあるけどさ。その相手が俺の従兄でしかも野郎とか、いきなり言われたら誰でも困ると思わんか？」

文字通り頭を抱える様子に、嫌悪する前に困惑しているのがあからさまに伝わってきた。言われた内容を反芻《はんすう》し、西峯の立場に我が身を置き換えてみて、「それは確かに困るだろう」と納得する。同時に、西峯の表情にも目の色にも侮蔑の色がないことに安堵した。

「……確かに困りますね」

「だろー!? これで困らんでいつ困るってやつだよな!? ああもう……で？ どういうことか、説明する気はあんのか」

「説明、ですか」

少々困ってまた首を傾げた映を見て、西峯はがしがしと頭を掻《か》き毟《むし》った。

「あー、いや、前言撤回する。説明は聞きたくなくなった。代わりに質問するから正直に答えろ。絶対に嘘はなしだ。いいか？」

真顔になった西峯の言葉に、考える前に背すじが伸びた。頷いて、映はもう一度座り直す。

「まず、ひとつめな。あいつ、おまえに何かろくでもないことやらかしてないか？」

「……まったくないとは言いませんが、基本的には合意の上ですね」

嘘をつく気はないが、西峯に突っ込まれる隙を見せるつもりもない。あえてきっぱり断言した映に、真向かいの先輩はわずかに眉を寄せた。仕方なさそうに息を吐いて言う。

「んじゃ、次。おまえ、まじで本気なんだよな？」

「こんなこと、西峯先輩相手に嘘で言えるほどの度胸はないですよ」

「おまえねえ……どっちかってーと、本気で言う方がずっと度胸いると思うんだけど？　ってか、仁人も何考えてんだか……」

露骨な呆れ顔はけれど親しみを帯びていて、映だけでなくヒロトにも向けられているようだ。それが意外に思えて、映は思わず口を開く。

「先輩とヒロト、さんて……仲がよくないんじゃなかったんですか？」

「あー、それうちの奥さんが言ってたんだろ？　うん、実は結構違う。奥さんを庇《かば》うんじゃないけど、いや庇ってるけどそれ誤解。てか、奥さんは親類から吹き込まれたんだよ」

「親類……」

つぶやいた映に、西峯はとても厭そうな顔で付け加える。

「身内の面倒ってかつまらない事情があって、勝手にそんな話になってんだよ。実際は事実無根」

事情はまったくわからないが、面倒な親類がどんなものかは知っている。追及する気になれず黙った映に、西峯は飄々《ひょうひょう》と続けた。

「うちの奥さん、仁人とは二回ほど会っただけなんだよな。初回は結婚決まって年始に祖父《じい》さんとこに挨拶に行った時で、紹介はしたけどほとんど話はしてない。結婚披露宴の時は、たぶんすれ違った程度。そもそも親類が同席する時は仁人も俺に近づいて来ないしさ」

「結婚披露宴て、……ヒロトさん、来られてました？」

映たちのテーブルは親族席にそこそこ近かったし、西峯の親族は総出で挨拶に回っていたはずだ。その中にヒロトがいたなら覚えているはずだが、まったく記憶にない。

「あいつ、列席はしてねえもん。カメラと子守引き受けてくれてて、ほとんどスタッフ扱いだったし」

西峯曰く、母方の従兄になるヒロトとは幼い頃から諸々の事情で疎遠にしていたのだそうだ。付け加えて言えば披露宴に招待した親類は三親等までで、ヒロトを招《よ》ぶ予定は当初からなかった。

その状況が、式の一か月前に変わった。単身赴任中の父方の伯父の代理として出席予定だった従姉《いとこ》に、初のおめでたが発覚したためだ。

伯父伯母が飛び上がって喜ぶ慶事だったが、直後から始まったつわりがあまりにひどいため、式への出席を見合わせることになったのだ。そして問題は、生来子ども好きで写真を趣味にしていたその従姉が、挙式披露宴を通しての子守と身内の写真撮影を引き受けてくれていたことにあった。

写真にしろ子守にしろ、早めに次の手配が必要だ。前者は親類の誰かに改めて頼んで、後者は式場に掛け合ってみる——という話を祖父母宅で話したその翌日に、ヒロトから「それ、自分がやろうか」との連絡が入ったのだそうだ。

「意外なことに、あいつ子ども受けはいいんだよな。カメラもそこそこ扱えるって言うし、じゃあ席も用意するって言ったんだけど、本人から面倒だからいらないって言われてさ」

それではヒロトの立場がないと申し出そのものを固辞しようとしたら、「こっちにはこっちの利があるから」と言われ押し切られたのだという。

「当日になってみたら、あいつ眼鏡《めがね》と前髪で顔を半分隠した上に服装から物言いや雰囲気まで変えてたんだよな。ずっとスタッフですって顔で動いてたし、子どもにも忍者ごっことか言って口止めしてたんで、親類の半分も気づいてなかったくらいだ」

「顔、隠してたんですか……」

「あいつの顔、目立つから気い遣ったんだろ。……なるべく親類と関わりたくなかったっていうのもあるんだろうけどさ。正直、よく身内の写真なんか引き受けてくれたもんだと今でも思うよ」

首を竦めた西峯の言い分からすると、相当に厄介《やっかい》な事情がありそうだ。何とも言えない気分で息を吐いた映を、西峯はじっと見つめてきた。

「あー……要するに、アレか。あいつ、映の顔が見たくて出てきたのかも。利があるってそういうことかー」

妙に納得したように言われて、思いがけなさにどきりとした。

「いや、待ってくださいよ。何でそこで僕ですか」

披露宴で初めて映を見たというならともかく、その前に会いたくてというのはいくら何でもあり得まい。そう思って声を上げたのに、西峯は何やらばつの悪そうな顔になった。

「……話戻していい？　仁人とおまえが知り合ったきっかけだけど、先に声かけてきたの仁人の方で間違いないよな？」

「そう、ですけど」

「うん。じゃあやっぱり披露宴は映の顔見たくて出た、でビンゴだろ。つーか、その原因作ったの、たぶん俺だ」

「——はい？」

予想外の言葉に、映はきょとんとする。それを申し訳なさそうに眺めて、西峯は言う。

「大学ん時の話だけど、祖父さんちで年末年始に仁人と出くわしたんだよな。それも珍しかったんだけど、滅多にないことにあいつから声をかけてきてさ」

「はあ」

「さっきも言ったけど、面倒な理由があるんで親類の前では俺とあいつは距離を置いてるんだよ。ってか、仁人の方が俺がいそうな時期には祖父さんちに来ないようにしてるらしくてさ。——仲が悪いんじゃなくて、疎遠にしてただけなんだよ。あいつ、ちょい屈折してるけど中身は面白いヤツだしさ。まあ、向こうが俺をどう思ってるかは別としてだけど。で、そん時に部活のことで話し込んでさ、ピンポイントで映のこと訊かれたんだよな」

「……は、い？」

言われた意味が、すぐには飲み込めなかった。目を瞠った映を眺めて、西峯はこめかみを揉《も》む。

「仁人も中学まではバスケやってたんだけど、部活の話はむしろ露骨に避けてたんだよ。それがいきなり言われたんでびっくりしてたら、どっかで試合のビデオ観たって言われてさ。映が後半だけ出てた、一年の時の試合」

「——僕、ですか」

「そう。まあ、他にもいろいろとこう、映の話で盛り上がったっていうか」

やや上目遣いになった西峯の表情は悪戯《いたずら》が見つかった子どもの風情で、見たとたんに合点がいった。

「もしかして、ヒロトさんに話しましたか。僕の眼鏡が伊達《だて》だとか、映画が好きとか」

「うん。すごい勢いで映を褒めてくれるから、つい自慢した」

「自慢って、先輩」

「映のパスワークが鋭くていいとか、立ち位置が的確で速攻のタイミングが絶妙とか、ベタ褒めだったんだよ。それがすげえ嬉しくてさあ」

当然とばかりにひとり頷く様子に、何とも言えず脱力した。

「先輩……僕は、大学ではずっと控えだったんですよ」

「けど俺はおまえのパスが一番受けやすかったの。自慢の後輩をさ、面と向かって褒められたら嬉しいだろ？　……そりゃまあ、今考えるといろいろ余計なことまで言ったけどさあ」

前半で胸を張ったかと思うと、後半の台詞で悄然となる。そうして、短く息を吐く。

「あとさ、すごい個人的なことだけど。あいつがあんなふうに俺に話しかけてきたのって初めてだったんだよな」

懐かしそうに、嬉しそうに言う様子に、西峯のヒロトへの感情が透けて見えるようでつい笑ってしまっていた。

要するに、ヒロトが知っていた映に関する情報は西峯から得たものだったわけだ。道理で、高校や大学時代のことに詳しいわけだと納得した。

（やたら西峯のものを欲しがる人で、友達関係でも何かと張り合ってきてたって）

西峯の妻のあの言葉を、ふと思い出して違和感を覚える。張り合うも何も、そもそも西峯とヒロトではタイプが違い過ぎてぴんと来ない。そう考えて、そのあとで思い直した。

最初のホテルの夜、ヒロトは何かと西峯を引き合いに出していたのだ。そもそも映を脅す口実に、西峯を使ってもいた。

西峯が、ヒロトに好感を抱《いだ》いているのはわかった。けれど、ヒロトはどう考えているのか。

「あの、……じゃあ、ヒロトさんが先輩に張り合ってるって話は」

「あー……それ、なあ」

西峯が、珍しく言葉を濁す。その様子に、踏み込み過ぎだとすぐに悟った。息を吐きネクタイを握り込んで、映は頭を下げる。

「すみません、立ち入りすぎました」

「ん、いや。そうじゃなくてだな……」

困ったように言い掛けて、西峯は急に黙った。そのままじいっと映を見つめてくる。顔ではなく手元に視線が向けられて、無意識に居住まいを正す。急な沈黙の意味がわからず戸惑いながら、それでもどうにか言った。

「やっぱりいいです。機会があれば、直接訊きます」

「んー……映さあ。そのタイピンて、仁人が作ったやつ？」

「貰った、んだとは思いますが、作ったかどうかは」

言って、映は手元のネクタイと、そこに留めたネクタイピンを見下ろす。

シルバーのシンプルな形をしたそれは、月曜日に郵便受けに入っていた包みの中にあったものだ。揃いのカフスボタンと一緒にそれぞれ薄紙にくるまれていたが手紙の類はなく、よく見れば包み紙のすみにたった一行の走り書きがあった。

気に入るようなら使ってほしい、という。

「そっかー……そうなんだ」

映のネクタイ——おそらくネクタイピンを見つめたままで、西峯が言う。何とも複雑そうな表情に、居たたまれないような気恥ずかしいような気分になった。それでも、映は気になっていたことを口にする。

「今、作ったって仰《おっしゃ》いました？」

「うん。それ、仁人から貰ったんだろ？　だったらあいつが作ったやつだと思うぞ」

当然のように言われて、もう一度ネクタイピンを見下ろす。おそらくプラチナで、深い青の小さな石が埋め込まれたそれは他に装飾らしい装飾のないあっさりしたものだ。

「作った、んでしょうか。すごく、好みではあるんですけど」

「ん？　直接貰ったんじゃないの？　だいたいそれ、見るからにおまえ専用じゃん」

「月曜日に、うちの郵便受けに届いてたんです。——好みについてはこれとよく似たのが載ってる冊子を彼の家で見る機会があって、その時にこういうのが好きだと言っただけで」

あの冊子に載っていたものと似て、けれど明らかに違う。好みで言えば、こちらの方が好きだ。というより、冊子の方がヒロト向けならこちらは映向けという気がする。

「だから作ったんだろ。相変わらず器用ってか、つくづく尊敬するよ。何をどうすればそんなんができるんだか、俺には理解不能だ」

心底感心したように言って、西峯は改めて映を見た。

「ところで仁人んちってじいさんの家？　ええと、長澤《ながさわ》の方」

「……形見分けだとは、聞きましたけど」

きょとんと返した映に、西峯はすんなり頷く。

「んじゃ長澤だな。あいつの父方の方のじいさんだけど、あいつのこと気に入るあまり高校入学と同時に同居して、最後に家遺《のこ》したって聞いてる。形見だからすげえ大事にしてて、滅多に人は入れないってさ。聞いた話だと、仁人の親も入れてもらえないらしい」

「え」

脳裏に浮かんだのは、先週末に目にした荒れ始めたあの家の庭だ。そして、ヒロトと入った時に見た、古いけれどきちんと手入れのされた家の中だった。

「なるほどなあ。懐かれてるわけだ」

「は、い？」

告げられた言葉は、常なら西峯自身が周囲から使われているものだ。それを、他でもない西峯にヒロトを評して言われて落ち着かなくなった。

「だっておまえ、そこに行ったことあるんだろ？　もしかして、泊まったりした？」

「はい……」

「んじゃ確定じゃん。完璧、懐かれてんだよ」

にやりとした笑みで言われて、急に泣きたくなった。

何も教えないためだけに――後腐れなく終わらせるために、あの家を使ったのだとばかり思っていた。

けれど、それだけではないのかもしれない。思い返してみればヒロトはあの家の主のことだけは口にしたし、あの家も庭もきちんと手入れされ、見るからに大切に扱われていた。

「あいつの居場所だけど、少し時間貰っていい？」

「え、……」

「どのあたりに部屋借りてるかはわかるけど、詳しい住所までは訊いてなくてさ。たぶん祖父さんたちなら知ってると思うんで、早めに訊いてやるよ」

最初の言葉で落胆したものの、続く言葉で顔を上げた。そんな映を眺めて、西峯は言う。

「で、どうする？　あいつのスマホのナンバーとアドレスだけ、先に横流ししてやろっか？」

14

教わった住所に出向くには職場の最寄り駅でなく、少し離れた別の駅からのふだんは使うことのない路線の電車に乗って、さらに二度ほど乗り換える必要があった。

ピークは過ぎたとはいえそこそこに混み合った車内で吊革に捕まったまま、映は手の中の紙片を丁寧に折り畳む。スーツの胸ポケットに入れると、夜に沈んだ窓の外に目を向けた。

ほんの十数分前に西峯から教わったヒロトの現住所は、映の生活エリアからは大きく外れた界隈《かいわい》だった。おそらく、ふつうに行動していればまず出くわすことはないに違いない。

――ヒロトのスマートフォンのナンバーとアドレスを教えようかという西峯の申し出は、断った。

今の時点で、ヒロトにとっての映は知人以下でしかないからだ。本人の意志確認もなく連絡先を横流しされるのは、不快だろうとも思った。

勝手に住所を訊いておいて今更と思いはするが、そちらはあえてメモ書きとして受け取った。断られた時にはすぐに廃棄して、それきり忘れようと決めてもいる。

(おまえそういうところ四角四面だよなあ……まあ、らしいんだけどさ。で、いつ行く？乗りかかった船だし、車で送ってってやるよ)

金曜日の今日、西峯も早く帰るなり飲みに行くなりしたいはずだ。なのに住所のメモを渡すためだけに、仕事上がりに映の会社の最寄り駅までやってきてくれた。

(今日これから行ってきます。電車を使いますから、送りは結構です)

(は？　いや待て、明日にしろよ。今日は車で来てねえって)

昼休みに西峯から連絡を受けた時点で、今日中に行ってみるつもりだったのだ。だからこそ、待ち合わせ場所に最寄り駅前の喫茶店を指定させてもらった。

そこそこに客が入った店内の、窓際のテーブルの向かいで露骨な不満顔を見せた西峯に、映は苦笑した。

（用件が用件なのに、保護者同伴はないと思いますよ）

（何でだよ。仲介したってか、あいつの住所、祖父さんから訊いてきたの俺よ？　それも、昨日の今日でさ）

（ありがとうございます、お気遣いはすごく嬉しいです。けど、昨日も言ったように、これは僕の我《わ》が儘《まま》ですので）

西峯の気持ちは、純粋にありがたいと思う。けれど現状で、しかも玉砕する可能性があるのに同行してもらうのはいかに言っても精神的にきつい。その思いが通じたのか、西峯は渋々ながらに退いてくれた。

（何かあったら連絡しろ。いいか忘れんなよ？）

最後の最後まで気にかけてくれた西峯はこれまでと変わらないままで、それと知って安心した。なので喫茶店を出ての別れ際に、ずっと気になっていたことを伝えておいた。

（事後報告を兼ねて、お礼に今度はご馳走させてください。ただし、僕がフラレてもヒロトさんには何も言わないでくださいね）

（何だよソレ。文句言うのもナシってか？）

（当然、ナシです）

あからさまに顔を歪《ゆが》めた西峯と別れて最寄り駅を出て、バスに乗って別路線の駅に移動した。周到なことにメモには乗り換え駅や路線も記されていたので、ほとんど迷うことなくヒロトの自宅に近い駅に降り立つことができた。

駅から徒歩十分という距離だが、迷うほど入り組んだ道ではない。仕事帰りらしい人影や学生服を追い抜いたり追い抜かれたりしながら、映は目的の場所に辿りつく。

六階にヒロトが住んでいるというマンションは、まだ新しかった。窓のそこかしこに点る明かりを眺めて確かめた時刻は、すでに二十時半を回っている。

ヒロトの職場は、時期により変動はあるものの原則として土日祝日が休みだという。かつて「つきあっていた」頃のことを考えれば、もう帰宅していてもおかしくない頃合いだ。

在宅かどうか確かめるには、インターホンで呼び出してみるしかない。車があれば間違いないだろうが、あいにくここの駐車場は立体式のため確認するのは物理的に無理だ。

ひとつ息を吐いて、映はマンションのエントランスへと足を向ける。

観音開きの扉から中に入ってすぐに、左側すみに人待ち顔で立つ女性が目に入った。あえて見ないフリで、映は目についた郵便受けに近づく。目当ての番号は六一二で、そこに記された苗字は「長澤」だ。

ヒロトの本名は、「長澤仁人」なのだそうだ。これは訊いたのでなく、住所のメモに西峯が書いてくれていた。

ひとまず、このマンションで間違いないわけだ。ほっとしながら、映は集合玄関らしい扉に近づく。オートロックだと察して見回すと、右側に数字パネルが設置されていた。ここで部屋番号を打ち込んで呼び出し、中から開けてもらう形になるようだ。

番号キーの横にあった説明書きに従って、六一二号室を呼び出す。けれど、しばらく待ってみても応答はなかった。

カメラで見られて居留守を使われた場合、長期戦以前に確実に望みはなさそうだ。ふっと脳裏を掠めた可能性に、ずんと気持ちが重くなった。

「六一二号室の長澤さんだったら、まだ帰ってきてないですよ」

短く息を吐いた時、そんな声がした。反射的に振り返ると、壁際にいたはずの女性がいつの間にか真後ろに立って、肩越しにキーを見下ろしている。首を傾げた様子に、どことなく既視感を覚えた。

「なので、もし連絡先とか知ってたら早く帰るよう言ってくれません？」

「……あいにくですが、そこまでは知りませんので」

いきなりのことに、つい眉を寄せる。そんな映を眺めて「ふうん」と鼻で答えた彼女は、それきりふいと顔を背けた。それでいてちらちらと向けられる視線に辟易して、映はひとまずエントランスから出ることにする。

幸いにして季節は初夏だ。日に日に日差しが強くなっている昨今は、夜に戸外にいたところでさほど問題はない。あまり人目につかない、けれど人の出入りが確実に見える位置を探して、映は背後の壁に凭《もた》れかかる。

ここで待っていれば、必ず会える。そう思い安堵したものの、そこからが長かった。

仕事を終えたらしい人影がマンションに入っていくのを複数目にしたものの、その中にヒロトの姿はなかったのだ。あの女性もまだ待っているらしく、出てくる様子はない。

時刻が二十二時を回ったところで飲みにでも行ったのかと推測する。待つのは構わないが、あまり遅くなると話す時間がなさそうだ。

この時刻に開いている店は、ファストフードかファミリーレストランくらいだ。まさか部屋に入れろなどと言えるはずもなく、けれどそんな場所でできる話でもない。

気の早いことで悩んでいる間に、時刻は二十三時を回った。午前様か外泊かと予想しながら、今日のところは帰った方がよさそうだと考える。二十三時半を回ったところで見切りをつけて、映は壁から背を離した。

右手の方角から車が近付いてきたのが、その時だ。夜の中、ヘッドライトの光で車中は見えないけれど、車が急にスピードを落としたのがわかった。

「ヒロ、ト……」

行き過ぎざまに目に入った運転席の人物に、思わず口から声がこぼれていた。

いったん通り過ぎた車が、数メートル先で路肩に寄せて停まる。その時にはもう、映は大《おお》股《また》にシルバーの車に駆け寄っていた。

助手席の窓から、車中を覗き込む。暗い中、それでも運転席にいるヒロトが驚いた顔でこちらを見ているのがわかった。

ヒロト、と名前を呼びかけて、このままでは声が届かないと思った。躊躇いがちに助手席の窓ガラスをノックすると、慌てたようにヒロトが運転席のドア側で何かを操作する。直後、かすかな音とともに助手席の窓が下がっていった。

もう声は届くのに、言葉が見つからない。そんな映に、ヒロトは食い入るような視線を向けてきた。

その時、映の真後ろでベルの音がした。振り返ると、通りすがったらしい自転車が通行に困ったらしく足を止めている。場所を開けると、急いだように追い越していった。

ほっとして、映はもう一度助手席の窓に寄る。と、運転席からこちらを見つめていたヒロトと目が合った。

緊張の糸が切れたように、ふっと気持ちが綻《ほころ》んだ。そうしてまず思ったのは、「会えて嬉しい」ということだ。

「……お久しぶりです」

気のせいか、こぼれた言葉も柔らかくなっているようだ。

自分の現金さに苦笑した映につられたのかどうか、鋭くこちらを見ていたはずのヒロトの表情が一気に和らぐのが目に入った。

「久しぶり。――どうしてここに?」

「あ、それは」

「……ちょっと! ごめんなさい、悪いけどどいてくれない?」

映の返事を遮った相手が、声だけでなく身を以《も》って横から割って入る。結果的にサイドミラーの先まで押し出された映が目を向けると、助手席の窓にエントランスの中にいたはずの女性が張りついていた。睨むようにヒロトを見据えて言う。

「ねえ、いい加減にピアス返してよっ」

「……知らないと言ったはずだけど」

え、と映が上げた声は、呆れたようなヒロトの声にかき消された。

「そもそも乗せてもいない車にピアスが落ちているはずがない。探しても見当たらなかったしな。どこか別の場所で落としたんじゃないのか」

ため息混じりに言いながら、ヒロトが映に視線を向ける。目顔で謝られて、映は上着のポケットに手を入れた。そこに、例のピアスが入っているのだ。

「別の場所なんてないわよ。だって、わざとこの車に落としたんだもの」

「乗ってもいないのに、どうやって?」

「窓が開いてる時に、引っこ抜いて落としたの。だから絶対、中にあるはず」

「何なんだ、それ。いったいどういうつもりだ？」

ヒロトの声音に、うんざりした響きが混じる。それを聞きながら、映は手の中のビニール袋を確かめた。

「どういうつもりもこういうつもりもないでしょ。ヒロトがあたしとつきあう気がないのはよーくわかったし、これ以上つきまとうのもやめる。だから、あたしのピアス返してよ。あれ、どっちも気に入ってるやつだったんだからっ」

「……気に入ってるものを、他人の車に落とすのか」

額《ひたい》を押さえて顔を歪めたヒロトとは対照的に、彼女は堂々たるものだ。

「当たり前でしょ。真剣勝負なんだもの、お気に入り落とさず何落とせっていうの？」

「真剣勝負って、おまえの本当の目当ては義彦《よしひこ》だろうに」

「違うって何度言っても聞いてくれないのよね。結婚した人を略奪するなんて趣味じゃないのに。――まあ、もういいんだけど」

ふう、とため息をついた彼女が、切なそうな顔でヒロトを見る。

見てはいけないものを目にした気がして、映は反射的に視線を逸らした。その耳に、彼女の淡々とした声が届く。

「そういうことだから、ピアス返して？　でないと明日も明後日《あさって》もこの先もずっと、返してくれるまでつきまとうわよ」

「だから、そんなもの知らないと何度も言ってるだろう」

「――あの、少し確認いいでしょうか」

水掛け論に近い言い合いに、あえて映は割って入る。それが合図だったように、ふたり揃ってこちらに目を向けてきた。少々気圧されながら、映はそれでも言葉を続ける。

「ピアスというのはゴールドの、花の形をしたものですか？」

「うん、そう、それ！　あなた知ってるの⁉」

「もうひとつがシルバーの、葉っぱの形ですよね」

「すごい、当たってるー！……って、そういえばあなた、誰？　さっきっていうか、だいぶ前にエントランスにいたわよね？」

初めて映を目視したとでも言いたげに、彼女はまじまじと見つめてきた。

苦笑しながら、映はポケットから手を出す。彼女の前で、手のひらを上に向けてみせた。

「これで、間違いないでしょうか」

どちらもビニール袋に入れてあるが、中身は問題なく見えているはずだ。案の定と言うべきか、とたんに彼女はぱあっと表情を明るくする。

「そう、これ！　よかった！　ねえ、どこにあったの？」

「この車の、助手席のドアとシートの間です。けど、あそこに落とすのはやめておいた方がいいですよ。下手をしたら踏まれることになりかねませんから」

「え、あ、う……そっか、そうかも」

言われて思い当たったらしく、彼女はピアスを手に悄然とした。そのあとで、急に映を見上げてくる。

「あれ？　けど、何であなたがこれ持ってたの？」

「……あなたのあとで車に乗ったのが、僕だったんだと思います。降り際に落とした上着に引っかかっていました。ヒロトさんに返すつもりだったんですが、なかなか都合がつかなくて。――ずいぶん探させたようで、申し訳ありません」

意図的に拾ったという部分はあえてぼかして、それでもきっちり謝罪をする。勝手に持ち出したのは事実であって、そこは彼女だけでなくヒロトにも謝るべき部分だ。

「あー、うん、探したけど……でも、もういいや。大事に預かってくれてたみたいだし、こっちこそありがとう。実はこれ、一点ものなの。すごく好きな作家さんに頼んで作ってもらったやつで」

大事そうにピアスをバッグに納めたかと思うと、彼女はもう一度映を見た。

「ところであなた、ヒロトの友達？　にしては、ちょっと雰囲気違う気がするんだけど」

「知り合いだ。それ以上、詮索するな」

映が答える前に、運転席からヒロトが割って入る。微妙に尖《とが》ったその声音に、胸の奥が鋭く痛む。

「ふうん？　それにしては何か違わない？」

不思議そうに言う彼女に曖昧な笑みを向けながら、ヒロトの顔を見ることができなくなった。同時に、目の前の彼女がヒロトの恋人ではなかったことに、自分でも呆れるほど安堵した。

15

「ありがとうね。助かったあ」

満面の笑みで礼を言った彼女が駆けるような足取りで離れていったのを見送って、映は車中のヒロトを見た。

「あの、……彼女、ひとりで帰していいんでしょうか」

「すぐそこに車を停めてるはずだから気にしなくていいよ。それより、車を置いてくるからエントランスで待っていてくれないかな」

ヒロトの言葉の後半の部分で、少し先のパーキングからピンクの車が出てくる。やや遠目でも運転席にいるのが先ほどの彼女だとわかって、正直ほっとした。改めて、映は視線を傍らに停まったシルバーの車に戻す。

「ありがとうございます。でも、そこまで長く時間をいただくつもりはないですから」

「……ずっとここで待ってたんだろう？　だったらせめてお茶くらい」

「いえ、本当にお気持ちだけで」

ヒロトの部屋に招かれたこと自体は、嬉しい。少なくとも、近づきたくないと思われるほど疎《うと》まれてはいない証拠と思えるからだ。

けれど、すでに時刻は日付を越えている。たとえ友人であっても、予告もなく押し掛けて上がり込んでいいとは思えない。

それに——告白して断られた時のためにも、すぐにその場を退ける状況にしておきたい。

そんな思惑で見返した映に、ヒロトは複雑そうな顔をした。短く息を吐いて言う。

「だったら車の中で話そうか。乗ってくれる？」

「はい。ありがとうございます」

この時刻に路上で話し込むのもどうかと思えて、そこは素直に頷いた。

助手席に乗り込むなり、車が急に動き出す。シートベルトを締めながら運転席に目をやると、前を見たままのヒロトが短く言う。

「駅に近い方が都合がいいよね？」

「はい。ですけどすみません、どこか店に入るのはちょっと」

「わかった。スーパーの駐車場を借りよう」

駅前にはファミリーレストランやファストフード店があったはずだ。とはいえヒロト宅の近所であることに違いはなく、だったら人に聞かれるかもしれないリスクは避けたい。そんな思いで語尾を濁した映に、ヒロトはけれどあっさり了解してくれた。それきり、車内はふっと静かになる。

ハンドルを握ったヒロトは、まっすぐ前を見たままだ。落ちてきた沈黙はどことなく微妙で、その事実が胸に重い。再会直後のあの柔らかい空気が、今は跡形もなくなっているのを今になって思い知った。

二十四時間営業のスーパーマーケットの駐車場は、この時刻にあってもぽつぽつと車があり、出入り口のあたりにはまばらに行き来する人影が見えている。

ヒロトが車を停めた場所は、そこからやや遠く、明かりが届きにくい一角だった。映の話を察しているのかどうか、エンジンを切ることなくギアを操作しサイドブレーキを入れただけで手を止める。そのあとにも続いた沈黙を、先に破ったのはヒロトだった。

「――……どうしてあそこに?」

短い問いは、再会直後に向けられたものと同じようで違った。前回は驚きのみだった響きに、今は怪訝そうな色が濃く混じっている。

答えかけて、ふっと何から言えばいいのかわからなくなった。

告白するつもりで来たけれど、いきなり言っていいものかと思ったのだ。彼女のピアスの件だけでなく、押し掛けて待ち伏せていたことも謝罪すべきだろう。そこまで考えたあとで、こうしている間にもヒロトを待たせているのだと気がついた。

「ええと、あの」

「だから」

言い掛けた言葉が、ヒロトの声と重なってぶつかる。先を譲るつもりで口を噤《つぐ》んだら、またしても沈黙が落ちた。どうしたものか迷って目を向けた先、運転席からこちらを見ているヒロトが困った顔をしているのを知って、映は急いで口を開く。

「――会って、直接話したいことがあったんです。いきなり押し掛けてしまって、すみませんでした」

「それはいいけど、どうやって住所を知ったのかな」

「西峯先輩から訊きました。ですが教わったのは住所だけですし、迷惑であればこれきり忘れます。二度と、近づいたりしません」

ひとつひとつ確かめながら口にしたあとで、ヒロトが瞠目《どうもく》しているのに気がついた。信じられないとでも言いたげに、じっと映を見つめている。

「あの？」

「……義彦に、俺のことを話したんだ？」

先ほども出た名前に誰のことかと数秒戸惑ったあとで、西峯だと気がついた。

「話すと言いますか、奥さんから聞いてらしたのでご存じでしたよ。ただ、詳しい経緯は話していませんし、話す必要もないと思います。先輩は、僕とあなたが友人だと思ってらしたようですし」

気のせいか、ヒロトの声音にすまなそうな響きを感じた。それだけで気持ちが柔らかくなる自分を知って、映はつい苦笑する。少し早口に、まず言っておくべきことを付け加えた。

「彼女のピアスですけど、勝手に持っていてすみません。それに、タイピンとカフスボタンをありがとうございました。とても気に入ったので、早速使わせていただいています。あと、──それとは別にお礼を言っておきたくて」

「……お礼？」

黙って聞いていたヒロトが、露骨に胡乱そうな声で言う。それでなくとも暗い車の中、ヒロトがいる運転席は遠い明かりの影になっているためほとんど表情は見えない。

不機嫌にさせたかもしれないけれど、これが最後なら思うことはすべて言ってしまいたい。ぐっと息を飲み込んで、映は慎重に言葉を選ぶ。

「一緒にいる間、いろいろよくしていただきましたから。楽しかったですし、いい思い出になりました。……ありがとうございました」

言い終えて、座ったままだけれどできる限り深く頭を下げる。その間にも、映が顔を上げてからもヒロトは無言だった。目を凝らした先、闇の中にわずかに見える彼の口元が歪んでいるように見えて、映は言葉を失う。

ヒロトにとって、あの頃の記憶はもう無用のものか、あるいは鬱陶しいだけでしかなくなっているのか。今になって、その可能性もあったことに気がついた。

「――……話っていうのはそれだけ?」

永遠にも感じた数分の後、初めて聞くような低い声でヒロトが言う。気圧された映はそのまま頷きかけて、まだ肝心の言葉を言えていないのに気がついた。

言わない方がいいのかもしれないと、声音の響きと注がれる視線にそう思う。わざわざ訊くまでもなく、ヒロトにとってもう映の存在は過去であり無用のものでしかないのかもしれない。

それでもと、映はきつく奥歯を噛んだ。――これが最後になるなら後悔はしたくない。あと一言だけと、思い切って口を開いた。

「最後に、もうひとつだけ言わせてください。……あなたのことが、好きです」

やっとのことで絞った声は、けれど自分でも呆れるほど小さく掠れていた。

言い終えてしばらくしても、ヒロトは無反応なままだ。向けられる視線は変わらず、身動《みじろ》ぎひとつせず言葉もない。

答えを悟って、胸の奥が引きつったように痛くなった。膠着《こうちゃく》した空気の中、今は駄目だと引きずられそうになる気持ちを無理にも押し戻して、映は気力を振り絞る。

「僕が話したかったことは、それで終わりです。いろいろ、ありがとうございました。これからも、お元気で」

もう一度、今度は軽く頭を下げる。締めたままになっていたシートベルトの金具に手をかけた。音を立てて外れたそれを身体から離す間も身を捩《よじ》って助手席のドアへと向き直る間にも、運転席から声はかからなかった。

……振られる覚悟はしていたつもりだったけれど、こんなにも胸が痛いとは思ってもみなかった。ヒロトから見えないのを幸いに、映は小さく口元を歪める。ドアの内側にあるハンドルに手をかけようとした時、いきなり背後に引き戻された。

何が起きたのか、すぐには理解できなかった。反射的に抗《あらが》った肩を押さえられ、腰の少し上にぐるりと何かが巻き付いてきた。

悲鳴を上げたつもりはなかったけれど、あるいは声が出ていたかもしれない。とん、と背中に弾力があるものが触れ、右の耳元で低い声がした。

「……待って」

ヒロトの声だと、悟った瞬間にすうっとパニックが消えた。そのあとで、映は自分が今どうなっているのかを正しく認識する。

――背中いっぱいに、よく知った体温が張り付いている。腰の少し上に巻きつく感覚は、ヒロトの家に泊まった翌朝にいつもあったのと同じだ。右の耳元で聞こえる呼吸音も頬をわずかに掠める自分のではない髪の毛の感触も、周囲を取り巻く匂いも馴染みのものだった。

ヒロトに、背中から抱き込まれているのだ。

「もう一回、言ってくれないかな」

「…………！」

耳元で囁かれた吐息混じりの声に、反射的にびくんと肩が跳ねる。ほんの三週間前まで慣れていたはずの近さに、けれどかあっと顔に血が上った。そのまま俯いていればよかったものを声のした方を振り仰いでしまい、背後から覗き込むようにしていたヒロトと目が合う。

近すぎる距離に、全身が固まった。真っ赤になっているに違いない自分を、映は頭のすみで新鮮なもののように認識する。

近すぎるせいか、暗いながらにヒロトの表情が見える。困ったような緊張したような顔で見つめられて、ひとつ息を飲み込んでしまった。何度か呼吸してから、映はどうにか口を開く。

発した声が震えているのが、自分の耳でもよくわかった。

「あなたのことが、好き、です……」

「本当に？　きみが好きなのは、義彦なんじゃないのか？」

返った声の内容は、映の告白を真っ向から否定するものだ。なのに腹が立たなかったのは、おそらくヒロトの表情が苦しげで声音に祈るような響きがあったせいなのだろう。

それだから、言葉はすんなり口からこぼれていた。

「好きですよ。でも今は、先輩としてです。それと、西峯先輩もご存じですよ？　僕が、あなたを好きだってこと」

「…………は？」

よほど意外だったのか、ヒロトの表情がそのまま固まった。その様子を見つめながら、今さらにヒロトにとって映の告白はよほど思いがけなかったのだと悟る。

「義彦に、言ったのか」

「ごまかしは、利きそうにありませんでしたから。でも、先輩には僕の片思いだと言ってありますし、この件に関しては口を挟まないよう頼んでもいます。ですから、安心してもらって大丈夫です」

答えながら、映はさりげなくヒロトの腕から抜け出そうとする。

「……何がどうして、そんなことになった？」

すぐさま阻止された映の耳に届いたヒロトの声音は、やけに苦しげだ。どうしてと思い、つまり西峯には知られたくなかったのだろうと思い至る。あるいは、西峯が言っていた事情とやらが絡んでくるのかもしれない。

「あなたの居場所を訊いた時に直接連絡が取れない理由を追及されて、妙な誤解を受けそうになったんです。ですが、さっき言ったように詳しいことは何も話していません。今後も併せて内密にお願いします」

「妙な誤解って何」

「西峯先輩は、何て言いますか、その……とても面倒見のいい人なので」

「……お気に入りのきみじゃなく、俺の方に矛先《ほこさき》が向くから？」

「そ、ういうわけじゃあ」

思い当たったらしく小さく頷くヒロトは、どうやら西峯の思考回路を知っているらしい。すぐさま否定しようとした映を、じいっと見つめてきた。

言葉を続けられず、映は途方に暮れる。同時に我に返って、とにかく帰ろうと思い直した。腰の少し上を拘束するヒロトの腕を、遠慮がちにそっと叩く。

「あの、放してもらえませんか。僕はもう、帰りますから」

「駄目だよ。まだ返事もしてないのに帰すわけないだろう」

唸るような声とともに、さらにしっかり抱き込まれた。びくりと目を向けた先、やはり困った顔でヒロトは言う。

「返事する前に、話しておかなきゃならないことがあるんだ。そうしないとフェアじゃない」

「――待てません。今すぐ、ここで返事だけください」

即答した映に、ヒロトが絶句したのが伝わってきた。

今の状況だけで、わかる。映は、ヒロトに嫌われてはいない。むしろ、ある程度の好意は持ってもらえている。

けれど映が欲しいのはただの好意ではなく、それよりずっと強い気持ちだ。苦しいような思いで、映はそれを思い知らされていた。

ある程度好意を持ってもらえているなら、友人としてつきあうことができるかもしれない。そう考えたとたん、映の中のどこかで「否」を叫ぶ声がしたからだ。西峯の時と同じようにヒロトを諦めて何事もなかったかのように過ごすのは到底無理だと、瞬時に思い知った。たとえばあの結婚披露宴や結婚報告パーティーのように、ヒロトの隣にパートナーとなる女性が立ったとして、その場限りの見せかけであっても祝福できるとは思えない。どころか、きっとその場にいることすらできないだろうと思う。

映の隣に、いてほしいのだ。あのきれいで柔らかい笑みを、他の誰にも見せないでほしい。心の底で叫ぶ気持ちに呆れながら、けれどその思いを大事に手の中にくるんでいたかった。

「あなたが何かの目的を持って僕に近づいてきたことは知っています。それがどんな事情だったとしても、僕の気持ちは変わりません。だから、あなたの本当の気持ちを聞かせてください。これで、最後にしますから」

言い終えた映をじっと見つめて、ヒロトは長く息を吐く。

「……俺は、きみを騙して脅して言いなりにした人間だよ？」

「何度も話したことですし、そんなの今さらですよね」

「きみは、俺のことを何も知らないよね。もう察してるだろうけど、名前や仕事や他の個人的な情報を、俺はわざと教えなかったんだ。きみをあの家に連れていったのも、ふだんは使わない場所だからだし」

それに、と続く平淡な声に滲《にじ》むのは、自嘲だ。少なくとも、映にはそうとしか聞こえなかった。

「そもそも俺は、きみが思うほど誠実な人間でもない。前に少しは話したと思うけど、以前の恋人とは駆け引きや口実が先に来るようなつきあいしかして来なかった。――……きみとああやって別れることも、最初から決めていたんだ。義彦の奥さんに会ってしまったから、時期が早まっただけで」

「僕が、あなたを好きになっても、ですか」

考える前に問い返して、そのあとで気づく。

三か月の期間限定。それには延長の可能性も示されていたはずだ。その条件は「映がヒロトに興味を持つこと」だった。そして何より、期間限定を出した目的は「映にヒロトを好きになってほしい」というものだ。それはある意味、主導権が映にあったということにならないか。

案の定と言っていいのか、耳元のヒロトは黙ったままだ。言葉を探すような沈黙を意図的に破って、映は静かに続ける。

「あえて言わなかったことは、確かにたくさんあったんだろうと思います。でも、だから不誠実だったとは思いません。だって、あなたは一度も僕に嘘はつかなかったですよね。あの家はあなたのおじいさんの形見だったし、西峯先輩にも何も言わないでいてくれました」

「……だからって、それですむことじゃあ」

「忘れているみたいですけど、僕にはあなたを拒否することもできたんですよ。理由はいくつかあるにせよ、応じると決めたのは僕です。それに、途中からは脅すのではなく僕に選ばせてくれていましたよね」

何を思ってか、ヒロトは無言のままだ。わざとその顔は見ずに、映は言葉を続ける。

「最終的に、僕があなたの傍にいることを選んだんです。ですから、そのことで負い目を感じる必要はありません。僕にとっては、お礼を言いたいくらい大切な時間でしたから」

「それは……それだと、俺に都合がよすぎないか」

ややあって聞こえた声は弱り切っているようで、映は頬が緩むのを自覚する。

「僕にとっても、その方が都合がいいんです。……そもそもあの出会いでなければ、僕はあなたと親しくなれなかったと思いますよ。ご存じかも知れませんけど、僕は結婚にも恋愛にも興味がなかったですからね」

「それは、きみには義彦がいたから」

「僕がそうなのは、先輩に会うよりずっと前からです。両親が離婚した時のごたごたを見聞きした影響で、中学の頃にはそういったものはいらないと割り切っていました。西峯先輩のことも、自覚した時点で諦めることしか考えなかったんです。――でも、今回は違いました」

いったん言葉を切って、映はまっすぐにヒロトを見た。

「何もしなかったら失うことになるのは目に見えていて、だったら動くしかないと思ったんです。同じ失うにしても、今、手を伸ばさなかったら絶対に後悔する。それならせめて、気持ちだけでも伝えておこうって」

ヒロトは、相変わらず黙ったままだ。それでも、食い入るような視線は変わらなかった。

「ふつうに出会っていたらあんなふうに意識することはなかったし、親しくなるにももっと時間がかかったでしょう。気持ちが傾いたとしても、友人としてのつきあいを優先したんじゃないでしょうか。……あなたの傍にいるのは、西峯先輩とは別の意味でとても居心地がよかったから」

「――――」

「イレギュラーな関係で、本当に失うんだと思ったからこそ、手を伸ばすことができました。僕は、自分で選んでここに来たんです。覚悟はして来ましたから、嘘や気遣いは無用です。本当の気持ちを、聞かせてもらえませんか」

たった、一言だ。その一言で何もかも壊れていくのを、幼い頃の映は目の当《ま》たりにした。

……それなら、その一言で全部が救われることもあるかもしれない。そんなふうに考えるのは、勝手な思い込みだろうか。

固唾《かたず》を呑んで待ってみても、背後からの声はない。沈黙の、痛いような静けさは先ほどいったん覚悟した返答を予想させて、それでもあえて待つことをやめなかった。

駄目なら駄目で、はっきりそう言って欲しかったのだ。曖昧なまま、おそらく駄目なのだろうと思うだけで終わったなら、きっと自分はあとあとまで引きずってしまうと思った。

「――前にも思ったけど、きみは俺に甘すぎるな」

どのくらい、待った頃だったろうか。ため息混じりに聞こえた声には呆れとそれ以外の何かを含んで聞こえて、映は困惑してしまう。

「そんなつもりは、ないんですが」

「きみが言ったことは間違いじゃない。俺は確かに本当のことを言わなかったけど、嘘も言っていない。――きみを脅した理由なら、ずいぶん前に言ったよね。きみに、俺の恋人になってほしいって」

告げられた内容に、映は目を見開く。振り仰いだ先で、こちらをじっと見つめるヒロトと目が合った。

「それは、でも手段ですよね？　目的は、他にあって」

「うん？　だから、それが目的だけど」

「で、も」

「俺はずいぶん前から、きみのことを知っていた。義彦を好いていることも含めてね」

告げられた内容は、先日の西峯の言い分と同じだ。とはいえ詳しい事情を知らない映には怪訝なばかりで、つい首を傾げてしまっていた。

「気づかない義彦に腹が立って、それでも義彦しか見ないきみにも呆れていた。……そうやって、見ているだけでいいと思ってたんだ。だけど、泣きそうな顔で幹事をやっているのを見たら、どうしても黙っていられなかった」

「え、……」

「声をかけたらもっと近くにいたくなって、でも無理なのはわかってたから、絶対に断られる条件で脅した。思いがけず近くにいられるようになって、結果的にきみがどれだけ義彦を好いているかを思い知らされて、それでも離れたくなくてその時は引きとめるつもりで脅した。仕方なくでも一緒にいてくれることが嬉しかった。もっとも、長く続けるつもりはなかったんだ。望みがあるとは、最初から思ってなかったからね」

「最初、から？　でも、じゃああのホテルでのことは」

「本当に来るとは思わなかったって、言ったよね。……あんなふうに無抵抗で言いなりになるなんて、反則だよ」

「あ、……」

言われて、そういえばと思い当たる。あの時のヒロトは確かに、意外そうな顔をしていた。

「泣きそうな顔してるのに、平気なフリで一生懸命義彦を庇う。……慰めたかったはずなのに、目の前で本当に泣かれて箍《たが》が外れた。最初は身代わりでいいと思ったのに、きみがバスに入ったあとで義彦からメールが来たのがわかって、どうせ一晩限りなら逃がすまいと思って無理を強《し》いた。——泣きながら眠っているのを見て、心底後悔したんだ」

「後、悔……？」

「どうしてもっと大事にできなかったのかと、自分で自分に呆れた。そこでやめておけばいいものを、いったん傍で声や体温を知ってしまったら欲が出て、翌日にまた脅した。無理につきあわせる代わりにできる限り大事にしようと決めて、きみの気持ちがこちらを向かない限り何もしないことにした。……そうは言ってもキスは無理強いしていたし、約束そのものも破りかけたけどね」

声がくぐもると同時に、肩によく知る重みがかかる。無意識に伸びた指で自分のより硬い髪を撫でながら、テーマパークの帰りに急に不機嫌になったヒロトを思い出した。

「だから、恋人になってほしいっていうのは最初から本心だよ。ほんの少しでも可能性があるんだったらと思ってね」

告げられた言葉が、まっすぐに胸に落ちた気がした。

ヒロトの髪に絡めていた指を、伸びてきた指に取られる。そっとキスされて、胸の中がじわりと柔らかくなった。

「訊いて、いいでしょうか。テーマパークから帰る時、本当は何を怒ってたんですか？」

「きみはやっぱり義彦が好きなんだと、改めて思い知らされた」

「え？」

「部活の先輩に出くわした時、きみは義彦が特別だと言ったよね。覚えてない？」

西峯と品野を悪し様《あ》に言った遠藤《えんどう》に腹を立てて言い返した、あの時だとすぐにわかった。

「あれ、ですか」

「自分でも驚くほどショックだったんだ。きみの気持ちは承知の上だったのに、勝手にどこかで期待していた。きみの表情や態度から最初の硬さが消えて、少しずつ距離が縮んできたように感じていたから、余計にね」

「――――」

「結局のところ、ただの嫉妬だ。だから、言えなかったというより言いたくなかった。いくら何でも格好悪すぎるしね」

自嘲混じりに言われて去年西峯に婚約者を紹介された時のことを思い出す。間に立った西峯の嬉しそうな表情と彼女の緊張した笑顔に挟まれて、押しつぶされるような息苦しさと胸の痛みと空《むな》しさとを同時に感じていた。

……あの時のヒロトも、それと似たような気持ちでいたのだろうか。思うだけで、胸が苦しくなった。

「僕が好きなのは、あなたです。西峯先輩への気持ちは、もう違います」

言葉とともに、映は自身の身を抱き込む腕に手のひらを当てる。願いを込めて、背後にいるヒロトを仰ぎ見た。

「……今さらだけど、触れてもいいかな」

見下ろすヒロトが、躊躇いがちに言う。それを懐かしく思いながら、迷わず頷いた。

腰から離れていった手が、そっと頬に当てられる。最初は指先で、次には指全体で、やがて手のひらで――その間ずっと、映はヒロトの目を見つめていた。

ふっと、目の前に影が落ちる。瞬いた、そのタイミングで額に何かが押し当てられた。思わず目を見開いた先、ひどく近くにヒロトの目を見つけてから、互いの額が触れ合っていたことを知る。

ただ見合って、どのくらいの時間が経ったろうか。頬にあった指が離れたかと思うと、慣れた手つきで眼鏡を抜かれた。

「俺も、好きだよ。……ありがとう、すごく嬉しい」

寄ってきたヒロトの表情を目にして、かあっと全身が熱くなった。そのあとで欲しかった言葉を貰ったのだと知って、一拍呼吸が止まってしまう。

(俺も、好きだよ)

耳の奥でよみがえった声に、今になって羞恥に襲われた。目を合わせていられずに顔を背けようとすると、再び頬を覆った手のひらにやんわりと、けれど有無を言わさず引き戻される。

「キスしても、いい？」

囁きを、耳ではなく唇に触れる吐息で聞いた。

落ちてきた体温に、呼吸を奪われる。よく知っているはずの、けれど知らないように思えるぬくもりに息を飲んで、映は頬を覆う手首をぎゅっと握りしめた。

16

我を忘れる、という言葉の意味が、身に染みた。

気づかれないようそっと息を吐いて、映は運転席でハンドルを握る人――ヒロトの様子を窺った。

車はすでにスーパーマーケットを出て、深夜の町中を走っている。初めてきた場所で夜ともなればどこを走っているかなど見当もつかず、時折目に入る交通標識に見知った地名を見つけてあの方角がそうなのかと思うのがせいぜいだ。

気づかれないよう隣の横顔を盗み見ていると、ふいに車が停まった。え、と思った直後に運転席のヒロトがこちらを向いて、避ける間もなく視線がぶつかる。視界の端でフロントガラスの向こうに赤信号が瞬いているのを知って、そちらに気づかなかった自分に呆れた。

ヒロトの切れ長の目が少し驚いたように見開かれ、ついで映を見たままふわりと柔らかくなる。その変化を目の当たりにして、かあっと顔が熱くなった。間を置かず伸びてきた指に頬から顎を撫でられて、映はそのまま硬直する。

こういう顔をした時のヒロトが、見とれるほどきれいなのは知っていた。けれど、今の笑顔は以前よく見ていたのより八割り増しで甘い気がしたのだ。このまま見つめられているのはまずいと、本気で思ってしまった。

「疲れたよね。ごめん、できるだけ急ぐから」

「いえ、そちらもお疲れでしょうし、僕は座っているだけですから」

どうにか答えた声が、変に上擦っているような気がした。頬に触れたままのヒロトの指を痛いように意識して、そんな自分を妙だと思う。

初対面の時から、ヒロトはスキンシップが多かった。肩や背中、頬に触れてくるのはしょっちゅうで、映もそれなりに慣れていたはずだ。なのに今、頬に指二本が触れているだけでそこから溶けてしまいそうな気分になっている。

映を見つめていたヒロトの視線が、ふと動く。残念そうな顔で手をハンドルに戻したかと思うと、すぐに車が動き出した。——信号が、青に変わったのだ。

慌てて映も前を向いた。頬に残るヒロトの体温をやけに意識しながら、心臓が保たないから前を見ていようと自分を戒める。なのについ運転席を見てしまい、気づいたヒロトの指先や手のひらに宥められる。車が動き出してからこちら、そんなことの繰り返しで、何ともいたたまれなくなってしまう。

ほんの数十分前、ヒロトに即答をせがんだのは映自身だ。いかに必死だったとはいえ――会うのも最後と思い詰めていたとはいえ、よくもあれだけ大胆なことをやれたものだと今は思う。

思い出すだけで恥ずかしいし、この場から消えたくもなった。

けれど、後悔はしていない。どんなに擽《くすぐ》ったくても、離れたくない。

その全部を、ヒロトはきっと見透かしている。察しがつくだけに、意味不明の声をあげそうになった。

(もう遅いし、マンションまで送っていくよ)

駐車場での三週間振りのキスのあと、ヒロトからそう言われた時に、映はその場で「でも」と言い返してしまったのだ。目が合うなり顔が熱くなり、言葉が続かず俯いてしまう。気遣うようにもう一度呼ばれてどうにか顔を上げたものの、どうしても素直に頷けなかった。

今の今まであれだけ言いたい放題だったのにと、自分の変化に自分で呆れた。そうしたら、ヒロトが声音を変えたのだ。

(……だったら、今夜は一緒にいてくれる?)

これまでになく糖度の高い響きに迷うことなく頷いて、そんな自分が気恥ずかしくて言葉が出なかった。小さく笑う気配を見せたヒロトはそれ以上追及することなく車を出してしまい、動き出した車中でようやく行き先はどこなのかと思った。

（あの、どこに行くんでしょうか）

（じいさん家かな。俺のマンションだとお茶を出すのがせいぜいで、人を泊められるほどのスペースがないんだ。おまけに今は散らかっててね）

そこまでのやりとりを反芻して、映は気づく。

片付かないほど、忙しくしていたということだ。だったら帰りが遅いのも当たり前だと考えたあとで、以前にヒロトが仕事関係で急な徹夜をしたのを思い出した。

「あ、の……今日も、仕事が忙しかったんですよね？」

もっと一緒にいたかったから、送るという申し出に頷かなかった。けれど、それはただの我が儘であり負担になってはいないだろうか。

焦って訊くと、声音の変化に気づいたらしいヒロトがちらりと目を向けてきた。苦笑混じりに言う。

「いや？　仕事は七時半には終わったよ。そのあとは、ずっときみのマンションの前できみの帰りを待ってた」

「え、……？」

「最後に一度だけ、きちんと話そうと思ったんだ」

「話」とおうむ返しに口にした映の手を軽く叩いて、ヒロトは頷く。

「映画館で別れた時は、諦めるしかないと思っていた。きみが見ているのは義彦であって、俺のことはまったく眼中にない。だったらこれ以上は無駄でしかないってね。……ただ、きみに贈るつもりで準備していたタイピンだけは、きちんと仕上げて贈りたかったんだ。それを作っているうちに、どうしても諦め切れないと思い知った」

初めて聞く内容に、映は耳を澄ませる。それに気づいたのかどうか、ヒロトは表情を改めて映を流し見た。

「――自分でもどうしようもなくなるくらい、きみの顔が見たかったんだ」

言葉以上に甘い声の響きに、全身が熱くなった。それきり落ちた沈黙に困り切って、映は必死で話題を探す。無意識に、今日もネクタイにつけてきたタイピンに触れた。

「ええと、……え？　今、これを作ったって……？」

「そういえば、名前も仕事も話してなかったっけ。マンションまで来てたってことは、名前くらいは義彦から聞いた？　仕事も？」

「名前は、住所を教えてもらった時に。……他は、何も」

そういえば、西峯もこれを見て「ヒロトが作った」と言っていた。指先でタイピンを撫でた映に、ヒロトは首を竦めてみせる。

「そう。……仕事はね、簡単に言うとそういうものをデザインして作ってるんだ。いわゆるジュエリーデザインってやつ」

何でも、住まいになるあのマンションから徒歩で通える距離の工房に勤めているのだそうだ。基本的には一定時期に提出したデザインを社内で審査し採用されたものを作っているが、たまに一点もの希望でオーダーしてくる客への対応もしているという。

「じゃあ、あの家にあった冊子って」

「社内で募集したデザインから選ばれたやつのサンプルを作って競合するんだけど、それ用に配布する資料だね。入社して初めて選ばれた時に、記念のつもりで取っておいたんだ。あいにくその時は不採用だったけど」

「そう、なんですか？」

あの時、ヒロトはどこにも売っていないし現物も残っていないと言っていた。映が反射的に訊き返すと、「そう」と短く頷かれる。

「実言うと現物は残ってるはずだけど、父に贈ったから手元になくてね。それに、きみにはもう少しニュアンスが違う方が似合うと思ったから」

わざわざ作ってくれたのだと悟って、胸の奥がふわりと柔らかくなった気がした。指先で触れていたタイピンをそっと握り込んで、映はまっすぐに運転席を見る。

「ありがとうございます。大事に使わせていただきます。——冊子のもよかったですけど、これはもっと好きで気に入ってるんです。同僚にも似合うって褒められたんですよ」

自分の顔が、いつになく緩んでいるのがわかった。ちょうど赤信号で車を停めたタイミングだったからか、じっとこちらを見ていたヒロトがわずかに緊張を帯びていた表情を柔らかくして言う。

「そこまで言ってもらえたら本望だよ。——話を戻すけど、駄目元で構わないからもう一度きみに会って、はっきり気持ちを伝えた上で潔く振られるつもりだったんだ。きみを振り回して逃げるような卑怯な真似をしたから、何を言われても仕方がないと覚悟を決めていた」

「駄目元、なんですか」

思わず問い返した映に、ヒロトは苦い顔で言う。

「やらかしたことを思えばそれで当たり前だよ。きみと義彦の関係に割って入るのはどう考えても無理としか思えなかったし、それでも諦められない自分に呆れていた。……実際に蓋《ふた》を開けてみたら、きみは俺にとんでもなく甘かったんだけど」

「お揃《そろ》いですよね。僕も、無理だとしか思ってませんでしたから」

「ん？」

苦笑いで返した映に、ヒロトが首を傾げる。ちょうど青に変わった信号を目にして、すぐさま車を出した。その横顔を見つめて、映は言う。

「品野と飲んだ帰りに、あなたがさっきの彼女といるところを見たんです。……僕が自分の気持ちに気がついたのはその少し前のことで、だからすごく混乱しました。その次の日にあなたと美術館に行って、例のピアスを車の中で見つけて」

渡すこともせず、咄嗟に隠してしまったと口にすると、ヒロトは少し意外そうにした。それへ、映はヒロトが目的のために近づいてきたのだと思ったこと、それでなおさら動けなくなったことを告白する。

「——きみの様子が変わった理由って、そうだったんだ？」

思いがけないとでも言いたげなヒロトの声に、映は赤面した。

「人を好きになるのは、西峯先輩が最初で最後だと思っていたんです。それがいつのまにかあなたが特別になってて彼女には嫉妬して、……下手に動いたら全部終わるかもしれないし、期間限定でしかないなら黙って傍にいた方がいいと思って。けど、急になかなか会えなくなったしあなたの態度も変わってきたから、どうすればいいのかわからなくなって」

「そうなんだ？　俺はてっきり、やっぱり義彦だけだって気づいて、俺といるのが厭になってきたんだとばかり」

しどろもどろになった言葉に、けれどヒロトは苦笑混じりにあり得ないことを口にする。ぎょっとして、急いで首を振っていた。そのあとで気づく。——そう言えば、ヒロトの態度が変わる前には必ず西峯絡みの何かがあったのだ。

「まあ、それも結局は焼き餅なんだけどね」

「……焼き餅？」

「そう」

予想外の言葉に顔を上げるなりきれいな笑みを向けられて、また顔が熱くなった。みっともなさに俯いた映をどう思ってか、ヒロトは運転しながら言う。

「最後のあたり、なかなか会えなかったのってさっきの彼女が絡んでてね。実はあの子って俺と義彦の幼なじみで、昔から義彦を追っかけてたんだ」

「おさななじみ」

「正確に言うと、母方の祖父の隣に住んでいる子なんだけど、義彦が結婚すると知ってかなり落ち込んだらしい。それが、最近になって変に俺につきまとうようになったんだ」

最後の一言に、彼女に対するヒロトの認識が透けて見えた気がした。微妙な気分になった映をよそに、ヒロトはため息混じりに言う。

「なまじ職場も自宅も知られてるもんだから、待ち伏せには遭《あ》うし押し掛けてもくる。正直邪魔だし映に近づけたくもなかったから、彼女をうまく撒けた時しか会いに行けなかったんだ。――そのタイピンも」

いったん言葉を切って、ヒロトは映のネクタイを指した。

「直接渡すつもりでマンションまで行ったんだけど、その時にあとをつけられててね。見られて変に追及されるよりマシだと思ってポストに入れたんだ。そのくせ自分の名前書くの忘れてて、あとで気がついて自分に呆れた。……よく俺からだってわかったね？」

「あ、それは……宛名の文字を見て、すぐに」

「そっか。――まあ、彼女もあれで諦めたみたいだし、もう来ることもないんじゃないかな。もともと俺は口実で、実際は義彦へのパイプを確保したかっただけだろうしね」

映に対しては柔らかくなる声が、彼女について話す時だけ明らかに尖る。その変化と、いかにも自分は部外者とした物言いが気になった。

とはいえ、映が安易に口を挟んでいいとは思えない。あえて返事をせずフロントガラスに目を向けると、夜景はどこか見覚えたものに変わっていて、目的地が近いとすぐに知れた。

ほどなく車が乗り入れた庭は、深夜らしくひっそりしていた。周囲の家々も寝静まっているだろうと、先に立ったヒロトが玄関の引き戸を開けるまでほとんど会話はしなかった。

瞬くように点った明かりに、古いけれど手入れのされた廊下が浮かび上がる。もう見慣れたはずのそれがひどく懐かしくて、映は「久しぶり、です」と口にした。背後で施錠を終えたヒロトを、半身で振り返って言う。

「しばらく来なかったから、気がつきましたけど。僕は、この家の空気がすごく好きみたいです」

「気が合うね。俺も、すごく好き」

返った言葉に、自分でも呆れるほど簡単に顔が熱くなった。

家の空気のことだとわかっているのに、自分に告白されたような気がしたのだ。口元を押さえて後じさったら、追いかけるように伸びてきた手にするりと頬を撫でられた。

「……キスしても、いいかな」

低い声とともに、きれいな顔が近くなる。火照《ほて》ったかと思うほど熱い頰を持て余しながら、映は小さく頷く。まともに見ていられずに瞼を落とすと、すぐに唇を封じられた。

最初はそっと押し当てるように触れてきたそれは何度も角度を変え、上下の唇を吸いつくように啄《ついば》んでいく。無意識に小さく息を飲んだのを待っていたように、尖らせた体温に唇の間をなぞられた。繰り返し探るようにされて思わず唇を開くと、待っていたようにするりと歯列を割って入ってくる。

「ん、……ぅ、んん――」

窺うようにそっと絡んできた体温に、逃げかけた舌先を搦《から》め捕られる。表面を撫でるようにされて、それだけで肩から首の後ろがびくんと揺れた。優しい腕に、けれど逃げられない力で背中を抱かれ、そっと頰を撫でられて、映は自分がヒロトの腕に抱き込まれているのを知る。

もう覚えた、けれどここしばらく離れていた気配に、気持ちより先に全身が安堵した。意識せず伸びた指で目の前の人の肩にしがみついて、もう大丈夫だと何の脈絡もなく思う。

「ン、……ん、ぁ、っ」

不意打ちのように、ヒロトの腕が強くなる。それでなくとも深く絡んでいたキスが今度は食い入るように激しくなった。逃げかけた顎を引き戻され、あからさまな音がするほど舌を絡められて、息苦しさだけでなくぞくぞくするような感覚に襲われる。

ヒロトの肩にしがみつく指に、力を込めるのが精一杯だ。唇の奥をすみずみまで確かめられているうちにかくんと膝から力が抜け落ちて、気がついた時にはヒロトの腕に半分抱えられてしまっている。

「ごめん、ちょっとがっついた。……大丈夫？」

吐息が触れる距離での囁きに、勝手に背中が大きく震える。そんな自分に戸惑いながら、映はどうにか頷いてみせた。促すヒロトに手を借りて、廊下の先の寝室へと向かう。

「今から風呂の支度をしても遅くなるから、今日はもう寝た方がいい。明日の朝ってことでいいかな」

「はい、十分です」

差し出された寝間着を受け取って、頷いた。着替えるように言ってきたヒロトが用があるのか寝室を出ていくのを見届けて、映は手早くスーツに手をかける。

着替えをすませた頃、同じように寝間着姿になったヒロトが戻ってくる。当然のように映のスーツをハンガーにかけてくれる様子に、いくら何でも甘えすぎだとつくづく思った。

「じゃあおやすみ。明日は休みだよね？　無理に起きなくていいからゆっくり寝るといい」

「え」

スーツを壁際の鴨居《かもい》にかけたあと、ヒロトはそう言った。そのまま寝室を出て行こうとするのに驚いて、映は慌てて彼の寝間着の裾《すそ》を摑む。

「あの、どこに行くんです？　寝場所はここしかないんですよね？」

「居間で寝るよ。畳だし、この時期なら座布団に毛布一枚あれば十分だ」

どうしてと思ったのが、露骨に顔に出たらしい。振り返る形で映を見下ろしていたヒロトが、困ったような顔で見下ろしてきた。

「……今日のところはだけど、一緒に寝るのはちょっと無理なんだよね」

「何でですか？　今までずっとそうだったのに」

取り残された気分でヒロトを見上げて、やはり迷惑だったのかもしれないと思い至った。困惑顔のヒロトもそれきり口を噤んでしまい、深夜の室内に微妙な沈黙が落ちる。

「——だったら、僕が居間を使います。我が儘を言ったのはこちらですし」

「駄目だよ」

弱り切った顔でため息をついて、ヒロトは続ける。

「本当は、こんなこと言うつもりはなかったんだけど……ちょっと状況を考えてくれないかな。一応、俺ときみは両思いになったばかりで、しかもこの家でふたりきりだ。同じベッドで寝たりすると、その……たぶん眠らせてあげられないと思うんだよね。そこまで耐えられる自信も、今夜はないし」

意味がわからず、つい首を傾げていた。

この家でふたりきりなのも、同じベッドで眠るのもこれまで当たり前にしてきたことだ。それを、両思いになったからと言ってどうして――。

そこまで考えてふっと先ほどのヒロトの言葉を思い出す。言い回しの奇妙さに引っかかりを覚えてその箇所を反芻し、唐突に意味を悟って顔が爆発したかと思った。

心のどこかで、何を今頃とも思う。ヒロトとは初めて会った日に、ホテルでそういう関係になったはずだ。あの時の映はただ淡々と応じただけで、こんなふうに狼狽《うろた》えたりしなかった。なのにどうして今、こんなにもいたたまれないのか。

下を向いたまま内心で悶《もだ》えていると、すぐ近くで笑う気配がした。おそるおそる顔を上げた先、安心したような落胆したような顔のヒロトと目が合う。

「そういうわけだから、おやすみ。また明日ね」

さらりと映の頬を撫でて、今度こそ背を向けてしまった。

数歩先の引き戸へ歩く後ろ姿を、突っ立ったまま見ていられたのはほんのひと呼吸の間だけだ。何かを思うより先に身体が動いて、映はヒロトの背中にしがみついていた。

「厭、です」

「……何？　どうしたの」

「厭です。ここに、いてください」

離れていく後ろ姿に、連想したのは映画館での別れだ。あの時は呆然《ぼうぜん》としただけだったけれど、携帯電話が通じなくなりこの家に来ても駄目だと知って、もう二度と会うことはないかもしれないと思った。

ほんの一時間ほど前にマンションまで送って行くと言われた時も、下手に離れたらまた会えなくなる気がした。あり得ないと、大丈夫だと頭ではわかっているのに、どうしても傍にいてほしくてここまでついて来てしまった。

「大丈夫だよ。居間はすぐそこなんだし」

「駄目です。ここに、一緒にいてください。お願いします。傍にいたいんです」

言い募りながら、これこそ我が儘だと自分に呆れる。ヒロトを困らせているのを承知で、それでも言葉が止まらなかった。

これでヒロトに呆れられたらと思うと、震えるほど怖い。けれど、今だけは譲れない。そう思い、それが甘えなのだとふいに悟った。

誰にも我が儘を言ってはいけないと、幼い頃からずっと思ってきた。ここまで我を通した相手はヒロトが初めてで、それだけ囚《とら》われているのだと思い知る。

黙って映を見ろしていたヒロトが、息を吐く。向き直ったかと思うと、映の頬を撫でてベッドへと促した。素直に腰を下ろした映とは違い、ヒロトはその正面に立ったままだ。

「……あのね」

すっと屈《かが》んだヒロトが、映と視線を合わせてくる。困った顔で、けれどまっすぐに見つめてきた。

「俺としてはこのまま一緒にいたらたぶん……というより間違いなく、きみを手放せなくなると思うんだ。白状するけど、前にここで一緒に寝ていた頃もかなりきつかったしね。けど、俺にはまだきみに話していないことがあって」

「そんなのは、どうでもいいです。離れたくないんです、だから一緒にいてください」

「いや、けど」

「あなたに気がかりがあることは、わかりました。でも、それを理由に僕の気持ちを疑わないでほしいんです。……さっき言ったように、僕が自分で選んだことですから」

（俺も、好きだよ）

あの言葉だけで、映には十分だ。それに、西峯は一度も映に対して、ヒロトに注意するようにとは言わなかった。

ヒロト自身に問題があるなら、西峯は映にそれと指摘したはずだ。そう思う気持ちが、さらに映を後押ししてくれていた。

小さく息を飲んで、ヒロトが苦笑する。ぽつりと言った。

「何度も思ったけど、きみは本当に俺を煽るのがうまいよね」

「は、い……？」

声音の最後に不穏な響きを聞いた気がして、映は瞬く。その頬を、長い指に優しく撫でられた。

「先に謝っておこうかな。……悪いけど、覚悟しておいてもらった方がいいかも」

謝る必要はないと、返すはずの声は寄ってきたキスに飲み込まれた。何の覚悟かと問い返す間もなく、映は深くなったキスを受け入れる。

「――ところで、そろそろ俺を名前で呼んでくれない？　俺もきみの名前を呼びたいしね」

キスの合間の囁きに、映はぼんやりしながらほっとする。了解の返事の代わりに、伸ばした指先でヒロトの寝間着を握りしめた。


一度は経験したことだから、大丈夫だと思っていた。

けれど、考えてみれば先ほどから全然違っていたのだ。ヒロトの声も指もキスも、前の時は――映画館で別れるまでは何となく受け流すことができていたのに、再会してからはどうしてもそれができない。神経が剝《む》き出しになったように、触れられるたびに知らない感覚が走る。

わかっていたのに、気づけなかった。結局は自業自得で、だったらもう仕方がない。そんなふうに無理に考えながら、映は必死で声を嚙み殺している。

「……映？」

「ン、ん……っ」

低くて優しい声が、名前を呼ぶ。ほとんど同時に下唇を指で撫でられて、飲んだはずの声が半端にこぼれた。慌ててもう一度唇を噛むと、今度は顎を擽るように撫でられた。

「声、噛まないで。ちゃんと聞かせてくれないか」

「――――」

囁く声は懇願の響きで、なのにすんなり頷けないのはその中にいつもとはまるで違う色があるせいだ。

返事の代わりに緩く小さく首を振った。直後に吐息が落ちた場所は右側の耳元で、たったそれだけのことでびくりと肩が跳ねる。くすりと笑う声のあとでそこに落ちたキスは優しいのに執拗《しつよう》で、耳朶《みみたぶ》に歯を立て耳の奥を舌先で抉られた。大きく響く水音に竦めた首は慣れたような指に撫でられて、続いて落ちたキスに強く吸いつかれた。そのままキスは喉から鎖骨へ、さらに胸元へと、ほんの少し前と同じ場所をなぞるように辿っていく。

ベッドの上に転がったまま、映は身動きが取れない。寝間着の前がすっかりはだけてしまい、辛うじて袖《そで》で引っかかっているだけだ。剝き出しになった肌には先ほどから何度となくキスを落とされて、いくつもの痕《あと》が散っている。引き下ろされた寝間着のズボンに拘束されて中途半端にしか動けない膝の間にはヒロトの手が入り込んでいて、そのせいで上がりそうになる声を辛うじて堪《こら》えていた。

鎖骨を嘗めたキスが、当たり前のように胸元の、そこだけ色を変えた箇所に落ちる。唇の奥で撫でられいじられる感覚に、ざわりと全身が粟立《あわだ》つのがわかった。声を殺しているせいか頭の中はすでに飽和していて、なのに妙にくっきりと「女の子じゃないんだからそんなところ触らなくていいのに」などと思っている。

ヒロトがどこかに触れるたび、肌の上に得体の知れない感覚が浮いてくるのだ。最初は小さな水滴が複数ほどだったのがじきに水たまりほどに大きくなり、やがて一面に薄い水の層を作る。それに似て、わずかに痺れるようだった感覚は肌の下であっという間にじわじわと炙《あぶ》るような熱へと変じていく。

自分の身体が、知らない間に別物になっていくようだ。唇を嚙むことで殺していた声はいつのまにか堪えきれずこぼれていて、自分の声が知らないはずの色を纏《まと》っていることに戸惑った。

初めてだった前の時の方が、むしろ平気だった。触れられる感覚も落ちてくる悦楽もどこか遠く他人事《ひとごと》のようにしか思えず、あの時の映は過ぎる時間を淡々と追っていた。

なのに今は、知っているはずの変化が怖いと思う。前回とは違い過ぎる自分の反応についていけず、目の前の背中にしがみつくだけで精一杯だ。

胸元にあったキスがもっと下へ、さらに腰骨のあたりへと動く。何が起きるのかと息を飲んでいる間に優しいはずの手に膝を摑まれた。

「な、に……？」

辛うじて上げた声が届いたのか、臍《へそ》のあたりにキスしていたヒロトが顔を上げる。薄々察していた自身の下肢の変化をその時初めて自分の目で確かめて、今さらにひどい羞恥に襲われた。無意識に逃げた腰を易々《やすやす》と捉えられて、悲鳴に似た声が喉の奥からこぼれて落ちる。

「ちょ、――駄目、です……っ」

「ん、大丈夫だから楽にして」

制止はさらりと受け流された。ヒロトの言葉を耳だけでなく膝の間に落ちた吐息でも知らされて、その直後にはもう身体の中でもっとも過敏な箇所を彼の唇に含み取られている。

自分の両膝の間にヒロトの頭が沈んでいくのを目の当たりにして、頭を殴りつけられた気がした。本能的に暴れた腰を強く摑まれ、引き戻されたあげく固定される。焦ってずり上がろうにもびくともしないことを知って、絶望的な気持ちになった。含まれたその箇所を濡れた体温にゆるりと撫でられて、びくりと大きく腰が跳ねる。

「や、……待っ――な、にし――」

発した声への返事はなく、代わりに湿った体温で過敏な箇所をなぞられる。とたんに濃度と増した悦楽に、立てていたはずの肘がかくんと落ちた。枕の上に戻った頭を再び起こす気力もなく、映は必死で声を嚙む。

身体の内側で、知らない感覚が荒れ狂っているようだった。耳に入る粘った音にすら煽られ、その音と膝の間で動くヒロトの動きが連動しているのを知って、なおさら全身の熱が上がっていく。

気紛れのように、脚の付け根や内股の柔らかい場所を指で撫でられる。それとは別に、同じ場所をヒロトの髪がさらりと掠めていく。そんな些細な感触にすら、どうしようもなく煽られた。

腰を摑んでいた手のひらが動いて、脇腹《わきばら》や背中を撫でていく。勝手に跳ねた腰を強い腕に引き戻されてて、その手の温みにすら鳥肌が立った。無意識に動いた指が細い、けれど癖のあるものに辿りついて、考える前にそれに指を絡めてしまう。これは何だろうと空白になった頭のすみで思って、しばらくしてからヒロトの髪だと気がついた。

「や、……ん、く、……っ」

腰の奥の深い部分を、よく知った指先に撫でられる。その感覚を知っていると思えて、きつく眉を寄せていた。いつ、どこでと考えても答えが摑めず、空《から》回りする思考を置き去りにやんわりとそこを指で抉られる。かすかな痛みに逃げかけた腰を寸前で固定されたかと思うと、今度は同じ場所に指とは違う湿った感触が這った。

喉の奥で上げた声が、意味のない音に変わる。決まった箇所を執拗になぞられる感覚に眉を顰めながら、なのにそうされる理由に辿りつく前に次々と押し寄せてくる慣れない悦楽に押し流された。

何をどうされているのか、まるっきり理解できなかった。混乱しきった映にできることと言えば、前回を思い起こして気を落ち着けようと試みることくらいだ。

――前の時とは、何もかもが違う。

考えている間にも、身体の奥で熱が上がっていく。知らない間に早くなっていた呼吸に戸惑いながら、ついていけない速度で追いやられているのを知った。

いやだと、いつのまにかそんな声が出ていた。待ってほしい、助けてほしい、どうして、何がどうなって――脈絡のなさに自分でも呆れるような声を連ねたまま、映は強引に高みへと放り出された。

自分が泣いていることも、意識になかった。ぼやけた視界の中、間近に覗き込む気配に何度か瞬いて、どうにか輪郭を取り戻す。

映、と呼ぶ声の響きに、泣きたくなった。近い距離でヒロトと目が合って、そのあとで自分がひどい顔をしているのを自覚する。みっともなさに慌てて顔を隠しながら、自分がどうなったのかを――ヒロトに何をされたのかを理解した。

「顔、見せてくれないかな」

恥ずかしいではすまない頼みに、無言で首を振っていた。すると、今度は少しトーンの落ちた声がする。

「……ごめん、厭だった？」

「――――」

一瞬逡巡《しゅんじゅん》して、今度も首を横に振った。――恋愛する気がなかったとはいえ、それなりに自分でも処理していたことだ。ただ、それを他人にされたことに驚いて、それがヒロトだったことがとんでもなく恥ずかしくて、信じられなかった。

「映。……ちょっとでいいから顔見せて？」

声とともに前髪を梳《す》くようにされて、それだけで肌が痺れた気がした。どうしてこんなにと考えて、すぐに映は答えに辿りつく。相手がヒロトだからだ。ヒロトが好きだから、きっと自分はこんなふうになっている。その証拠に、手首を摑まれて顔から手を剝《は》がされても、それ以上抵抗できなかった。

映、とまたしても名を呼ばれる。額同士を押し当てる距離で見つめられて、どうしようもなく顔が熱くなった。空転する思考の中で、映はこの顔と声は凶器だと再認識する。

「大丈夫。心配ないから、楽にして？」

囁く声に小さく頷くと、するりと寄ってきたキスに唇を啄まれた。馴染んだ感覚にほっとしたのが伝わったのか、すぐさま歯列を割って深くなる。喉の奥からこぼれる自分の声はどこか遠く、同じだけ膝を摑まれた感覚も間遠だった。

「……ん、ぅ……？」

キスを続けたまますると指を動かされて、腰の奥を探られていたのを知る。膝を摑まれていたことに気づいた時には遅く、その箇所に何かを押しつけられた。

「――苦しかったら言って?」

唇が触れる距離で、そっと囁かれる。怪訝に思った時にはもう、かすかに覚えのある感覚に腰の奥を穿たれていた。

「う、ン……っ」

不意打ち感覚に、ざあっと全身が竦む。とたんに、馴染んだ指に目元を撫でられた。無意識に奥歯を噛んだのを知ってか柔らかく唇を啄まれて、映は詰めていた呼吸を辛うじて逃がす。圧迫感と痛みに視界が滲んだのを知ってか、唇から離れていったキスに今度は目元を拭われた。

「や、何――前と、ちが」

「ヒロト、だよ」

やっとのことで訴えたのに、間近のヒロトからはそんな言葉が返った。飽和した思考で、それでも映は言われるまま口を開く。

「……ひろ、と……さん?」

「うん、そう。今度からそっちで呼んで」

とたんにヒロトがきれいに笑うのを知って、じんわりと胸が暖かくなった。

自分がヒロトに名を呼ばれると嬉しいように、ヒロトも喜んでくれていると思えたからだ。

それが、一方通行ではない証拠だと感じられてひどく安堵する。

名を呼ぶ声に誘われるように、映はヒロトにしがみつく。それだけが一番の頼りだと思えて、指先に力を込めた。

17

気恥ずかしいと言うのか、いたたまれないと言うべきか。

日当たりのいい縁側に置かれたソファに沈み込むように座って、映は慣れない感情を持て余していた。

初夏も間近の今日、戸外の気温はこうして座っている限り暑くもなく寒くもなくちょうどいい頃合いだ。開け放たれた窓から時折入ってくる風が心地いい。

背後から、水を使う音がする。先ほど終えた朝食の、後かたづけをしてくれているのだ。傍に置かれた小さなテーブルの上の携帯電話はあと小一時間ほどで昼という時刻で、だったらさっき食べたのは朝食ではなくブランチになるのだろうかと思う。

三週間前の週末と、同じようで違う。それを、映は強く感じていた。

そもそも数十分前に目を覚ました時点で、いつもと大きく違っていたのだ。何しろ映はヒロトの懐《ふところ》に抱き込まれた格好のまま、じっと見つめられていた。それも、目眩《めまい》がするほど甘くて優しい顔で、だ。

怪訝に思ったのは、ほんの一瞬だった。身体のそこかしこに残る倦怠感《けんたいかん》に首を傾げてすぐに昨夜の経緯を思い出して、あまりの恥ずかしさに逃げようとした、のだ。

とはいえ、すでに抱き込まれている状態でそれが叶《かな》うはずもない。あっという間に捕まったかと思うと、挨拶代わりに長くて深いキスをされた。恥ずかしさのあまり真っ赤になっていたら、今度はヒロトから謝られた。

（ごめん。本当に映だと思ったら、離せなくなった）

真剣な顔で言われて、背骨が溶けたかと思った。声もなく頷く映の頬をヒロトは撫でてくれたけれど、何となく全部を見透かされていたような気がする。

またしても熱くなった頬を押さえた時、聞き覚えのある電子音が鳴った。

西峯からのメールだ。内容は「大丈夫か、元気にしてるか？」という挨拶のような短いもので、映とヒロトのことを気にかけてくれているのだとは察しがついた。

「何、それ。メール？」

声に振り返って、映は思わず自分の頬を撫でる。

いったん下がったはずの熱が、また上がった気がしたのだ。顔を見ただけでそんなふうになっていては困ると、すぐ隣に腰を下ろした恋人――ヒロトを見返して内心で思う。

「メールです。西峯先輩から、でした」

「……へえ」

微妙な合間を挟んだ返答は、いかにも興味なさそうだ。持ってきたカップを映に渡したきり、ヒロトは自分のカップを口に運んでいる。その様子に、以前西峯から聞いた話を思い出した。

急に黙ったことに関しては、西峯の名前を聞いたから――でおそらく正解なのだろう。それにしても、西峯の方は好意的だったのにどうしてヒロトはこうも微妙なのか。気が合わないようとも思えないのにと、素朴な疑問を覚えてしまう。

「……ヒロトさん、は、もしかして西峯先輩が苦手ですか」

立ち入りすぎかと思わないではないが、今後のためにも知っておいた方がいい。そう思って訊いた映に、ヒロトは苦笑した。

「苦手、ってよりいろいろ複雑なんだよね。――義彦からはどこまで聞いた？」

「事情があって、先輩とは疎遠にしていた、とだけ。詳しい話は聞いてないです」

「だよね。あいつのそういうところがねえ」

うんざりしたとも、困ったとも取れる表情でため息をつく。何とも言えない気分でじっと見つめていると、その顔のまま笑って見せた。

「嫌ってはいないよ。ただ、近寄りたくないと思っていた時期が長かったから」

「近寄りたくない、ですか。ヒロトさんの方が？」

「そう。けど、映が尊敬するっていう気持ちはわからないではないんだ。子どもの頃から物怖《もの》《お》じしなくて人懐っこくて活発で、常に人の真ん中にいるようなやつだったからね」

淡々としたヒロトの声音にふと別の響きが混じったようで、それが妙に気になった。映の視線に淡く笑って、ヒロトは軽い口調で言う。

「理想の子ども、だったんだよね。少なくとも、俺の周囲の人たちにとっては」

「理想、ですか？」

「うん。一番最初は、例の幼なじみの彼女でね。俺が四歳の頃だったと思うけど、とにかく義彦が好きでつきまとってはお嫁さんになるって連呼してたんだ。それを、負けるな自分で取り戻せって言われた」

「……はい？」

きょとんとした映に苦笑して、ヒロトは首を竦める。

「昔も今も、俺は彼女に興味がなくてね。当時は確か昆虫図鑑に夢中で、何でそんなことを言われるのかよくわからなくて、けど急《せ》かされて言われる通り彼女に近づいては邪険にされていた。そのたび、諦めるなって励まされるわけだ。——要は、同じ幼なじみなのに義彦が選ばれたのが気に入らなかったんだろう。俺の、母親の話なんだけどね」

「お母さん、ですか。ヒロト、さんの？」

「そう。母方の従弟だって話はしたっけ？　うちの母と義彦の母親と、姉妹なんだけど昔から仲がよくなかった……というか、母の方が無意味に張り合ってたらしくてね」

姉に当たるヒロトの母親にとって、妹とその息子になる義彦、つまり西峯に負けるのはどうしても許せないことだったらしい。たとえそれが、自分の実家の隣に住む幼い女の子の言葉であっても、だ。

「負けるも何も、さっき四歳って……」

「年齢は関係ないらしいね。とにかく、俺が初めてはっきり気がついたのがその時だったけど、思い返してみたらそれ以前からとにかく比べられてはいたんだ。一緒に虫取りに行けば取った数、鬼ごっこをすれば鬼になった数。祭りでは金魚掬いや射的の結果。幼稚園のかけっこから習い事の順位から、小学校に上がってからはクラス委員になったかどうか。向こうが絶対見せなかったから成績表の比較はなかったけど、中学に上がって部活が始まればどちらが先にレギュラーになるか、試験の順位はどっちが上か。高校受験でも、とにかく義彦より上のランクならどこでもいいと言われたよ」

「――――」

「今は疎遠にしてるけど、顔を合わせるとやっぱり文句をつけてくるよ。俺の趣味も仕事も気に入らないみたいでね。母から見れば、仕事でも男らしさでも義彦の方が上らしい」

もはや何を言う気にもなれず、映は顔を顰めてしまう。この家に初めてきた時にヒロトの料理を囲んで交わした会話が、耳の奥によみがえった。

(呆れるか無関心のどっちかだろうとばかり)

(俺の周りはそんなのが多くてね。男のくせに料理が趣味なのはみっともないって、思い切り馬鹿にされた)

……つまり、率先してそうしたのがヒロトの母親だったということか。

「まあ、俺が義彦に敵《かな》わないのは今さらだし、どうでもいいんだけど」

「何ですか、それ」

むっと声を尖らせた映に、ヒロトは自嘲気味に笑った。

「子どもの頃、俺は喘息気味であまり丈夫じゃなくてね。もともと家の中で何か作ったり本を読むのが好きだったのもあってか運動では義彦に敵わなかったんだけど、それも母にとっては言い訳でしかないらしい。——物心ついた頃から母がおおっぴらに言うせいか、気がついた時には周り中から義彦と比較されるようになってた」

「比較って、そんなもの意味がないと思います」

周り中、という言葉にぞっとした。顔を顰めた映を眺めて、ヒロトは他人事のように飄々と言う。

「母にとっては意味があったんだろうね。同い年で、同じ男の従兄弟だったからかもしれないけど」

幸いなことに、幼なじみの件のすぐあとでヒロトの父親がそれと気づいた。今後はやらないようにと母親をきつく諫《いさ》めたものの、当時の父親は遠方に単身赴任中だった。電話でたびたび注意していたようだが、現実にはほとんど改善されなかったという。

それは、と映は息苦しい思いで考える。確かにその状況なら件の従弟には近づきたくないし、関わりたくもないはずだ。そう思った時、ヒロトは思い出したように言う。

「そこを庇ってくれたのが、義彦本人とその母親だったんだよね」

「え、……」

「叔母の方は昔から俺の母に辟易していて、子ども同士にまで同じことをさせる気はなかったらしい。俺がその気じゃないのにも気づいてたんだろう。表だって庇うとかえって母がムキになるからって、さりげなく義彦を連れて時間をずらしたり場を抜けたりしてくれていた。——義彦は義彦で他人と張り合うことに興味がなくて、むしろ母がその類のことを言い出すと厭そうな顔してたんじゃなかったかな。小学生の時だったか、機会があってふたりきりになった時に『俺は俺で、おまえはおまえだから』って言われたよ」

「あー……それは確かに先輩らしい、っていうか」

部活もそうだが、勝ちに執念を燃やすわりに負けてもあとを引かない人なのだ。無意味な比較には興味など示さないだろうと簡単に予想がつく。

太陽みたいな人だとは思っていたが、子どもの頃からそうだったわけだ。思わず笑ってしまった映だったが、ヒロトと目が合うなりすっと笑いが引っ込んだ。

「義彦のそういうところが、俺は苦手でね。——子どもの頃に考えたことだから、今もそのままとは言わないけど」

幼稚園はヒロトの母の思惑で、小学校から中学までは校区の関係で、ヒロトと西峯は同じ学校に通った。その間ずっと、習い事を始め服装からふだんの遊びから中学になってからは部活に至るまで、ヒロトは西峯とお揃《そろ》いにさせられていたらしい。それもヒロト本人の希望は無視で、決定事項として母親から押しつけられた。そうして、気がついた時には親類のみならず幼なじみや遊び友達や友人からも西峯と比べられ、「できない」ことを突きつけられるのが当たり前になっていた。

「その状況で、それでも義彦のせいじゃないと思えるほど俺はできた人間じゃなくてね。嫌いというよりうんざりしたよ。母にも周囲の友達にも、……義彦の存在にも」

だからこそ、高校受験の時にあえて自宅から遠い学校を選んだ。西峯の志望校よりランクが高いというだけでそれを許可した母親は、けれどヒロトが家を出て祖父と暮らすと告げると半狂乱になったのだそうだ。

「やっと義彦に勝ったのに、とか言われて冗談じゃないと思ったんだよね。——幸い、祖父は俺の状況を知った上で来いと言ってくれたし、父も全面的にこちらについてくれたから、そのままここに移ったんだ」

高校入学を機にバスケットボールを辞め、押しつけられて着ていた服も捨てた。一人住まいだった祖父の助けになるよう料理を始めとした家事を覚え、その面白さに夢中になった。子どもの頃から手作業が好きで、だからこそ料理や家の修理に熱中していたヒロトを見ていた祖父に「だったら何か作ってみたらどうだ」と言われたのが、今の仕事を選ぶきっかけを作ったのだという。

「ここに来て楽になってからも、わざわざ義彦に近づく気になれなくてね。年末年始に母方の祖父のところに顔を出すにも義彦が来ない時を狙ってたくらいだ。……初めて俺から義彦に声をかけたのは大学三年の時かな。映の話を、聞きたかったから」

「え」

思いがけず自分の名を耳にして、どきりとした。いつものように頰を撫でられ、優しくて甘い笑みを向けられて、勝手に顔が熱くなる。どうにか気力を振り絞って言った。

「でも、大学の時って……あ、試合のＤＶＤですか？」

「そこは義彦から聞いたんだ？　当時つきあってた子に観せられた大学バスケの試合のＤＶＤに、映が出てたんだよね。もっとも、彼女の目的は義彦だったんだけど」

「は、い？　目的って、でもヒロトさんがつきあってた子ですよね……？」

奇妙な言葉が耳に入った気がして、映は首を傾げる。それへ、ヒロトは面白そうに笑った。

「一応はそのはずだったけど、義彦と俺が従兄弟だって知って紹介して欲しくなったみたいでね。ＤＶＤはその前フリだったらしい。まあ、よくあることだけど」

さらりとした言葉に、返答が出なかった。内心でむっとした映に気づいているのかどうか、ヒロトはくすくすと笑う。

「その中で、とにかく映が目についたんだ。試合前の集合から試合後の解散まで、とにかく義彦しか見てないなって」

「……あの、それ本当ですか。部活メンバーにも、気づかれてないはずなんですが」

「そう？　俺はすぐわかったけど。苦しそうだなと思ったし」

「――……」

「印象が強かったし興味もあったから、義彦に直接どういう子なのか訊いてみた。それで、義彦が映の気持ちに全然気づいてないのがわかったんだ。当時、あいつに恋人がいたことも聞いてたしね」

ヒロトたちが大学三年なら、映は一年だったはずだ。その頃の映は西峯への気持ちを自覚したばかりで、自分でもうまく認めることができずにいた。

ある意味、とても苦しかった時期だ。けれど、それでも――西峯のお気に入りと言われてはいても、映の気持ちに気づく者は誰ひとりいなかった。

なのに、遠目に見たヒロトだけが気づいていたのか。改めて、不思議な気分になった。

「ただ、その時はそれ以上踏み込む気はなかった。映は義彦の後輩であって、俺との接点はないからね。けど、そのあともちょくちょく映の話は聞いてたんだ。どこに就職したとか、引っ越したとか。俺との話の接ぎ穂にしたのと、あとは自慢だったんじゃないかな」

そういえば、西峯本人が「自慢した」と言っていたのだ。思い出して、面映《おもは》ゆい気持ちになった。

「義彦から話を聞いて、思い出す。映とはその距離で十分だと思ってた。けど、義彦が婚約したと聞いた時、映はどうしているのかと――泣いてるんじゃないかって、妙に気になった」

「…………」

声もなく、映はヒロトを見つめる。ふわりときれいに笑って、ヒロトは苦笑した。

「直接会ったこともないのにおかしいと、自分でも思ったよ。義彦以外に接点もないし、だからってあいつを介して会ったところで意味があるとも思えない。なのにどうしても気になって、自分でもその気分を持て余している時に、あいつの結婚式でカメラと子守担当が出席できなくなったと聞いたんだ」

別の出席者に頼むならともかく、外注するならと立候補した。映がどんな様子なのかを知りたい――直接見ておきたいと、そう思った。

「披露宴での映は今にも泣きそうな顔で、無理に笑っているようにしか見えなかった。なのに、披露宴のあとで義彦から翌々月に部活関係でやる結婚報告パーティーの幹事を映に頼んで引き受けてもらったって聞いて、心底呆れたんだ。気づかない義彦にも、おとなしく引き受ける映にも」

いったん言葉を切って、ヒロトは自嘲するように続ける。

「無事帰れるのか気になって、結婚披露宴のあとはこっそり送って行った。報告パーティーの二次会も、遠目に様子を見てたら今にも泣きそうな顔で幹事やってるし。……もっとも、レストルーム前で声をかけたのは完全に予定外だったんだけど」

「……そう、だったんですか？」

「そう。衝動的に、気がついたら動いてた。売り言葉に買い言葉だったしね」

そこまで聞いて、あの時のヒロトの言動が腑に落ちた。無意識に頷いた映を見つめて、ヒロトはふいにきれいに笑う。

「今だから言うけど、あの日に一目惚れしたんだ」

「……はい？」

「泣きたいくせに泣かなかったでしょう。それなら絶対泣かせてやると思った」

不意打ちの言葉に瞬く映の頬を、長い指はするりと撫でる。やけに甘い笑みを向けられて、反応に困って必死で話題を探した。

「ええと、あの……西峯先輩の方は、ヒロトさんに好意があるみたいですよ？」

「だろうね。だから余計に敵わないんだけど」

言う間にも、ヒロトの指は映の頬から唇を辿ったままだ。

昨夜から感じていたことだけれど、ヒロトの態度は以前よりも露骨に甘い。からかわれているとは思わないけれど、映自身が慣れない感情に振り回されている今はとても応対に困る。

どうしようかと途方に暮れた、その時だ。縁側から見える駐車場側の、ギリギリのところにある植え込みが小さく揺れた。明らかに風とは違う動きに目をやった先で、ひょいと見覚えた顔がそこから覗く。

「あ」

「あー！　このまえのほそいにーちゃんだあ！」

「ここんちのにいちゃんもいるじゃんー」

先週ここで会ったあの子どもたちだった。わらわらと植え込みから出ると、一目散に駆け寄ってきた。

「なんだ、にいちゃんいたんだ！　ぜんぜん見ないから、もう来ないかとおもってた！」

駆け寄ってきた兄が、真正面からヒロトを指さす。眉を寄せたヒロトが、その手を押さえて淡々と言った。

「人を指さすのはやめた方がいい。マナー違反になる」

「まなあ？」

「まなあって、なにそれー」

揃えたように首を傾げた子どもたちを、ヒロトもすぐさま追い返す気はなかったらしい。

少し待つように言い置いてキッチンへ行くと、アイスココアを作って戻ってきた。どうしてこの家にココアがあるのかという素朴な疑問を覚えた映をよそに、コップを手にはしゃぐ子どもたちに縁側に座って飲むよう指示している。

「ここんちのにいちゃんさー、すんでなくてもかえってこないとダメだよ。ほっとくとここ、お化けやしきになっちゃうよ？」

「うん、おばけやしきになるー」

「……いや、そんなすぐにはならないと思うが」

ココアを飲みながら、兄弟はご機嫌だ。弟は兄について言っているだけのようだが、兄の方は本気の発言のようで、ヒロトを見つめて切々と言う様子は説教に近い。

なので映が割って入ってみたけれど、どうやら逆効果だったらしい。ちらりと映を眺めた兄はどういう意味だかため息をつくと、無言で成り行きを眺めているだけのヒロトを見た。

「うちってさあ、ひとがすんでないとあれる、んだって。まえにテレビで言ってたんだけど、知らない？」

「しらなーい。あれるって、なに。あれるぎい？」

「ちがう。くさがぼーぼーになって、うちがいたむんだって」

「ぼーぼー？」

兄弟での会話に突入したふたりを気にしながら、映はちらりと隣のヒロトを見る。と、視線に気づいてかこちらに目を向けたヒロトは、声をひそめ顔を寄せてきた。

「映、何だかこの子らと仲良いね？」

「あ、それは」

「そこのほそいにーちゃん、まえのどうようびとにちようびもここんち来てたんだよ。ここんちのにーちゃんがかえってくるの、ずっとまってたの！」

映の返事を遮るタイミングで、兄の方が言う。きょとんとしたヒロトに唇を尖らせた兄の代理のつもりか、今度は弟の方が嬉しそうに声を上げた。

「うん、まってたー　げんかんのとこ、すわってたー」

「やくそくはさ、まもらなきゃダメだとおもうんだ。おとこのやくそくなんだし」

「いや、別に約束したわけじゃないから」

「えー　でもともだちだよね」

「おともだちのやくそくは、やぶっちゃだめなんだよー」

慌てて入れた訂正は、けれど当然とでも言いたげな声に気なく叩き落とされた。見上げてくる兄弟はどちらもぴかぴかという形容をつけたくなるような顔をしていて、映はどうにも言葉が出なくなる。

それが不思議だったらしい兄弟は、そのあともっぱら映を話し相手にココアを飲み干すと、揃って帰っていった。——ご丁寧に「ごちそうさまでした」と、「なかよくしてねえ」との言葉を残して、だ。

とても複雑な気分で小さな後ろ姿が見えなくなるまで見送ってから、映は頬に当たる視線に気づく。いつからそうしていたのか、ヒロトがソファの肘掛けに肘をついて、まじまじと映を眺めていた。

物言いたげな顔つきに、何となく怯んだ。

「……あの？」

「映さ、昨夜ここに来た時は久しぶりだって言ってなかったかな」

「言いましたよ。実際、中に入ったのは久しぶりですし」

家の中の空気についての話だから、嘘ではないのだ。ほっとして答えながら席を立とうとしたら、ヒロトに手で制された。目的を読まれていたらしく、軽く腰を上げた彼は慣れた手つきでココアのコップを回収する。

「先週も先々週も、ここに来てたんだ？」

「そうですね。ヒロトさんと、話がしたかったので」

「でも映は車持ってないし、電車で来たんだよね？」

直球の問いに隠すことでもなしと素直に答えると、ヒロトの表情がわずかに変わる。返った声にもその表情と似た響きがあって、映はただ苦笑した。

「僕にわかる場所は、ここだけでしたから。住んでないかもしれないっていうのは、早い段階で薄々察してたんですけど、もしかしたらと思って」

「……仕事上がりに、二度くらいは来たよ。冷蔵庫の中身とか移動させないと駄目になるし」

「ですよね。結構、充実してたみたいですし」

週末のいつ家で食事をし外食するのかを、おそらくヒロトは前もって計画していたのだろう。二日間のうち半分の食事はヒロトの手作りで、映はそれも楽しみにしていたのだ。

「——……ごめん。俺は結局、映に面倒をかけてばかりだったみたいだ」

先ほどの響きのまま、昨夜にも見た申し訳なさそうな顔をしたヒロトに、息苦しくなった。

「僕は、会えたのが昨日でよかったと思いますよ」

考える前に、映はそう口にしていた。意外そうなヒロトに畳みかけるように言う。

「昨日だから、ちゃんと覚悟して会えました」

「覚悟、……？」

「ヒロトさんに、きちんと本音で向き合う覚悟です。それがあったから、言うべきことを言えたんだと思うんです。あのタイミングで、よかったんです」

映、と呼ぶ声を耳にして、顔が緩むのがわかる。

——恋人以前のつきあいをしていた頃、ヒロトはごくたまにしか映を名前で呼ばなかった。その機会の多くは脅迫か強い物言いをする時で、今のように何気なく、当たり前のように口にされることはなかった。

映自身も、そうだ。昨夜ヒロトに求められるまで、彼の名前を呼ぶことができなかった。

けれど、今は恋人として呼べるようになっている。

「僕は、ヒロトさんが大好きなんです。だから、ヒロトさんはそのままでいてくださいね」

ぽろりとこぼれた映の言葉に、ヒロトが瞬くのがわかった。直後、泣きたくなるほど優しくてきれいな笑みを浮かべる。

「ありがとう。……けど、映も結構言うよね？」

くすくすと、ヒロトが笑う。それを耳にした瞬間に、ふっと我に返った。——今、自分は何を言ったのか。

思い返したとたん、顔中が火を噴いた。あまりのことに口元を手で覆って顔を背けながら、映はその場で身悶える。今すぐこの場で蒸発したいと、心の底から願った。

「映？　こっち向いて」

くすくす笑う声とともに、肩を撫でられる。返事ができず目だけを向けると、いつのまにかヒロトがすぐ横にくっついていて、覗き込むように映を見ていた。

下を向いた顔から、するりと眼鏡を抜かれる。顔を上げるなり、指先で頰を撫でられた。

「キスしたいんだけど、いいかな」

見とれるような顔で言われて、引き込まれるように頷きそうになった。辛うじて思いとどまって、映はそろりとヒロトを見る。

「……ここだと外から丸見え、ですよね」

「だね。中に入ろうか」

首を傾げた笑顔で、肘を引かれる。体調を気遣ってか、優しく促す手に応じながら、映は小さく頷いた。

こうやって、ずっと一緒にいられたらいい。心の底から、そう思った。

彼には敵わない

連絡先としては登録したものの、一度も電話やメールをしたことがない。

そもそも携帯ナンバーとアドレスの交換そのものが、本意と言うよりその場の流れでしかなかった。向こうも似たようなものだったらしく、以降二年以上もの間、互いの携帯電話に連絡し合うことはなかった。

だからこそ、その日の昼休憩中にスマートフォンの画面に表示された「西峯義彦《にしみねよしひこ》」という文字列に目を疑った。胡乱《うろん》な気分で数秒見つめてから、ため息混じりに通話に出る。耳に当てるなり、待ち構えていたように聞き覚えた声がした。

『よ。急だけど今日ちょい夕飯につきあって？　俺がそっちまで行くからさ』

「……は？」

いつになく早口に待ち合わせ場所を告げた声に、長澤仁人《ながさわひろと》は眉《まゆ》を顰《ひそ》めた。露骨に声に出たはずのそれをきれいに無視して、通話の向こうの相手はさくさくと続ける。

『定時上がり……ってのはさすがにきついか。七時過ぎにそっちの駅前に行くから適当な店でも見繕《みつくろ》っといてくれよ。日本酒揃《そろ》えてるとこだとすげえ嬉《うれ》しい。――折り入って訊《き》きたいことがあるんだ、まさか厭《いや》とは言わないよな？』

「あいにくだけど、こっちにも都合ってものが」

『んじゃいいや、だったら映《えい》に声かけるし。おまえの都合が悪いなら仕方ないよな』

あからさまな恫喝《どうかつ》を耳にして、腹を括《くく》った。いずれ来るものと予想はしていたことだ、ここは早々にすませてしまうのが得策だろう。

「日本酒があればいいのか。料理は？」

『美味《うま》いつまみがあれば上等。じゃあそういうことで』

語尾と同時に通話が切れたスマートフォンを眺めて、仁人は知らずため息をつく。その横合いから、興味津々な声がかかった。

「長澤が押し負ける相手がいるとはねえ」

渋々目を向けた先で面白がるような顔をしていたのは、この工房の社長であり優秀なデザイナーでもある松尾《まつお》だ。

いつのまにと、ばつが悪くなった。つい先ほどまでこの休憩室にいるのは仁人のみで、だからこそ構わず義彦からの電話にも出たのだ。

「従弟《いとこ》ですよ。どうにも、昔から敵《かな》わない相手なんです」

「そうなん？　意外ってか、おまえってガキの頃から超然としてたってイメージだけど」

砕けた口調で言う上司はこれから休憩に入るらしく、テーブルの上の大きくてごつい弁当箱を今しも開こうというところだ。百九十センチ近い身長に加えて、大学時代に山岳部で鍛えたというがっしりした身体《からだ》つきに見合う弁当箱の中身は、松尾本人とは対照的に小柄な奥さんが作っているという。

顎髭《あごひげ》を蓄えているせいか四十代という実年齢より年上に見える彼は、仕事上のけじめにうるさい反面ふだんはいたってフランクだ。飲む時は気軽に工房スタッフに声をかけ、楽しく飲んで気前よく奢《おご》る。そのせいか、スタッフの間では「山《やま》の熊《くま》さん」と呼ばれていた。

もっとも、だから仁人とも気安い間柄かと言えば微妙だ。どちらかと言えばむしろ、苦手な部類に入る。

幼い頃から身につけた面倒回避の処世術を、見透かされている気がするのだ。ふだん周囲からにこやか、あるいは穏やかと言われる仁人を「超然としている」と評する時点で、すでに引っかかって仕方がない。

「……俺なんか、そこらにいるふつうのガキと変わりませんよ」

「本人は大抵そう言うんだよね。けど、実際はそうでもなかったりする」

何度も頷《うなず》きながら、松尾は四十男らしい節太い指で箸《はし》を使い弁当を平らげていく。女性向けの華奢《きゃしゃ》で優美なデザインを得意とする彼のその指は、意外なほど器用に動いて繊細なデザインを形にしていくのだ。

仕事上では尊敬できる上司だが、個人的事情にまで踏み込んではほしくはない。そんな本音を隠して柔らかい笑みを作っていると、松尾は分厚い肩を竦《すく》めて言う。

「ま、どっちでもいいけどさ。最近、いい顔するようになってきたし」

「……どっちでも、いいんですか？」

「見た目モデルっぽいせいか、妙に生気が足りなかったんだよな。ちゃんといい男になったってことで、結果上等だ」

「はあ……」

にんまり笑っての言葉が意外で、咄嗟《とっさ》に言葉が出なかった。空気を読んで短く礼を言い、仁人は一足先に休憩を終える。

個々で作業しているこの工房では、休憩の入りと終わりは自己管理だ。隣にあるロッカー室に足を踏み入れると、これから休憩に入るらしい同僚と顔を合わせた。松尾がいることを伝えると、彼女は嬉しいような困ったような微妙な顔になる。

「社長ひとりって、今行ったらわたしがいじられるじゃないですかー。長澤さん、ついでにつきあってくださいよ」

「残念なことにもう休憩が終わりでね。いじられるのが厭なら先にいじってみたら？」

「下手《へた》にいじったら三倍になって返されるじゃないですかあ。奥さまを褒めると延々惚気《のろけ》になるし、お弁当だから外に行くわけにもいかないしぃ」

とりあえず、松尾を苦手だと思うのは仁人だけではないようだ。嘆く同僚が重い足取りで休憩室に向かうのを横目に弁当箱を自分のロッカーに押し込め、簡単に着替えをすませると、仁人は手早くスマートフォンを操作する。打ち込んだメール内容は今夜の約束の変更で、宛先は半月ほど前に恋人となった深見《ふかみ》映だ。

一週間振りに、ゆっくりふたりでいられると思ったのに。

義彦には言えなかった内心を盛大なため息に変えて、仁人はざっと文面を見直す。送信ボタンを押し、スマートフォンを納めたロッカーの扉を閉じて、作業場へと駆け戻った。

西峯義彦は、仁人の同い年の従弟にあたる。生まれ月から言えば仁人の方が、ほんの三か月ほど年上だ。

母親の妹の息子という続柄になる義彦への仁人の認識は、一言にすると「苦手」だ。もっと踏み込めば、「絶対に敵わない相手」になる。このあたりが我ながら複雑で、実を言えば幼い頃から比較され負け続けていたから、という理由ではけしてない。

記憶に残る四歳の時、幼なじみの女の子を引き合いに「義彦に負けるな」と叱咤《しった》されて、仁人は混乱した。

義彦に張り合う気が、まるでなかったせいだ。仁人にとっての義彦はそれなりに気は合うが自分とは遊び方が違う、幼稚園の友達よりも近くて遠い、何とも不思議な存在だった。

一時の混乱が収まったあとは、何かと比較されることに違和感を覚えた。とはいえ当時の仁人にはその理由がうまく摑《つか》めず、ただ母親の態度に戸惑うばかりだった。

その違和感の正体を指摘したのが、義彦だったのだ。比較され始めて一年が過ぎた頃だったか、祖父の家での新年の宴会中に親類の間で始まった従兄弟同士の比較品評会にうんざりしていた時に、義彦の「にげよう」という提案に乗って手を繋《つな》ぎ、座敷を抜け出して人気《ひとけ》のない離れに逃げ込んだ。薄暗い押入れの中でくっついて座りながらの義彦の言葉に、喉《のど》の奥に引っかかっていた違和感がすうっと溶けて胸に落ちた。

(めんどうだよな。ヒロはヒロで、おれはおれじゃん。かちもまけもあるかよー)

その翌日、仁人は初めて母親に逆らった。自分は義彦じゃない、だから自分の好きなようにする。——それを聞いて母親は怒り、しまいには泣き出した。結果、その時のことがあとまで長く尾を引いたのだ。下手に逆らえば面倒が起きると悟って、以降は表立って逆らわないことにした。

幸いなことに、当時から単身赴任中だった父親は仁人の主張に耳を傾け、母親を諫《いさ》めてくれた。とはいえ父親は月に一度も帰宅できない距離にいるわけで、日常的な効果がほとんどないことも学習したわけだ。

その代わり、さりげなく助けてくれたのが義彦たち母子《おやこ》だ。比較され始めるたび義彦やその母親が誘って連れ出してくれたし、仁人の母親がそれに文句を言い出すと今度は義彦が仁人とふたり並ぶのを避けるようになった。それでいて、親類や母親の目がないところでは以前と同じように屈託なく話しかけ遊びに誘ってくれた。

幼いなりに、それが気遣いなのはすぐにわかった。

実際のところ、義彦がどんなにいいやつかはよく知っているつもりだ。けれど小学校から中学と祖父宅だけでなく学校や塾や習い事、果ては部活中にまで比較され劣っていると言われ続けて、それでも何も思わずにいられるほど当時の仁人は達観していなかった。

自分が義彦の立場だったら、あんなふうにはできないだろうと思ったのだ。そういう意味でも義彦は仁人にないものをたくさん持っているのは明白で、だからこそ「苦手」だと思うようになった。

高校受験を目の前に精神的な限界を感じて助けを求めた仁人に、手を差しのべてくれたのが父方の——長澤の祖父だ。父親の後押しを得て祖父のもとに移り住んでからほぼ四年、仁人が母方の祖父を訪ねる日を選ぶことで義彦とはほとんど会わずに過ごした。

祖父との暮らしは驚くほど快適で、生まれて初めて落ち着いて「自分」でいられる時間を持った。母親がくだらないと言い義彦と比べて落としていた部分を、祖父が面白がり長所と認めてくれたのも大きかったのだろう。四年の間に義彦への苦手意識は薄くなり、母親から比較されても鼻で笑える程度に落ち着いた。

——だからこそ、恋人だったはずの女の子に見せられたＤＶＤの中の映が気にかかった時、義彦に訊《き》いてみようと思えたのだ。とはいえ映像の中の映が義彦を見つめているのは仁人の目には過ぎるほどあからさまで、胸の奥深くで「やっぱり」と感じたことは否めなかった。

義彦から話を聞いたとはいえ、映と直接会う気はまるでなかった。ただ、義彦の結婚を知らされた時に「彼はどうするのか」と気になった。結婚披露宴で遠目に眺めた映の、今にも泣き出しそうな顔が忘れられず、だからこそ報告パーティーの件を聞いて心底呆れた。

一目様子を見るだけのつもりで、二次会に顔を出したのだ。まさか、あそこで映本人に声をかけることになるとは――咄嗟だったとはいえあんな取り引きを持ち出すことになるとは、自分でも予想していなかった……。

■

義彦を苦手に思う理由のひとつは、ただそこに立っているだけで仁人のコンプレックスを刺激するためだ。

待ち合わせ場所になる駅の中央口横、白い外壁に凭《もた》れて夜空を見上げている義彦を目にして、改めてそれを思い出した。

元バスケットボール部員らしく、義彦は大柄な部類になる。男前という表現が似合う程度に荒削りに整った容貌は、仁人の知る限りいつも人懐《ひとなつ》こさを前面に押し出していた。

引き替え仁人はと言えば、身長こそ義彦と張るものの大柄とは言えず、顔立ちにも男臭さはほとんどない。よく使われる表現は「きれい」という、むしろ女性に対して使うものだ。それが自分だと、納得してはいる。けれど、ないものねだりは承知で羨《うらや》ましく思ってしまうものは仕方があるまい。

ひとつ息を吐いて、止めていた歩を進める。残り三メートルという距離で気付いた義彦がこちらを見、壁から背を離した。

「よ。久しぶり」

「久しぶり。とりあえず移動しようか。ここからすぐだから」

「うん、よろしく」

あっさり頷いた義彦に背を向け歩き出しながら、義彦とこんなふうにふたりで飲みに行くのは初めてだと気がついた。

そもそも祖父の家以外で顔を合わせること自体が、滅多にないことなのだ。新鮮な気分になった仁人とは対照的に義彦は何やら機嫌が悪そうで、微妙に目が据わっている。

もっとも、仁人にそこを慮《おもんぱか》ってやる義理はない。あえて頓着することなく、目的の居酒屋の暖簾《のれん》をくぐった。

ほんの三か月前に開店したばかりのここは、松尾の行きつけが出した二号店だ。料理の味のよさと扱う地酒の多様さが売りで、大人数での飲み会に適した座敷がある一号店とは違って個室が多く、少人数での集まりに向いている。

他人の耳目がある場所で映絡《がら》みの話をする気はなかったから、早々に予約を入れて個室を確保しておいたのだ。おかげで、名乗ったらすんなりと奥の部屋に案内された。

「へー、なかなかよさそうじゃん。ここ、おまえの行きつけ？」

「二度ほどは使ったけど、そこまではいかないかな。……ひとまずビールでいいのか？」

「よろしくー。地酒はそのあとな」

地酒メニューを広げて悦に入る義彦を横目に、やってきた店員に飲み物とつまみを適当にオーダーする。さほど待つこともなく届いたジョッキで、形ばかりの乾杯をすませた。

「それで？　何かあったのか」

「おまえはまた直球ってか、急ぐよな……」

早々に恋人に会いたい仁人には、無駄に話を長引かせるつもりは毛頭ない。十分ばかり雑談混じりに飲み食いしたあとで端的に切り出すと、義彦はわかりやすく渋い顔になった。持っていたジョッキをテーブルに戻し、まじまじと仁人を見据える。

「弥生《やよい》のことでさ。おまえ、振るにしてもせめて話くらい聞いてやったらどうよ？」

「……弥生？　が、どうかしたのか」

予想外の名を耳にして、仁人はぽかんとする。

弥生というのは、父方の祖父宅の隣に住む義彦と仁人に共通の幼なじみだ。半月ほど前、仁人が映と恋人同士になった日にマンションの前で顔を合わせたのを最後に音沙汰《おとさた》がない。

「俺、前におまえに言ったよな。何でもかんでも十把一絡《じっぱひとから》げにするのはよせって」

渋面をさらに深くした義彦の言い分は、そろそろ大学卒業という頃に何かのついでに言われたそのままだ。あの時もそうだったが、意味が摑みきれず仁人は怪訝《けげん》に眉を寄せる。

義彦は、わざとのようなため息をついた。

「こないだ、弥生に電話口でいきなり号泣された。振られるのは覚悟してたけど、最後まで告白を本気にしてもらえないとは思わなかったってさ。……まさか今でもわかってないとか言わないよな？　あいつ、本気でおまえのこと追っかけてたんだぞ？」

「弥生は昔から義彦べったりだったろ。おまえに相手にされない時に俺の傍《そば》に来るのは、おまえがどう反応するか見たいからだ」

幼なじみである以上あえて邪険にする気はないが、彼女も仁人もすでに二十代も半ばだ。義彦の結婚がショックだったからといって、当てつけに使われてやる義理はない。

「だから、それが十把一絡げなんだって。つーか、何でそういう認識よ？　俺に言わせりゃ、弥生って中学ん時には仁人しか見てなかったぞ。高校の入学式で仁人がいないって気付いて、やっと自覚したってのも相当鈍いとは思うけどさ」

「……入学式？」

「あいつ、おまえが俺らと同じ高校だとばかり思ってたんだよ。違うって教えてやったらその場で泣き出して、すげえ注目浴びてさ。傍にいた俺がどれだけいたたまれなかったか、おまえ知らないよな。あの頃は下手《へた》におまえんちに連絡できなかったしなあ」

やけにしみじみと言われても、仁人は半信半疑だ。なので、疑問をそのまま口にした。

「大学の時に再会してからも、あいつは俺におまえの褒め言葉しか言わなかったけど？」

「そりゃ、おまえの反応読んでたからだろ」

「何だそれ」

胡乱に問い返した仁人に、義彦は顔を歪《ゆが》めてがりがりと癖毛を掻《か》いた。

「おまえって、興味ないことには反応薄いじゃん。弥生に対してもあいつが寄っていくから相手するだけで、自分からは行かなかったよな。――そのおまえが一番まともに反応してたのが俺の話題だって、あいつはちゃんと覚えてたんだろ。俺への褒め言葉は、おまえを釣るための餌《えさ》ってか出汁《だし》みたいなもん」

「……意味がわからない」

よほど複雑怪奇な顔をしていたらしく、仁人を見る義彦が気の毒そうな表情になった。

「そりゃ、ふつーはわからんってか、それでわかってくれないとか言われても困るよなあ……正面きって告白したのが俺の結婚式のあとって、遅すぎるしさ。けど、珍しい勢いで凹《へこ》んでるの見ると放っとけないしさあ」

一転して悄然《しょうぜん》となった義彦の言葉に、うっすらと罪悪感を覚えた。それでも彼女の気持ちとやらがぴんと来ず、ため息混じりに言う。

「どっちでも一緒だよ。俺は、どういう意味合いでもあいつには興味ないし」

「だよな。前から思ってたけど、おまえって何のかんの言って落ち着いてるってか、事務的っていうか」

「冷淡？　冷酷？　あとは薄情者か、二重人格に計算高くて腹黒いっていうのもあったかな。実はちゃんと人を好きになる気がないんだろう、でもいいけど」

言葉を濁した義彦に、にっこり笑顔で言い返す。とたんに義彦は顔を歪めた。

「ソレ。いったい誰に言われた？」

「以前つきあってた子。同時進行はやったことないのに、不思議とみんな同じことを言うようになるんだよね。まあ、義彦目当てに寄ってきたんだから当然なんだけど」

「待て。それ、全員がそうだとでも言う気かよ」

眉根を寄せた義彦が、とても厭そうに言う。それへ、仁人は軽く笑った。

「全員だと思うよ？　何しろ、口を揃えたみたいにこんなはずじゃなかったって言ってたからね」

「……だからそこを十把一絡げにすんなって。あー、いいや。そのへんの矯正は映に任せた。で、その映のことだけど、おまえ本気であいつとつきあう気？」

最初は呆《あき》れ顔だった義彦が、言葉の後半でふいに表情を変える。抜き身の刃物を連想させる真剣そのものの顔で、正面から仁人を見据えてきた。

「もちろん本気だけど、それが何。義彦には関係ないよね？」

「関係ないってか、おまえわかってんだろうな。いくら美人でも映は男だぞ？」

「そんなこと、わざわざ義彦に教えてもらうまでもないね」

我ながら、地を這《は》うように低い声になった。意外そうに眉を上げて、義彦は続ける。

「見た目の印象ほど冷静じゃないし、落ち着いてるわけでもない。しっかりしてるように見えて、実は放置するとヤバいやつなんだけど？」

「常に誰かの助けを必要とするほど弱いわけじゃない。芯《しん》があって、自分の考えもはっきりしてる。……もっとも時々すごく危なっかしいのは知ってるから、目を離す気はないけどね」

保護者然とした義彦の物言いにむっとして、即座に言い返す。

映が恋愛や結婚への関心を失ったきっかけは、恋人になって数日した頃に聞いた。長澤の祖父のことから家族の話題になった流れでのことだ。

たった一言で、人と人の関係は終わってしまう。それが怖くて口に出せなかった。

さらりと続いたその言葉で、察しがついた。——映の中にはまだ、その傷が残っている。

あの夜、ひどく魘《うな》されていたのもそのせいだ、とも。

けれど、それでも自ら仁人に会いに来て、告白したのも映だ。過去の傷がまだ生々しくても、それに飲まれることなく考えて決断し、行動することができる。

白状するが、惚《ほ》れ直したのだ。こんなにもしなやかな部分もあったのかと、気づかずにいた自分に呆れたほどだった。

仁人の口調に、義彦は「へえ」と目を丸くした。まじまじと仁人を見つめて、妙にさばさばと言う。

「おまえ男でも平気だったんだ？　てか、過去に男とつきあってたことがあったりする？」

「映以外に興味はないね。男女関係なく、本気で欲しいと思ったのは映だけだ」

「うわ、おまえ今何言ったよ……」

ぎょっとしたように、義彦が言う。構わず見返すと、ややあって妙に長い息をついた。

「あー……意外ってか、凄《すご》い。何つーか、安心した」

「何？」

不意打ちの笑みを向けられて、つい顔を顰《しか》めた。そんな仁人に、義彦は満面の笑顔で言う。

「いや、俺には男相手で何でそうなるんだか見当もつかないからさ。けどおまえがちゃんとマジで、映のこともよく見てるんだったらいいや。そもそも映って、無意識ってか本能っぽいレベルで他人に弱みとか見せないやつだからさ」

「――……？」

「よかった安心した、気がすんだってことで、んじゃ飲むかあ。俺、地酒頼んでいい？　あ、おまえもビールなくなってんじゃん、次は何飲む？」

ほらほらとばかりに目の前にメニューを突きつけられて、だったらとビールを希望する。と、自ら呼び出しボタンを押した義彦が、やってきた店員に地酒三種類とビールをオーダーした。そのあとは、上機嫌で料理をつまみながら届いた地酒に目尻を下げている。

「ところでおまえの父方のじいさんち、どのへんにあんの？　俺、いっぺん見てみたいんで住所教えてくれよ。中まで入れろとは言わないからさあ」

「住宅街の中にある古いだけの家だよ。見に行くほどのものじゃない」

「えー、けど雰囲気よかったって映から聞いたぞ？　俺の父方のじいさんちってマンションだからさあ、一軒家って憧《あこが》れるんだよなあ」

ぶうぶうと文句を言ったかと思うと、今度は仁人の仕事内容に突っ込んできた。

「あとおまえが作ったタイピンも見たけど、いいじゃんあれ。映によく似合ってたしさ。俺もそろそろ新しいの欲しいんだけど、おまえ他にどんなの作ってんの」

「……社割は利《き》かないし、指名オーダーは高くつくよ。自分の好みで探すのが一番だ」

「だからおまえが作ったの見せろって言ってんの。気に入ったのがあったら買うって」

気に入るのがなければ買わないと、平然と言外に口にするあたりが義彦だ。だったら見せてもいいかと考えつつも、仁人はまだ身構えている。――映の話が、あれで終わりだとは思えなかった。

「そろそろ本題に戻らなくていいのか？　釘《くぎ》を刺したくて俺を呼び出したんだろうに」

端的に言えば、文句をつけるために、だ。そんな気分でじっと見つめていると、義彦はきょとんとヒロトを見返してきた。

「釘、ねえ。刺して欲しいんだったらやってやるけど？」

気のない物言いに、むっとした。

仁人とのつきあいが義彦に知れたのを、映はかなり気にしているはずだ。長く片思いしていたことを思えば当然の反応だが、本音を言えば仁人には業腹だ。けれど、義彦のこの反応は映を蔑《ないがし》ろにされたようでもっと不快に感じた。

「面白くなさそうだよな。俺の反応が気に入らないってとこ？」

「おまえが嬉しそうなのが不可解だね」

吐き捨てるように言ったのに、義彦はかえって笑顔になる。

「いや、だってさあ。おまえがそうやって感情剝《む》き出しにすんのって、すげえレアってか初めて見たし？　何か安心するんだよなあ、仁人も俺と同じだってさ。何しろ、ふだんの俺っておまえに負けっ放しじゃん」

「……はあ？　負けっ放しなのは俺の方だろ」

「嘘《うそ》つけ。ガキの頃からおまえのが賢かったじゃん」

何を言うのかと、仁人は胡乱に義彦を見た。とたん、睨《にら》むように見返される。

「俺はただのお山の大将。おまえより体力があったんで、ガキらしく馬鹿騒ぎしてただけ。けどおまえはいつも超然としてるってか、何があっても落ち着いてたし、実際んとこ成績だって俺よりずっとよかったろ？　おまけに美術系にも強くて、よく学校代表とかに選ばれてたじゃん。俺なんか、中学ん時ずっと美術アヒルよ？　自画像描いたらゴリラかってマジ顔で訊かれたりしてさあ」

「勉強と美術だけは得意だったかもしれないけど、他では全部おまえが上だったろ。生徒会にも入ってたし、バスケ部でも一年からレギュラーで」

そこまで言って、空《むな》しさに言葉を切った。それに気付いてかどうか、義彦は首を竦《すく》める。

「生徒会って、おまえは自分には合わないって蹴ったんじゃん。あと、バスケに関しては唯一の取り柄だったんでー……って、結局んとこ俺とおまえじゃタイプ違うし、そんなん比べたところで意味ないよな。って、おまえも映から言われたんだろ？」

にっと笑って、後半で急に口調を変えた。図星なだけに黙って頷きながら、仁人はつい眉を寄せてしまう。

「言っとくけど、俺にだってコンプレックスくらいあるよ？　何年経《た》ってもってか、いつまで経ってもおまえにだけは敵わないんだよなあ」

「……敵わない、って」

「映からおまえが好きだって聞かされた時はさ、マジでどんな顔すりゃいいんだか迷ったよ。それでいいのかと思ったし、実際に言いもした。考え直してほしいとも考えた。どう言うんだか、映ってふだんからあまり自己主張しないし、大抵のことはあっさり他人に譲るからさ。

俺にはそこそこ懐いてくれてるし、だったら聞いてくれるんじゃないかって」

けど、と続けて、義彦はいったん言葉を切る。まっすぐに仁人を見た。

「その映が、あの時だけは一歩も退かなかったんだよな。それに、よく笑うようになって、誰にでもわかるくらい雰囲気が柔らかくなった。その全部が仁人の影響だってわかったら、もう俺がどうこう言っていいことじゃなくなってるじゃん？　あと、おまえもね」

言いざま、義彦は箸で仁人を指した。行儀の悪さは自覚しているらしく、すぐさま先を逸《そ》らして続ける。

「ふだんはむかつくくらい涼しい顔してやがるくせに、映のことになるとムキになるし感情的だし。そうなるとマジだってことは疑いようがないんだよな。相思相愛なの邪魔したら、俺が悪者になるだけじゃん」

「……義彦」

「でも映が俺の弟分だってことに変わりはないんで、ろくでもない真似《まね》しでかしたらそれなりの報復するからってことでよろしく。ついでにおまえはつきあうついでに、映にきちんと調教してもらえ。その十把一絡げは他人に対して失礼だ」

最後の一言を尖《とが》った声で言われて、さすがに少々気圧《けお》された。ひとつ息を吐いて、仁人は短く首肯《しゅこう》する。

「……弥生には、近いうち謝っておく」

「そんなんされても困るだろ。それより次に声かけられた時に、これまで通り相手してやれば。けど変に愛想よくして希望とか持たせんなよ。おまえには映がいるんだからな」

最後の最後に、当然のように仁人自身の保護者のような台詞《せりふ》を吐く。同い年の従弟《いとこ》を眺めながら、やっぱり義彦は義彦だと何とも言えない気分でそう思った。

■　■

映の自宅マンションに、電車を使って行くのは初めてだ。

車の窓ガラスから何度となく目にしたことのある駅の、北口を出て横断歩道を渡りながら、仁人はふとそう気がついた。

目についたコンビニエンスストアに入り、最低限必要な着替えを購入する。レジで精算しながら車内での映とのメールのやりとりを思い起こして、柄にもなく気恥ずかしくなった。

雰囲気に流されて、深く考えずに飲酒してしまったのだ。もとよりそのつもりだったらしい義彦は当初から電車を使って来たようだが、仁人の側はそもそも職場が徒歩圏内だ。義彦と別れたらいったん自宅に戻り、改めて車で映を迎えに行くつもりだった。

店を出る時になって気付いたところで、後の祭りだ。そんな仁人が映と約束していたのを察したらしく、義彦は、当然のように仁人を駅まで引っ張って行った。わざとなのか天然なのか、ご丁寧《ていねい》にも映の自宅沿線のホームまで連れてきたあげく「んじゃ映によろしく」との言葉とともに電車内に押し込んだのだ。ぎょっと振り返った時にはもう窓の外の風景は流れ始めていて、そのまま行くしかなくなっていた。

今夜のところはタクシーを呼んで映と一緒に仁人のマンションまで戻り、明日車で祖父の遺《のこ》した家に行く。立てたばかりの予定を念頭に、現在電車内にいるとメールで伝えると、待つほどもなく返信が届いた。

そこそこ空《す》いた車内の壁に凭れて確認したその内容の意外さに、思わず目を瞠っていた。

――だったら今夜はうちに泊まってください。ちょっと窮屈なので、それでもよければですけど。

恋人同士になって半月になるが、仁人はまだ映の部屋に入ったことがない。理由は単純で、映の自宅マンション近くにパーキングがなく、一緒に過ごす週末は祖父のあの家に行くのが定番になっていたからだ。

仁人の部屋には二度ばかり映が来たけれど、それも所用で待ってもらったり渡すものがあったりした時だけだ。仁人のマンションはそもそもが仮住まいのつもりで、だから基本的に客は入れないことにしている。

……今さらだが、きちんと恋人になったわけだ。映が、あんなふうに自然に招いてくれるくらいに。

徒歩で辿《たど》りついたマンションを見上げて、初めて送っていった夜のことを思い出す。確か、あの時の映は全身で警戒していて、車に乗るのすら渋々だった――。

エントランスを抜けてエレベーターに乗り込みながら、妙に緊張しているのを自覚する。そんな自分に、苦笑が漏れた。

扉横の階数表示の、「9」の文字が点灯する。するりと開いた扉の真正面にいた映と目が合って、予想外のことに一拍呼吸が止まった。

つられたように目を丸くした映が、何かがほどけるようにふわりと笑うのが目に入った。

「お帰りなさい。タイミングがよかったですね、今から迎えに行くところでした」

「……ああ、うん」

咄嗟に、それだけしか言葉が出なかった。それでもじわりと嬉しくなって、仁人は自分の頬《ほお》が緩むのを知る。

その時、ふいにエレベーターの扉が動いた。目の前で今しも閉じようとするそれに、自分がまだ箱の中にいるのに気付いて慌てて手を伸ばす。ほとんど同時に映が外のボタンを押してくれたらしく、わずかな抵抗のあとで扉は再び開いていった。

急いで外に出て、すぐ目の前の映と顔を見合わせる。どちらからともなくこぼれた笑みに紛れて、背後でエレベーターが動くのが聞こえてきた。それも意識の外で、仁人は眼鏡《めがね》越しにも柔らかい映の表情から目を離せなくなる。

「ヒロトさん？」

黙ったままの仁人を気にしてか、映が首を傾《かし》げる。それへ苦笑を返して先へと促すと、すぐさま応じた映に廊下の突き当たりのドアまで案内された。

施錠を外した映が、ドアを開けて仁人を中へと促す。それに構わず、背中を軽く押して映を先に中に入れた。背後で閉じたドアに手探りで鍵《かぎ》をかけていると、すぐ前にいた映がきょとんとしたふうに顔だけ振り返ってこちらを見上げていた。

考える前に、背中から抱き込んでいた。驚いたように上がった「えっ」という声も聞こえないふりで、仁人は映の後ろ頭に顔を埋《うず》める。

「……困る。というか、困った……」

ぽつんと落ちた言葉は、本気の本音だ。無意識に、腕にぎゅっと力がこもってしまう。頬に触れる髪が、動くのが伝わってくる。見上げてくる気配を察して顔を上げると、映は戸惑いを含んだ表情をしていた。

「何か、あったんですか？」

「あったっていうか……よく笑うようになったよね」

穏やかに言いながら、そのくせ腕の力が緩められない。仁人のその態度をどう思ってか、映はきょとんとして言った。

「そう、なんでしょうか。自分では、よくわからないんですけど……ああ、でも伊東《いとう》からもよく言われます」

「伊東くんて、会社の同僚だったよね。——他にも似たようなことを言う人はいる？」

一度だけ見かけた映の同僚の、すでにおぼろになった姿を思い起こしながらも少々胸がざわりとする。さらに腕に力が入ったけれど、映は不思議そうな顔のままだ。

「プロジェクトリーダーやメンバーが、たまに。雰囲気が変わって取っつきやすくなったそうですよ。もっとも僕の場合、人並みになったという意味だと思いますが」

「それ、違うと思うな。とりあえず、男女関係なく周囲には警戒しておいて。飲みや食事に誘われても簡単に応じないように」

「それはないです。もともと親しくもない人と飲むのは苦手なので、つきあい以外はたまに伊東に誘われる程度ですし」

またしても出てきた名前に、引っかかりを覚える。そんな自分に呆れながら、それでもあえて口にした。

「伊東くんとは、たまに行くんだ？」

「以前は主に愚痴《ぐち》でしたけど、最近は惚気を聞かされますね。ベタ惚れの彼女に、近々プロポーズするみたいですよ」

「へえ……プロポーズ、か」

告げられた内容に、現金にも引っかかりはするりと溶けた。

じっと仁人を見上げていた映が、ひょいと首を傾げる。少し考えるようにして言った。

「もしかして、焼き餅……ですか？」

「そう。よく笑うようになったし、きれいなのは元々だけどずいぶん可愛《かわい》くなったから、諸心配でね」

「——……っ」

仁人の返事が予想外だったのか、映は音がしたかと思うほど真っ赤になった。そのまま、もじもじと下を向いてしまう。

自分から「焼き餅か」と訊いておいて、肯定すると恥ずかしがる。映のこうした反応を眺めるのが、実は仁人にはとても楽しかったりする——もちろん、映には内緒だが。

「映？」

俯《うつむ》いた映の顔を、横合いから覗《のぞ》き込む。上目に見上げてくるのへ顔を寄せ、額《ひたい》に額を押しつけた。そのままじっと見つめていると、何かに気付いたように映は目線を鋭くする。

「もしかして、わざとやってますよね」

「いや？　可愛いなと思っただけ」

まだ赤い顔で睨まれても、仁人の本音はそのままだ。正直に言ったはずがどこか気に障ったらしく映は露骨に顔を顰めてしまった。

構わずさらに顔を寄せ、額にキスを落とす。むっとした顔の映が、それでも素直に瞼《まぶた》を落とすのを見届けて鼻先から頰を啄《ついば》んだ。邪魔な眼鏡を指で抜くと、腕の中の身体を正面から抱き込んで唇を塞《ふさ》ぐ。

驚いたのか反射的にそうなったのか、映がわずかに顎を引こうとする。それを許さず、顎を捉《とら》えて引き戻した。後じさった細い背中を壁に押しつけて、歯列を割った深いキスを仕掛けていく。

「ン、……っ、待っ、ヒロ、……――」

歯列の奥で縮こまっていた体温を、探し出して捕まえる。すり寄るようにして絡ませていくと、戸惑いを見せながらも応えてくる。まだ物慣れない反応に気持ちのどこかで満足した。

「……ん、ぅ……っ」

抗議のつもりだったのか、何かを訴えていた声が長く続くキスに飲まれて小さく消える。仁人の腕を押し戻そうとしていた手が、今度は縋《すが》るように肩口を摑んできた。

たったそれだけのことに心底安堵《あんど》して、仁人は内心で失笑する。

恋人になって、まだ半月だ。けれど、映の表情は恋人未満だった頃とは明らかに違う。触れたい気持ちも強いけれど、それと同じくらい確かめたい自分がいるのだ。腕の中にいる彼は間違いなく自分のものだと、顔を見るたび念を押したくなる。

過去に嫉妬深い男を目にした時は、面倒なことをすると呆れるばかりだった。かつて恋人だったはずの女の子たちの中の誰にも、こんな不安を抱《いだ》くことはなかった。

だからこそ、彼女らの目当てが義彦だと知っても「へえ」としか思わなかったのだ。我ながらひどい話だとは思うが、結局のところ仁人の側も本気ではなかったのだろう。

「――……映は俺のこと、好きでいてくれる？」

長く続いたキスのあと、額を寄せたままで低く訊く。腕の中にぐったりと凭れていた映は、物憂《ものう》げに顔を上げて仁人を見た。

少し呆れたような表情は、けれど間違いなく照れ隠しだ。証拠に、頬も耳も赤く染まっている。なのに、声に呆れを滲《にじ》ませて言うのだ。

「好きでもない人と、こんなことするわけないじゃないですか」

「そっか」

返事をしながら浮かべた笑みが、少しいつもと違っていたのかもしれない。映は物言いたげな顔で、けれど何も言わず指先で仁人の頬に触れてきた。

自分のよりも細いその手を握って、仁人は指先にキスをする。伝わってくる体温に安心し、映も同じように感じてくれたらいいと願った。

九階の角部屋になる映の住まいは、本人のイメージ通りごくシンプルだった。

湯上がりの髪を無造作にタオルで拭《ぬぐ》いながら、仁人は改めてワンルームの室内を眺めた。

室内に置かれた家具は壁際のセミダブルベッドとフローリングの床に敷かれたラグ、その上に一人掛けソファひとつとローテーブルだけだ。そのローテーブルの上には白いマグカップと湯飲みと、紺色のノートパソコンが載っていた。

（冷たいお茶を用意しておきましたから、ひと休みしていてください）

つい先ほど、入れ替わりに風呂へ向かった映の言葉を思い出す。思い立って玄関を入って右手にあるミニキッチンに近づいてみる。シンク以外は新品同様の様子に、本当に料理は駄目なんだと再認識してつい笑ってしまった。

少し考えてから、仁人は間違いなく映専用だろうソファの横、ラグの上に腰を下ろす。マグカップの中身は冷えた緑茶で、いったいどうやってこれを準備したんだろうと思う。

「……――すみません、お待たせしましたよね」

「いや？　それより映、その髪」

その時、映がいつにない慌ただしさで浴室から出てきた。よほど急いだのか、タオルを被《かぶ》った濡れ髪からはまだ滴《しずく》が落ちている。眼鏡がないせいか、指摘されて慌てて拭う様子がいつになく幼く見えた。

手招いて映を呼び、近づいてきたのをソファに座らせる。困惑したように見下ろしてくる前で、膝《ひざ》立ちになってタオルの上から髪を拭った。

「え、あの、僕が、自分で」

驚いたように顔を上げた映を、わざとまっすぐに見つめる。視線を逸らさず、にっこりと笑みを作ってみせた。

「いいから俺にやらせて?」

「う……、はい。お願いします……」

うっすら赤くなって、映が俯く。最近になってわかってきたことだけれど、映は仁人の頼みごとに弱いらしい。悄然として見せるとてきめんに効くが、笑顔で頼むのも効果的だ。今もちらちらと仁人を見ては、困ったように視線を逸らしている。

互いの体勢のせいで、今は仁人より映の方が目線が高い。ベッドの中ではたまにあることだが日常的にそうなるのは珍しく、そのせいかひどく新鮮に思えた。

「映は、ここに人を呼んだりしないんだ?」

唐突な問いに、映が顔を上げる。首を傾げて考える素振りをするのへ、仁人は続けて言う。

「カップと湯飲みもだけど、ソファもひとつだからそうなんじゃないかな、と」

「あー……そうですね。会う時はどこかの店を使います」

「そっか。でも、俺は入れてくれたんだ?」

意図的に上目気味に見上げた仁人に、映は大きく目を瞠《みは》った。ややあって何かに気付いたような顔をし、さらに首まで赤くする。返事をしているつもりなのか、口の中でもごもごとつぶやく声は、あいにく言葉になっていない。

結婚以前に恋愛にも興味がなかったという映は、実際のところこの手のことにほとんど免疫がないようだ。恋人以前の頃にも同じようなことを言ったりしたりしてきたはずだが、当時は呆れるか当惑するだけだったのが、今はとても顕著な反応を見せるようになった。

「映？」

髪をくるむタオル越しに、指先で頬を撫《な》でてみる。返事を催促されたと思ったのか何か言い掛けた映は、けれど言葉が見つからなかったらしく恨みがましい顔でじっと見つめてきた。そんな表情すら凶悪に可愛く見えるのだから、実際のところかなりの重症だ。

「……えーい？」

くすくすと笑いながら、仁人は顎を上げる。タオルごと映の頭を軽く引くだけで、簡単に唇が重なった。先ほどとは違ってすんなり受け入れた映をソファに押しつけるようにして、仁人は角度を変えて啄むだけだったキスをもっと深いものに変えていく。じきにそれだけでは物足りなくなって、寝間着越しに背中や肩、腰を指先や手のひらで撫でていった。

「ん、……ん、ぅ——」

喉《のど》の奥から上がったかすかな声や、湯上がりの体温と柔らかさに煽《あお》られる。使ったシャンプーやボディソープは同じはずなのに、映の肌からはどこか誘うような匂《にお》いがした。そういえば、寝間着代わりに借りた映の部屋着の大きめサイズのTシャツと膝丈ズボンを身につけた時にも同じような匂いがしたのだ。

舌先が絡むキスのあと、小さく喘《あえ》ぐ映の唇の端から頬へ、耳元へと唇を移していく。やんわり耳朶《みみたぶ》に歯を立てると、とたんにびくんと肩が跳ねるのが伝わってきた。弱い箇所だと承知の上でさらにうなじにキスを落とすと、仁人の肩を摑んでいた指が小さく震えて、今度は頭ごと抱き込んでくる。

可愛いなともう一度思い、そのあとで反省する。映の髪の毛はまだ湿ったままだ。初夏に近い頃とはいえ、放っておくと風邪を引きかねない。

それに——どうやら壁が薄いらしいこの部屋で、これ以上の行為に及ぶわけにはゆくまい。映はここの住人なのだし、あの時の映の声を他人に聞かせるつもりもない。

ギリギリのところで踏みとどまって、おしまいの合図代わりに柔らかい唇をそっと齧った。かすかに開いた隙間《すきま》を舌先で撫でてから、仁人はそっと顔を離す。間近の映の、蕩《とろ》けたような表情を目にすることで満足し、再び恋人の髪を拭う作業に戻った。

ぼうっとしたまま仁人に目を向けていた映は、けれどしばらくして落ち着いたらしい。明確に仁人を見たかと思うと、窺《うかが》うように言う。

「——西峯先輩と、何かあったんですか……?」

「何かって……ああ。もしかして連絡でもあった?」

「今夜、ちょっとヒロトさんを借りるってメールが。その、邪魔をして申し訳ない、とも」

言いづらかったのか、後半の台詞で口ごもる。微妙に赤くなった顔を眺めてつくづく可愛いと思いながら、同時に少々むっとした。

この話題を避けたくて、約束の変更の時も電車内からのメールでも義彦の件にはいっさい触れなかったのだ。それを、あの従弟は台無しにしてくれたらしい。付け加えて言えば、自分ではなく義彦がこんな顔をさせているのもとても業腹だ。

顔には出さなかったはずだが、半端な沈黙で何かを感じ取ったらしい。おとなしく髪を拭われるままになっていた映が、やや躊躇《ためら》いがちに仁人の頬に触れてきた。

「先輩のこと、やっぱり苦手ですか」

「だね。思い切り再認識したよ」

「……でも、嫌いじゃない、ですよね？」

一拍の間を置いて、映が言う。その声に確信の響きを聞き取って、仁人は眉を寄せた。

「どうしてそう思う？」

「ヒロトさんて、先輩の話になると厭そうっていうか、すごく複雑そうな顔するんです。だから」

「その場合、ふつう嫌いだって解釈しそうなものだと思うけど」

「本気で嫌いだったら、もっと無関心だと思うんです。今日の誘いだって、断ったんじゃないでしょうか。原因が僕だったとしても、夕飯にまでつきあう必要はなかったわけですし」

「――」

考え考えに告げられた内容は図星で、そこまで自分はわかりやすかったのかと微妙な気分になった。じっと見つめてくる視線に根負けして、仁人は軽く息を吐く。

「その通り、だったと思うよ。ただ、今日からは少し嫌いになったけど」

「え……今日から、ですか？」

「部活の後輩だったからって、俺の恋人に断りもなく連絡するし。保護者面《づら》して好き勝手言ってきてるし？」

意図的に苛《いら》立《だ》ちを出してみせると、とたんに映は焦った顔をした。少し上擦《うわず》った声で言う。

「で、でも！　先輩って間違いなく、ヒロトさんのことが好きですよ⁉」

「あいにくだけど、あいつに好かれても嬉しくないね。それより、映の方がずっと大事」

すっきりと言い切って、映の胸元に顔を埋めた。

仁人の反応がよほど意外だったのか、映はそれきり黙った。それでも、指先で仁人の髪を撫でているのが伝わってくる。

いつもと立場が逆だと思いながら、心地よさに動く気になれなかった。そのままおとなしく撫でられていると、ふっと頭の上で映の手が止まる。

「ヒロトさん、眠いならベッドにどうぞ？　うちのは少し狭いんですけど、僕はここで休みますから――」

前半はともかく、後半は聞き捨てならなかった。顔を上げて、仁人は顔を顰める。

「却下かな。セミダブルならうちと同じでいい」

「え、でも」

「映がここで寝るなら俺は床で寝る。……どうする？」

真面目《まじめ》な話、この手のことで映に押し負ける気は毛頭ない。結局は仁人の主張が勝って、ふたりしてベッドに入ることになった。

セミダブルベッドはひとり寝には十分すぎるほど広いが、二人で寝るにはやや狭い。結果的に映を抱き込む形になったのは、好都合であり微妙でもあった。

キス止まりでいいと決めたのは自分だし、離れて休む気もさらさらない。けれど、くっついて眠るのはある意味少々どころでなく厳しい。恋人以前だった頃、それを当たり前にやっていた自分は大したものだったとつくづく感心した。

明かりを落とした部屋のベッドの中、抱き込んだ映の髪の毛に鼻先を埋めてどのくらい経った頃だろうか。もう眠ってしまったとばかり思っていた映の、遠慮がちな声がした。

「あの、……先輩の、ことなんですけど」

「――――」

あえて返事をせずに、仁人は映の背中を優しく撫でる。それで安心したのか、映は声を落としたままで続ける。

「電話で、言われたんです。ヒロトさんをよろしく、と」

「は？」

予想外すぎる言葉に、露骨に怪訝な声が出た。どうして義彦にそんなことを言われなければならないのかと、少々どころではなくむっとする。

あの従弟のそういうところが苦手だと改めて思った時、落胆したような、困ったような声がした。

「厭、ですか？……僕は、嬉しかったんです、けど」

「うん？」

意味がわからず返事を濁した仁人を、映はじっと見つめてきた。

「その、先輩って、ヒロトさんの身内じゃないですか。いい加減なことや曖昧《あいまい》なことは絶対に言わない人ですし、適当なリップサービスもしませんよね。だから、……ヒロトさんをよろしくって言われた時、僕はこのままヒロトさんの傍にいてもいいんだって思えたんです」

義彦への褒め言葉を、楽しくないと思ったのは最初だけだ。遠慮がちに、けれどはっきり告げられてヒロトは返答を失った。

(ちゃんと覚悟して会えました)

(僕は、ヒロトさんが好きなんです)

恋人同士となった翌日の、映の言葉を思い出す。

義彦の時は、自覚するなり諦《あきら》めたと言っていた。けれど仁人に対してはそうはせず、自ら追いかけてきてくれた。

映にとって、仁人は初めての恋人だ。男同士というだけで覚悟が必要なのは当然として、周囲の反応が気にならないはずがない。自分にとって身近な存在であり、仁人の身内でもある義彦についてはなおさらだろう。

それを、義彦も見越していたということか。仁人を呼び出して真意を確認し、その上で映に連絡した……？

「ヒロト、さん？」

気がかりそうな声とともに、寝間着代わりのシャツの襟を引かれる。我に返って目を向けると、映は物言いたげな——心配そうにも見える顔で、じっと仁人を見つめていた。

考える前に、苦笑がこぼれた。もとより近かった距離をさらに詰めて、仁人は映の額に額を押し当てる。瞼から鼻先を辿り、そっと唇を齧った。

「いてくれないと、俺が困るよ」

その言葉に、映がほっとしたように笑う。その頬を撫でながら、今さらのように降参だと思った。

結局のところ、義彦には敵わないのだ。ただし、数時間前に義彦本人に言ったのとはまったく別の意味で。

……おそらくは、腕の中の恋人にも。

あとがき

おつきあいくださり、ありがとうございます。十年来のつきあいになるクワズイモの不調に、連日はらはらしている椎崎夕です。

クワズイモは友人から引っ越し祝いにと貰ったもので、先日植え替えを依頼し無事に戻ってきたばかりなのですが……うーん。環境の違いのせいか単に世話が下手だからなのか、明らかに元気がなくなりました。実を言うまでもなく植物の世話は不得手ですが愛着だけはあるつもりなので、また元気になってくれたらいいなあと連日拝んでおります。……別の友人からは「え、まだあれ枯れてなかったんだ？　てっきりとっくにかと」と、とても意外そうに言われてしまいましたが。

今回は、一応大人同士の恋愛（のはず）です。ちなみにホラー映画の見方について、私は主人公ではなくヒロト寄りです。見ているだけで痛いので、予感がしたら目を逸らします。というより、基本その手の映画は避けて通ります。

作りものだし娯楽なのは承知しているんですけどね。やはり苦手です。

まずは、美麗な挿絵をくださった榊空也さまに心からの感謝を。いただいたラフが作業中とても励みになりました。諸々ご面倒をおかけしてしまい、申し訳ありませんでした。そして、本当にありがとうございました。

毎回あれこれとご面倒をおかけしてしまっている担当さまにも、心より感謝申し上げます。ご多忙の中、配慮いただき本当にありがとうございました。

末尾になりましたが、この本を手に取ってくださった方々に。

ありがとうございました。少しでも楽しんでいただければ幸いです。

椎崎夕

✦初出　その、ひとことが……………書き下ろし
彼には敵わない………………書き下ろし

椎崎夕先生、榊空也先生へのお便り、本作品に関するご意見、ご感想などは
〒151-0051 東京都渋谷区千駄ヶ谷 4-9-7
幻冬舎コミックス　ルチル文庫「その、ひとことが」係まで。

幻冬舎ルチル文庫
その、ひとことが

2016年6月20日　　第1刷発行

✦著者　椎崎 夕　しいざき ゆう
✦発行人　石原正康
✦発行元　株式会社 幻冬舎コミックス
〒151-0051 東京都渋谷区千駄ヶ谷 4-9-7
電話 03(5411)6431[編集]
✦発売元　株式会社 幻冬舎
〒151-0051 東京都渋谷区千駄ヶ谷 4-9-7
電話 03(5411)6222[営業]
振替 00120-8-767643
✦印刷・製本所　中央精版印刷株式会社
✦検印廃止

ISBN978-4-344-83748-5　C0193　Printed in Japan